小学館文庫

まぎわのごはん

藤ノ木 優

小学館

鈍い音とともに、アスファルトに打ち付けられた右肩に衝撃が走る。

突然の出来事に、赤坂翔太《あかさかしょうた》は為《な》す術《すべ》もなく地面に横転した。しばらく、自分の身に何が起こったのかすら理解できなかった。

真っ黒な空からしんしんと降り注ぐ雪が、視界を覆う。その雪のあまりの冷たさに耐えかねて体を起こすと、右肩の痛みがズキリと体中に広がり、思わず呻《うめ》いた。

受け身も取れず、相当強くぶつけたようだ。

利き腕の右手は商売道具だっていうのに、何かあったらどうしてくれるんだよ。ようやく状況を理解した翔太の心には、フツフツと怒りがこみ上げてきた。

顔の雪を拭い、目の前の人物を睨《にら》みつける。

視線の先には、いましがた「てめえなんてもう来なくていい！　出てけ！」と怒声をあげた筋骨隆々の男が、仁王立ちで翔太を睨みつけていた。相当の怒りをぶちまけたのだろう、その息はまだ荒い。調理用白衣の前掛けからは、翔太を蹴飛ばした足が大きくはみ出ている。

翔太は、文字通り店から蹴り出されたのだ。

「なにすんだよ！　兄《にい》さん」

「もう俺はてめえの兄弟子でも何でもねえ。クビだって言っただろ！　面《ツラ》も見たくねえから、さっさとどっかに行っちまえ」

その怒りは、治まる様子がなさそうだ。

取り付く島もないとはこの事か。そんな事を考えていると、またしても突然視界が黒い物体に覆われた。何だと思う暇もなく、顔面に強い衝撃が走る。

「痛《い》ってえ！」

翔太は思わず鼻をおさえた。客前に顔を出す仕事だから、顔だって大事な商売道具なのだ。鼻の骨が折れていないらしい事にほっとしていると、デニム生地のくたびれたリュックが足元に転がっているのが目に入る。投げつけられて見事顔に命中したようだ。

先ほどの蹴りといい、リュックぶん投げといい、随分手荒な仕打ちじゃねえか。翔太の怒りが爆発した。

「何しやがるんだ！」

「何だよ！　やるのか？」

元兄弟子はすっかり戦闘態勢のようだ。調理用白衣のまま、ファイティングポーズをとっている。翔太は、目の前の相手を今一度観察した。

小学生の時から空手を習い、肉体労働系のバイトも掛け持ちして鍛え上げられた体。まともに喧嘩《けんか》をして、勝てる可能性など寸分もないことは容易に理解できた。

少し冷静さを取り戻した翔太は思案した。

勝てねえ喧嘩をしてもしょうがねえ。謝っちまおうか？　しかしそれも面白くない。

翔太は、十分に距離をとってから再び吠《ほ》えた。

「こんな店二度と来ねえよ！　今度会ったら覚えてろよ！」

まるで映画に出てくる三流のチンピラのようなセリフだが、致し方ない。俺は喧嘩なんて単細胞な行動はしねえ。そう自分に言い聞かせながら、歩み出そうとしたところ、後ろから再び声が掛かった。

「翔太！」

「何だよ」

ぶっきらぼうに返事をすると、黒い人工革の鞄《かばん》を手渡してきた。ずしりと重いその鞄の中で、乾いた木の音が響く。

「商売道具だろ」

仏頂面のまま、元兄弟子が言った。

「じゃあな。達者で暮らせよ」

礼も言わず、翔太はそそくさと店を後にした。

大晦日《おおみそか》の晩に修業していた店から蹴り出されるなんて、昭和のドラマかよ。まあ、俺は昭和なんて時代は知らねえけど。翔太は、恨み言を吐きながら、かすみ二丁目の商店街を歩いていた。ほとんどの店のシャッターは降りており、閑散としている。

それもそのはず。この街は、東京と千葉の県境に存在する中途半端な土地なのだ。都会のような発展は期待できないし、ベッドタウンとして新しい世代が住み着く場所でもない。良い言葉で言えば東京の下町。悪い言葉で言えば古びた街だ。

昔は江戸っ子達に支えられ、大変な活気があったようだが、高齢化の波にすっかりのまれ、土地に残ったのは偏屈な高齢者ばかりだ。

二丁目という名前に相応《ふさわ》しく、市街も随分さみしいもので、若干栄えているといえば駅の周辺くらい。

娯楽施設としては駅前にポツンと建っているパチンコ屋があるが、そこで大金を手にしたという噂《うわさ》は聞いたこともないので、娯楽施設ですらないのかもしれない。

そんなパチンコ屋の脇に、すっかり色が剥げた銀色の文字で、『かすみ二丁目商店街』と書かれた、昭和風情漂う赤枠のアーチ看板が立っている。

いわゆるシャッター商店街だ。

続いている店は、八百屋に総菜屋、寂れた電器屋とスーパーくらい。しかしそれらの店も、車で十分ほどの場所に突如出現した大手ショッピングモールの影響で客が激減し、もはや風前の灯火《ともしび》だ。

そんなかすみ二丁目商店街においても、飲食店だけは活気がある。

何軒もの赤提灯《あかちょうちん》に、蕎麦《そば》屋、寿司《すし》屋といった和食系の店から、喫茶店に洋食屋、いわゆる昔ながらの店が軒を連ねる。爺婆《じじばば》になっても、人間飯は食わねばならないのだ。

しかし今日ばかりは、その飲食店といえども店の灯《あか》りがことごとく落とされていた。

大晦日だからだ。

高齢者が多くを占める鄙《ひな》びた土地のため、大晦日に外を出歩く人間なぞ皆無だ。若い連中は、こんな寂れた商店街で年を越すはずもなく、渋谷や新宿、もしくはお隣の千葉にある有名テーマパークにでも出向いている。

かすみ二丁目商店街を支える年寄り連中は家にこもり、日本酒を一杯やりながら紅白歌合戦を観《み》て、まったりと年を越す。彼らは、やる事がなくなる三が日の終わり頃にようやく家から這《は》い出して、江戸川沿いを散歩しはじめるのが通例だ。

真っ暗な商店街をあてもなく歩いていると、やたらと寒さを感じる。

「いってえな……」

凍《い》てつく寒さが、右肩と鼻っ柱の痛みを増幅させる。合成革のジャンパーのポケットに手を突っ込む翔太の心では、後悔の念が強くなっていた。カッとなって店を出てしまったが、せめて年越しくらい店に居させてもらえば良かった。やはりあの場は適当に謝っておけば良かったのだろうか。

しかし、到底納得なんてできやしなかったのだ。

事の発端は、確かに翔太の勝手な行動によるものだった。しかし、店を追い出されるほどの事をしたとも思えない。

翔太が追い出された『割烹《かっぽう》料理 小川《おがわ》』は、商店街のメインストリートの一角に位置する本格的な和食料理屋だ。

総従業員十五人ほどで、全国的に有名な店ではないが地元の支持は厚い。かすみ二丁目商店街の寂れた飲食店の中では、高額な値段設定にもかかわらず、日々客足が絶えない。特に、七五三、結納、結婚記念日、還暦などを祝う場として、古くからこの土地に住む者が必ずといって良いほど候補に挙げるのが、小川という店だった。

年の瀬の今日、小川では、従業員総出で御節《おせち》を仕込んでいた。

年の瀬に販売する限定二十組の御節は、根強い人気を誇る店の名物だ。毎年予約開始とともに完売御礼となる。三十日から三十一日にかけて、料理人達は、その仕込みに全ての時間を捧《ささ》げるのだ。

翔太は、その御節の一組に、鶴亀をこっそりと忍ばせた。

飾り切りという手法で、胡瓜《きゅうり》と大根から包丁で切り出したものだ。

飾り切りとは、各種野菜から作られた花や動物を模した優雅な装飾で、懐石料理に添えられる脇役的存在だ。脇役といえど確かな包丁技術と細かな手技が必要で、和食料理人の腕の見せ所だ。

大根から切り出した鶴は、平面的な作りにはせず、体から両側に広がる羽を立体的に表現した。乾燥と変色を防ぐため、酢水に浸《つ》けておいた真っ白な羽は瑞々《みずみず》しく輝き、今にもどこかに飛んでいきそうな躍動感を醸し出していた。

胡瓜から作った亀は、鶴とは対照的にどっしりとした質感を意識した。甲羅には均等な大きさの六角形の切り込みを入れ、その深さは寸分狂わず全て一定だ。それだけだと、鶴の華やかさに負けるため、掛け軸に描写されるような、フサフサの尾も添えた。

蛇腹胡瓜と呼ばれる技法で、亀の尾に当たる部分に一ミリメートル間隔で斜め切りをいれ、上から圧を掛けて広げたものだ。皮の深緑と身の薄い緑が交互にコントラストを作り、まるで本物の毛のような質感を演出している。斜め切りの間隔が少しでも狂えば、この質感は決して出すことができない。

我ながら感心するような出来栄えだ。毎夜仕事終わりに厨房《ちゅうぼう》で一人、包丁の訓練を続けてきた成果が凝縮されている。翔太は三段重ねの御節が並ぶ様を見て、高揚を抑えきれずにいた。

とにかく地味なのだ。小川の御節は。蓮根《れんこん》の煮付け、伊達《だて》巻き、黒豆に昆布《こぶ》巻き。伝統だかなんだか知らないが、茶色やら灰色やらくすんだ色ばかりの品が並ぶ。こんな地味な御節が毎年完売なんて、この地域の爺婆どもは、洒落《しゃれ》た料理なんて見たこともないに違いない。

だから二十組の御節のたった一組に、美しい鶴亀を入れてやった。この御節は大当たりだ。きっとこれが届いた家族は、今まで見たこともない美しい鶴亀に、新年早々驚きを感じるに違いない。

そんな光景を想像して、自然と顔がにやけてしまうのを自制できなかった。

この傑作を誰かに見せつけてやりたい。そんなことを思っているところに、件《くだん》の兄弟子がやってきた。

丁度良い人物があらわれた。翔太はそう思った。

まずは技術より心だ、おもてなしだ、と阿呆《あほう》のように繰り返し下っ端仕事ばかり延々とやらせ続け、客に向けての料理など一向に作らせてもくれない愚鈍な兄弟子。奴《やつ》に対して、俺はもうこれだけの技術を持っているんだ、俺にもっと重要な仕事を任せるべきだ、そうアピールできる。そんな気持ちが湧き上がった。

「兄さん、どうでしょう？」

しかし、誇らしげに披露した途端に激昂《げきこう》され、有無を言わさず店から蹴り出された。何故《なぜ》店を追い出されないとならないのか、およそ理解ができなかった。

確かに勝手な行動を取ったのは事実だが、あれだけ見事な鶴亀を作ったのだ。激昂される所以《ゆえん》はない。

出来栄えには、確固たる自信があった。

飾り切りは、翔太の料理の原点といっても良いからだ。

初めて包丁を手にしたのは小学生の頃。慣れない手つきで野菜の皮剝《む》きに挑戦したところ、日頃厳しかった料理人の父親から、良い包丁捌《さば》きだと珍しく褒められた。というよりも、父親から褒められた記憶は、それが最初で最後だ。

寡黙な父親はその後、和食料理人が仕事で使うような、鋼製の本格的な鎌薄刃包丁を翔太に買い与えた。そのあまりの切れ味に感動し、翔太はそれから一心不乱にありとあらゆる野菜を切り続けた。

高校を卒業して三年間、様々な店を転々として修業していた時も、その後、父親の店で働いていた二年間も、もちろん小川での一年間も、毎日夜遅くまで野菜を切り続けた。その経験が、現在の翔太の包丁捌きにつながっている。

料理人としては、まだまだ経験不足だ。しかし切る技術に関してだけは、翔太は絶対の自信を持っていた。同世代はもちろん、先輩達と比べても自分の技術が上だと確信していた。だからこそ納得がいかない。

「……寒っ」

悶々《もんもん》と考えながら歩いていた翔太は、商店街を吹き抜ける冷たい風に身震いすると、薄汚いリュックから、くたびれた安物の長財布を取り出した。

何はともあれ、年末年始をどうにかして越さなくてはならない。軍資金の確認は最重要事項だ。長財布を開くと、クシャクシャの千円札が二枚、それにいくつかの小銭が確認できた。

「二千……、七百二十五円か……」

絶望的な金額だ。少ない給料を貯《た》めては、包丁を買い揃《そろ》えてきたツケが回ってきてしまった。

もちろん、一日過ごすだけなら何とかなる。隣駅まで歩いて行って、漫画喫茶にでも入って時間を潰せば良い。しかしこれから先をこの金でやり過ごさなくてはならないとなると、やはり絶望的だ。

あてもなく彷徨《さまよ》っていたが、次第に強くなる雪に、翔太はたまらず商店街へと戻った。寂れた場所だが、メインストリートには小汚いアーケードがかけられており、少しは寒さを凌《しの》げる。

しかしそれでも、冷え込みは相当のものだった。ポケットに突っ込んだ指先がかじかみ、次第に感覚がなくなっていく。翔太は、手をポケットの中で開閉させ、かじかんだ指先で携帯を取り出した。午後十時と表示されている。すでにこの寒さだ。深夜の冷え込みにはとても耐えられないだろう。

「マジでやばいかもしれねえな」

強烈な冷え込みに、死という言葉が頭をよぎる。

「冗談じゃない！　こんなアホな理由で死ねるかよ！」

翔太は思わず首を振った。

知り合いにでも連絡を取ってみよう。そう考えた翔太は、携帯の連絡先を開いた。しかし東京に出て一年間、ほとんど休みもなく働いていたため、東京には友人の一人もいない事に今更気づく。

電池残量は、細い線が一本表示されているのみ。その頼りない赤は、今にも力尽きそうだと訴えかけているようだ。連絡先をスワイプしていくと、実家の電話番号で指が止まる。

親に泣きつくか？

しかし、通話ボタンを押そうとした寸前に指が止まる。一年前、実家を飛び出した記憶が脳裏に蘇《よみがえ》ったのだ。

「こんな古臭い店に、俺の技術は不釣り合いだ。修業なんてやってられっか！」

父親に啖呵《たんか》を切って、わずか一年で出戻るのも情けない。ほれみたことかと、呆《あき》れたようにボヤくさまが頭に浮かぶ。

「ちくしょう」

舌打ちをして、携帯をポケットにしまうと、翔太は辺りを見渡した。

「ここは……、どこだ？」

見慣れない光景が広がっている。

考え事をしながら商店街の路地裏を歩いていたら、知らぬ道に出てしまったようだ。かすみ二丁目は古い街で、メインストリートから枝葉のように路地が張り巡らされている。どうやら、その一本に迷い込んでしまったらしい。

すでに商店街と呼べるような光景ではなく、店は見当たらない。細い路地に沿って古い家屋が並ぶのみだ。それぞれの家の窓には灯《とも》りが灯り、人のいる気配は感じさせるが路地に出歩く人影はない。

本格的にまずい。路頭に迷っちまった。このままだと、冗談ではなく本当にのたれ死んでしまうのではないか。焦燥が翔太の心を襲う。

そんな中、突然一軒の古い建物が目に飛び込んできた。

純和風の木造の二階建て家屋だ。

周りの家よりも一層古臭い建築物だが、玄関周りや植えつけられている松の木はよく手入れされていて、小綺麗《こぎれい》な印象を受ける。開放された門構えから玄関まで、御影《みかげ》石《いし》の石畳が敷かれている。

普通の家屋ではない。翔太は違和感を覚えた。まるで人を迎え入れるような、開放的な
古いながらも手入れが行き届いた外装。まるで人を迎え入れるような、開放的な玄玄関アプローチが印象的だ。

日本料理を扱っている店だ。

これまでいくつもの割烹を見てきた翔太は、そう確信した。玄関周りを調べると、木製の引き戸の脇に、うっかりすると見逃してしまいそうな控えめな表札が掲げられている。

『食事処《しょくじどころ》まぎわ』

店の灯りは点《つ》いていて、中に人がいる気配を感じさせた。

これで雪を凌げる。藁《わら》にもすがる気持ちで、翔太は古い引き戸を開いた。

店内は古いが、小綺麗な様子だった。

黒い石材が敷き詰められた床。年季が入り、茶色に変色した無垢《むく》材のコの字型のカウンターには、木製の椅子が六つ並べられている。

廊下を挟んで右側には四畳ほどの小上がりがある。畳の座敷の真ん中に座卓が一つ。

一目で見渡せるほどの小さな店だ。

内装も古めかしい。

カウンター後ろの棚には、最近めっきり目にする事がなくなったブラウン管テレビが一つ。廊下の壁には、古い振り子時計と申し訳程度の神棚が設置されている。

装飾品に視線を移すと、京都の土産物屋に売っていそうな提灯。和の内装には、およそ似つかわしくない、多肉植物のオシャレ系フェイクプランツが並ぶ棚。さらに小学生に大人気の美少女ヒロインのフィギュアまで飾られていて、まるで統一感がない。

「すみません。お店やっていますか？」

翔太は、カウンター越しに声をかけた。少し待っても返答はない。

「すみませーん」

もう一度大きな声を出す。

しばらくすると、カウンター奥から微《かす》かな足音が聞こえ、ほどなく戸が開いた。

「いらっしゃい」

あらわれたのは、白髪が大部分を占める初老の男だった。

ひょろりと長い体軀《たいく》を猫のように丸め、表情にも覇気がない。六十歳くらいだろうか？　それ以上にも見える。うだつの上がらないおっさん。そんな言葉がぴったりだ。

メガネの奥の眼光も鋭いとは言い難く、冴《さ》えない印象をさらに色濃くしている。薄汚い調理用白衣を身にまとっているので、少なくとも料理人である事は間違いなさそうだが、学校にいたら、理科の先生あたりと間違えそうだ。

「お店、まだやっていますか？」

「悪いね……。丁度閉めちゃったところなんだよ」

姿同様、覇気のない声が返ってきた。

若い年齢層が極めて少ないこの地域では、店じまいも早い。しかしここで引き下がってしまっては、また路頭に迷ってしまう。このチャンスを逃すわけにはいかない。

「すみません。ちょっと家を追い出されてしまって」

「はあ……。一体どうしたの？」

店主は、不審者を見るような目で翔太を見つめた。大晦日の夜更けに得体の知れない若造が突然あらわれたのだから、無理もない反応だ。

その視線が、翔太の革鞄で止まる。しばらくそれを注視すると、店主が口を開いた。

「それ、包丁鞄だろ」

「は……、はい」

「って事は、君は料理人だね……。その鞄の中、見せてもらえる？」

冴えない眼光が、一瞬鋭くなった気がした。

その視線に気圧《けお》された翔太は、合成革のベルトを外して巻かれていた鞄を開いた。

中に納められているのは、大小様々な包丁だ。

「随分綺麗に手入れしてあるね」

店主が感嘆した声を上げる。

当然だ。翔太は心の中で、鼻を鳴らした。

出刃包丁に刺身包丁と小包丁、それに父から貰《もら》った鎌薄刃包丁。他にも多彩な刃物が並ぶ。翔太にとって、全て大切な商売道具だ。

日々の手入れは欠かさない。他の料理人が包丁を見れば、そいつがどれだけ真剣に料理に打ち込んできたのかはすぐにわかる。いわゆる名刺みたいなものだ。

包丁を見つめていた店主が、口を開いた。

「賄《まかな》いみたいなもんしかないけど、食べる？」

「いいんすか？　お願いします」

どうやら何とかなりそうだ。翔太はホッと胸を撫《な》で下ろした。


十分ほどカウンターで待っていると、店主があらわれた。

「待たせたね」

一人用の鍋を、ことりと置く。

鍋蓋の穴からは、温かそうな湯気が立ち上っている。湯気に混ざって優しい出汁《だし》の芳香が漏れ出て、鼻腔《びこう》をくすぐった。

すっかり腹が減っていた翔太は、ゴクリと唾を飲み込む。

「いただきます」

鍋の蓋を開ける。

立ち上った湯気の中に見えてきたのは、卵雑炊だ。溶き卵はふんわりと半熟で、鍋の余熱だけで火を通したのがわかる。ほんのりと生姜《しょうが》が香り、それがまた食欲をそそられる。

「冷めないうちにどうぞ」

翔太は早速、雑炊を口へ運んだ。

美味《うま》い！　二口、三口、立て続けに雑炊をかきこんだ。

これといって特別な料理ではない。

出汁で煮込んだ飯を、溶き卵でとじているだけの至極単純な一品だ。しかし美味い。

翔太は口の中一杯に広がる旨味《うまみ》を、目を閉じて味わった。

出汁がこの上なく美味いのだ。

干し帆立貝柱の出汁を主軸に、品の良い昆布出汁が合わさり、絶妙な調和を作り出している。しかも、一切エグ味がない。

うだつの上がらない冴えないおっさんに見えて、相当の実力者だ。そう確信した。

「どう？　美味い？」

夢中で雑炊を味わっていた翔太に、店主が声をかけた。

「美味いです。出汁は、貝柱と昆布っすか？」

「おお、よく分かったね。あと、干し海老《えび》も少し混ぜてある」

そんなに出汁を合わせて喧嘩しないのは、余程バランスが良い証拠だ。夢中になって頬張っていると、あっという間に鍋が空になった。

「若い子は食べるのが早いね。で、どうして家なしになったんだい？」

飯をご馳走《ちそう》になって、話さないわけにもいかない。翔太はこれまでの経緯を説明した。

「なるほどねえ。お金もなくて困ってたのか」

「はい、色々考えてたら道に迷っちまって、この店を見つけた次第です」

そこまで話して、言葉が詰まる。

できたら年末年始、ここで雨風を凌ぎたい。しかし流石《さすが》に厚かましすぎるだろうか。

切り出せずにいると、店主が口を開いた。

「そこの座敷でよければ、使ってもいいよ」

「へ……？」

「だから、泊まっても良いよ。どうせこの家には僕しかいないし、適当に使って良いよ。その辺でのたれ死なれても困るしね」

　助かった。翔太はホッと胸を撫で下ろした。

「あ、ありがとうございます」

「一応年越す仲だから、自己紹介でもしておこうか。僕の名前は倉田和夫《くらたかずお》。客からはマスターって呼ばれてるから、そう呼んでくれても良いよ」

「マスター？　和食割烹なのに？」

　普通、親方とか大将だろうに。心の中で呟《つぶや》くと、意図を察したのかマスターが口を開く。

「親方は他にいるんだ。大将ってガラでもないからね」

「へえ……」

　訝《いぶか》しんだが、長い付き合いにもならないだろうと思い、それ以上の追及は避けた。

「よろしくお願いします。俺の名前は、赤坂翔太です」

「よろしく、翔太くん」

　振り子時計が鳴った。針は〇時を指している。年明けを告げる音だ。

「明けましておめでとうだね。今、布団を持ってくるから、適当に休んでて良いよ。僕は二階で寝てるから」

　そう言うと、マスターはそそくさと二階へ上がっていった。

振り子時計が七時を告げる音で目が覚めた。久しぶりにぐっすりと眠れた。寝ぼけたまま普段だと厨房の掃除を終え、食材の下ごしらえを始めている時間だ。

カウンターに歩を進めると、良い香りが漂ってきた。

カウンター奥、裏手の厨房から香ってくる。

淡い香りに誘惑されるように厨房を覗《のぞ》き込むと、マスターの横顔が飛び込んできた。

昆布出汁を引いているようだ。

集中しており、昨日の冴えない顔とのギャップがすごい。翔太の気配には全く気づいていない様子だ。邪魔をしないように覗くと、鍋に揺らめく昆布が見える。そろそろ頃合いと見たのか、さっと昆布を取り出す。

続けて、鍋にかけた火を強火にする。グツグツと煮え出した鍋肌に浮かぶアクを軽快にすくいとる。全て取り終えてから火を止める。

間髪《い》を容れずにかつお節を鍋に入れ、余熱で楽しそうに踊るかつお節を、優しく箸で押さえながら、再び湧き出たアクをすくいとる。

一分半ほどで鍋を上げ、中身を布巾で濾《こ》すと、ほんの少しだけ茶色がかった透き通る一番出汁が流れ落ちた。ボウルの上にザルを置き、先ほど濾した布巾を丸めて残り汁を軽く絞り出す。

翔太は、その動作に釘付《くぎづ》けになった。昆布を取り出すタイミングも、残り汁の絞り方も、絶妙の塩梅《あんばい》だ。まるで洗練された舞をみているようだ。やはりこのおっさんは相当の腕前の料理人だ。

一番出汁を取り終えたマスターが、ようやく翔太の気配に気づいた。

「やあ、起こしちゃったか。これから二番出汁を取るところだから、終わったら朝ご飯にしようか」

「は、はい。ありがとうございます」

二番出汁を取るところも見たかったが、一宿の恩義があるので、翔太は店の掃除をしながら朝食を待つ事にした。

小上がりの座卓に朝食が並ぶ。土鍋で炊いた飯に、香の物。そして椀《わん》。

「いただきます」

早速椀に手を伸ばす。

和食料理人としては、椀の蓋を取る時の高揚感が堪《たま》らない。

椀の中には料理人の表現力が詰まっているからだ。その料理人が、いかにセンスが良いかがわかる瞬間だ。蓋を取ると一気に湯気が立ち上り、椀の中身を隠す。それが焦《じ》らされているようでまた味わい深い。湯気が徐々に消え、いよいよ中身が姿をあらわした。

すまし汁だ。とろろ昆布と、摩《す》った生姜が少しだけのせてある。盛り付けは肩肘張っていないものだが、優しい出汁と生姜の爽やかな香りが調和して、なんとも食欲をそそられる。

一口啜《すす》ってみる。やはりとにかく出汁が美味い。朝食に味噌汁《みそしる》を出さず、すまし汁で勝負するあたり、マスターの料理人としての気概を感じる。

続けて香の物に箸をつける。

胡瓜の昆布和え。出汁を取った後の昆布、いわゆるだしがらを刻んで、胡瓜と醬油《しょうゆ》と混ぜた一品だ。だしがらだけでも十分に美味いのだが、胡瓜の瑞々しさと、もう一口、白飯をかきこみたくなる絶妙の塩気に、箸が止まらなくなる。

「どう？　美味い？」

「はい。美味いっす」

ここで修業するのはありだ。

翔太の頭には、そんな考えが浮かんだ。このおっさんは相当の手練《てだ》れだ。働き場所を探そうにも、どうせ正月のバタバタした時期に雇ってくれる店なんぞ、簡単には見つからないだろう。ならばここで、修業がてら住み込みで働かせてもらうのは、良い考えだ。

思いついたが吉日だ。翔太は早速行動に移した。

座卓から外れ、畳に手をついて精一杯声を張る。

「俺をここで働かせて下さい！」

そのまま、畳に頭を押し付けた。

「え？　どうしたの？　いきなり」

マスターが戸惑った声を上げる。

頭をあげると、目をパチクリさせたマスターが視界に入る。

「マスターの料理の腕に感動したんです。行くあてもないし、しばらくここに置いてくれませんか？」

「いや……、でも、うちは料理人を雇う余裕なんてないんだけど」

「飯さえ食わせてくれれば結構です。お願いします！　俺に料理を教えて下さい」

「教えるって言っても……。僕は料理苦手だしなあ」

あんなに美味い雑炊とすまし汁を食わせておいて、なんという謙遜だろうか。ますますここで技術を学びたい、盗みたい。翔太はそう思った。再び頭を畳に付ける。こうなったら、何が何でも押し切ってやる。

「お願いします！　気に入らない事があれば、いつでもクビにしてもらってもいいので、ここで働かせて下さい」

翔太の経験上、この土地の江戸っ子達は案外情にもろい。このおっさんは特に気が弱そうだし、押し切れるはずだ。マスターの戸惑う気配を察知し、さらに頭を強く擦り付ける。

「ああ、もう。わかったよ」

落ちた。翔太は心の中でガッツポーズを作った。

「ありがとうございます！　で、仕事はいつからですか？」

「うちは事情のある人達が多いから、年末年始も休まず営業してるんだよ。とりあえず案内がてら、準備を始めるかい」

「わかりました！」

意気揚々と返事をすると、翔太は残りのすまし汁を白飯とともにかっ込んだ。

朝食を終えると、翔太は早速店内を案内された。

「ここが厨房だ」

こぢんまりしたカウンターに比べて、厨房は随分と立派な造りだ。三、四人が作業をする想定の設計と思われる。右手には三口コンロが二台。横の棚には、出汁を取るための昆布、鰹節《かつお》、煮干し、乾燥貝柱などが、所狭しと並んでいる。その隣には遠赤外線グリラーが置かれた焼き場。中央にはステンレス製の立派な料理台。左手には業務用冷蔵庫に、丸々の魚を処理するにも十分な大きさの洗い場が並ぶ。

とても一人で切り盛りする規模ではない。

「立派な厨房っすね」

「一人でやるには大きすぎるけどね。元々寿司屋だった店を、そのまま利用してるんだ」

「なるほど……。居抜き物件ってやつっすね」

これだけの設備であれば、大概の和食を作る事ができる。利用しない手はないだろう。

感心しながら厨房を見回すと、奇妙な場所を見つけた。

「あの書類の山はなんっすか？」

厨房隅に、五段造りの巨大なステンレスラックが置かれている。書類をまとめたファイルが、ぎっしりと並べられている。

「ああ、あれか。あれは……」

言い掛けたその時、入り口の引き戸がドンドンと無造作に叩《たた》かれた。

返事を待つ間もなく、ガラリと戸が開かれる。

「客っすか？　元日の朝っぱらから？」

「……ああ。まあ、お客さんみたいなもんだ」

「お客さん……みたいなもの……」

疑問に思いながら入り口へと向かうと、白髪の老人が立っていた。

着流しに身を包んだじいさんの背骨は曲がっていて、震える左手には杖《つえ》を持っている。小さな体躯なのだが、妙に威圧感がある。

特徴的なのは、目だ。やたらと鋭い眼光を放っている。

そのギラギラした視線が翔太と合った瞬間、老人は杖をこちらに向けて馬鹿でかい声を張り上げた。

「何じゃお前は！」

威勢の良い声で一喝される。

「は？」

戸惑う翔太の後ろから、ようやくマスターが出て来た。

「ああ、いらっしゃい芝《しば》親方。明けましておめでとうございます」

齢《よわい》八十くらいのやたら不機嫌そうなじいさんは、しかめ面のままカウンター席に座った。

心を許していないのか、杖に手を乗せたまま、突き刺すような視線を翔太から片時もそらさない。生粋《きっすい》の江戸っ子頑固ジジイ、まさにそんな言葉がぴったりの風貌だ。

マスターが、穏やかな口調で声をかける。

「何を飲みますか？」

「ビール」

芝親方は、ぶっきらぼうに答えた。

「痛風の人にビールなんて出せませんよ」

「ふんっ！　相変わらずケチ臭い店じゃ。正月くらいビールを飲ませても罰は当たらんじゃろ。なら日本酒でいいわい。そこの〆張《しめはり》の四合瓶、口開けしてくれ」

棚に飾ってある上等な日本酒を顎で指す。

マスターが、呆れたような表情を見せた。

「芝親方、糖尿もあるでしょ？　あんまり飲ませちゃ、僕が担当の先生に怒られちゃいますよ。正月といえども、お出しできるのは……」

そう言って、目の前のカウンターに、茶色いビンを置いた。

「またホッピーか」

芝親方が、うんざりした表情でボヤいた。

ホッピーとは、昭和に生まれた焼酎割り飲料だ。当時高価だったビールの代替品として作られたビール風の炭酸飲料で、焼酎を混ぜて飲む。昭和のイメージが強いが、痛風の原因となるプリン体が含まれないことや、低カロリー、低糖質なので、健康的な酒として、再びブームとなっている。

「まあまあ」

そう言いながら、マスターが焼酎をちょびっとジョッキに注《つ》ぐ。焼酎を注ぐ手が止まるのを恨めしそうに見ながら、芝親方が震える手でホッピーを手酌で追加する。マドラーでカラカラと液体を混ぜて完成した薄めのホッピーに、早速口を付けて喉を鳴らす。

しかし、不満そうな顔つきだ。

「薄すぎて酒の味がせんな……。ところで、その若造は一体何者じゃ？」

再びジロリと翔太を睨んだ。

「ああ。紹介遅れましたね。彼の名前は翔太くん。料理人ですよ」

「料理人が何だってこんな店で働いてるんじゃ？」

「料理人だから和食店で働くんじゃないっすか」

しかし芝親方は、翔太を無視する。

「なんじゃ、まだ説明もしておらんのか」

「まあ、急遽《きゅうきょ》働く事が決まったもので……」

状況を飲み込めずにいると、再び鋭い視線が翔太に注がれた。

「料理人といったって、どうせその辺の居酒屋のバイトかなんかじゃろ？」

挑発するような物言いだ。

「はあ？」

思わず翔太は声を荒らげた。一体なんなんだこのじいさん。失礼にも程がある。

しかし芝親方は、翔太を無視して再びマスターに顔を向ける。

「まあいい。ヤブ、美味い魚でも出してくれ」

「や……やぶ？」

また意味のわからない言葉が出てきた。

マスターは、全く気にしていないようだ。

「今日は元日ですよ。市場があいてないのは、親方なら知ってるでしょう？　ロクな魚は残ってないですよ。鮪《まぐろ》の赤身くらいですかねえ」

芝親方が舌打ちをする。

「それを見越して魚を残しておくのがプロってもんじゃろう」

「すみません。なんせアマチュアなもので……」

のらりくらりと喋《しゃべ》るマスターに、さらに大きな舌打ちが返ってきた。

聞こえているのかいないのか、マスターはそそくさと厨房へ逃げ込んで、少しして
ひょっこりと顔を出した。

「翔太くん。下の冷蔵庫に大根が入ってるから、ツマを作ってもらえるかな。ピーラーもあるから適当にやって良いよ」

「ピーラー？」

翔太は慌てて周囲を見渡した。

調理台下に小型の冷蔵庫を発見する。確かにラップされた大根が保存されていた。

「ツマ……ねえ」

大根を手に取り、続けて調理道具置き場を探る。

包丁さしには、三徳包丁とペティナイフがささっている。どちらの包丁も、和食割烹にはおよそ相応《ふさわ》しくない、家庭使いのものだ。

手前の引き出しを探ると、確かに数種類のピーラーが入っていた。大小二種類の皮剝き用、トマト専用ピーラー、さらにはキャベツの千切り用のものまである。どれもホームセンターに置いてある、主婦向けの便利系調理器具だ。

まさか、これでツマを作れという事だろうか？　千切りピーラーの、ギザギザの刃を見ながら翔太は放心した。

「ひどいじゃろ？　こんなところじゃ、腕なんて上がらんぞ。まあ、それを使えばバイトでもツマくらいは作れるじゃろうがな」

芝親方の馬鹿にしたような物言いに、カチンときた。

「さっきからバイトバイトって馬鹿にしやがって。上等だよ、見せてやろうじゃねえか!」

芝親方の顔をキッと睨むと、翔太は包丁鞄を摑《つか》み取って、調理台の上で開いた。

愛用の鎌薄刃包丁を手に取ると、照明に反射して刃先がキラリと光った。

その様子を見た芝親方が、ニヤリと笑う。

「ほお。道具だけは一丁前じゃの。バイト」

さらなる挑発に、怒りが湧き上がる。

上等だよ、俺の技術を見せつけてやるよ。翔太は心の中で啖呵を切って、作業に取り掛かった。

刺身のツマを作るとは、大根のかつらむきをこなすという事。それは即ち、包丁操作の基本中の基本が身についているのかを披露する事に他ならない。

大根のラップを外し、胴を十五センチの長さで切り落とす。かつらむきの修業をする時は、五センチから練習し、徐々に幅を広げて難易度を上げてゆく。十五センチは相当難しい。

芝親方は、馬鹿にしたような笑みを浮かべたまま観察している。「お前さんにできるのか?」そんなセリフが顔に浮かんでいる。

翔太は心の中で舌打ちをした。

大根の上下の面を切り出し、まな板の上に大根を立て、水平が保たれていることを確認する。さらに全ての面の厚みが一定になるように、皮を一周削《そ》ぎ落として、綺麗な円柱に整える。ここまでが、かつらむきの下処理だ。ここをいかに丁寧にやるかが、肝なのだ。

下処理した大根を左手で支え、鎌薄刃包丁の刃をあてる。

いよいよ身を剥いていく。

一見、大根を切り出す右手が重要かと思われがちだが、本当に大切なのは左手の動きだ。右手はあくまで刃を上下に動かすだけ。左手で大根をゆっくりと回転させ、切り出す大根の厚みを親指で感じながら、微調整する。

その動きに合わせ、薄く切り出された大根が、まるで巻物を広げるかのごとく伸びてゆく。大根の繊維が織りなす模様がはっきりと浮かび上がるほどの薄さだ。

千切れずに作り出される和紙のような大根を見て、芝親方の顔からは笑みが消えた。

出来上がったかつらむきを冷水に浸す。水気を軽く拭き取って、横幅二十センチずつ切り分ける。大根の層を重ね、繊維にそって千切りにしてゆく。縦打ちという手法だ。

まな板を叩く包丁の音が、リズミカルに響く。包丁が通過した後には、完成したツマが踊るように舞い上がった。

全ての大根を切り終えると再び冷水に浸し、水気を切って刺身皿に盛り付けた。

「一丁上がりです」

芝親方は、まるで陶芸品を見定めるかのように、ツマの山をじっくりと回し見た。

全周見終えると顔を上げ、翔太の背後に視線を向けた。

「食ってみろ、ヤブ」

いつの間にか存在感なく後ろに立っていたマスターに、芝親方が声をかけた。

マスターがツマをひとつまみ、口へと運ぶ。咀嚼《そしゃく》に合わせシャキシャキと音が響いた。

「瑞々しい。ツマがまるで、生きてるみたいだ」

芝親方が、呆れたようにため息をついた。

「これが本物のツマじゃ。ピーラーなんぞで作るのとは大違いじゃろう。おうバイト、ついでにその鮪も切れ」

偉そうに翔太を鼻であしらう。

「バイトってわけでもないんすけど……」

包丁捌《さば》きを披露しても、評価は変わらない。それに釈然としないまま、マスターから鮪の柵を受け取った。柳刃包丁に持ち替えて斜めに刃を入れる。長い刃を利用し、引き切りで刺身を五枚切り出し、先ほどのツマに盛り付けた。

「お待ち」

芝親方が震える手で皿を回しながら、刺身をじっくりと観察する。鏡面のような鮪の赤身が、きらりと輝いた。

「この店で、初めて刺身らしい刺身を見たわい」

マスターをギロリと睨んで、芝親方が言った。

「そりゃすいませんね」

マスターが悪びれもせず謝った。

「人それぞれ、得手不得手がありますしねえ。腹の足しに、これでもどうぞ」

静かに置いたのは、だし巻き卵。焦げが一切ない卵は、置いた振動でぷるんと震えた。

「相変わらず、そういう料理だけは得意じゃの」

「お褒めに与《あずか》り光栄です」

「褒めてないわい、このヤブ」

芝親方の言葉が引っかかる。

「ヤブヤブって、一体なんの事っすか？」

思わず聞いたが、芝親方から返ってきたのは、鋭い視線だけだった。「部外者は黙っておれ！」そんな言葉が視線に滲《にじ》む。ぶすっとした表情で刺身とだし巻き卵に手を付ける。ちびりちびりとホッピーを飲みながら、芝親方はゆっくりと完食した。

「まだ今年も一日目じゃし、そろそろ帰るかの」

「どうもお粗末さんでした。お代は千円になります」

その言葉に、芝親方が苦虫を嚙《か》み潰したような表情を見せた。

「相変わらず丼勘定じゃの。小夜《さよ》坊が居ないとすぐに潰れちまうわ、こんな店」

「誰っすか？　それ」

「それも知らんのか。まあそのうち、嫌でも知り合うわい」

含みのある笑みを浮かべた後、芝親方はもう一度翔太をジロリと睨んだ。

「まあ今日は久しぶりに良いものを見させてもらったの。しかし、バイト」

「は、はい」

「お前さんは自分のためだけに包丁を振るっとるな」

「は？」

「あんなに長いツマを出されても、食いづらくて仕方がないわ。お前さんはまだ青い。まあせいぜい精進せい」

言いたい事を言って満足したのか、芝親方はさっさと店を去っていった。

その日の夜、翔太はだし巻き卵に手を伸ばしつつボヤいた。

「一体何なんすか、あのじいさん」

今日は早めの夕食だ。口を開けば文句ばかりの芝親方を思い出し、無性に腹が立つ。

「まあ、彼は基本的に人を褒めないからね」

マスターがきんぴらに手を伸ばし、咀嚼する。

「お……、美味いね」

翔太が作った賄いだ。かつらむきの際に余った大根の皮を刻んで、出汁で炒《いた》めたもの。かつらむきは若い頃から散々練習してきたので、余った皮を使ったレシピも沢山習得している。マスターが作った出汁がとにかく美味いので、何を作っても料理の仕上がりが良くなる。

「まあ、芝親方の事は気にしなくて良いよ」

「いや、でもあれだけ偉そうに口出しされると、気にもなりますよ」

翔太のボヤきを聞いて、マスターは小さく笑った。

「彼は元寿司職人だからね。芝寿司《しばずし》っていう店を切り盛りしていたんだよ」

「なるほど……、それで料理にうるさいんすね」

引退したじいさんほど、余計な口を出すのは世の常だ。『親方は他にいるんだ』、マスターの言葉を思い出す。なるほどあのじいさんが親方かと納得する。

「芝寿司はとても流行《はや》っていたんだけど、痛風と糖尿を大分悪化させちゃって、店を畳んだんだよ」

完全に自業自得じゃないか、その言葉を翔太は呑《の》み込んだ。しかし、自分で体を悪くして引退したくせに人の料理に口を出すなんて、どうにも納得いかないとも思う。

怪訝《けげん》な顔で箸を動かす翔太を見て、マスターは笑みを浮かべた。

「ちなみに、この店が元芝寿司だ。だから彼は、ここのオーナーでもあるんだ」

「マジっすか？」

「彼は週の半分以上ここに顔を出すから、対応よろしくね」

翔太は思わず舌を出した。

「あの頑固じじいと、そんなに顔を合わせないといけないなんて勘弁っすよ。あの小言を毎日聞かされていたら、頭が変になっちまいますよ」

マスターが笑う。

「芝親方は楽しそうだったよ」

「とてもそうは思えなかったっすけど」

「やっとちゃんとした料理人が来てくれて、嬉《うれ》しかったんじゃないかな？」

「料理人って……、マスターがいるじゃないっすか」

すると、マスターの表情が少し陰る。

「僕はアマチュアだよ。何を教えても全く身につかないから、もう相手にすらされないよ」

「……はあ？」

マスターは再びきんぴらを口にしたあと、「それに」と続けた。

「明日からはもう一人増えるから、翔太くんの負担も少なくなると思うよ」

帰り際の芝親方の言葉を思い出した。

『小夜坊が居ないとすぐに潰れちまうわ、こんな店』

おそらく、もう一人の従業員とは、その小夜坊だ。

「上手《うま》く芝親方の機嫌も取ってくれるから、今日よりも楽だと思うよ。とにかくよろしくね」

「はあ……」

生返事をしながら、卵焼きに手を伸ばす。

『お前さんは自分のためだけに包丁を振るっとるな』

芝親方の言葉が、脳裏によみがえり、箸を持つ手が止まった。

――くそっ
その言葉を打ち消すように、雑に卵焼きを口へと運ぶ。

しかし結局その夜は、壊れたラジカセみたいに、その言葉が頭の中で再生され続けた。

小夜坊がまぎわにあらわれたのは、翌朝のことだった。ただし、朝は朝でも早朝だ。

突然、まぎわの戸がとんでもなく大きな音を立てて開いた。

その馬鹿でかい音に翔太は思わず飛び起きた。壁掛け時計を見ると、六時を指しているのがぼんやりとした視界に映った。

こんな朝っぱらから誰だ？　泥棒か？

寝ぼけまなこを必死に開いて戸に目をやった瞬間、よく通る大きな声が響いた。

「おはようございます！　今年もよろしくお願いします！」

あまりに元気な声に、脳が叩き起こされる。

焦点が定まった視界に入ったのは、黒髪ポニーテールの女だ。少しつり上がった、大きな瞳と目が合う。

なんでこんな朝っぱらに、見ず知らずの女が？　混乱していると、目の前の女の目はさらに大きくなった。

「あんた誰よ？　っていうか、パンツ一丁じゃない！　早く着替えなさいよ！」

途端に顔を真っ赤にした女性は、慌てふためいて目を覆い隠した。

「着替え終わった？」

女が明後日《あさって》の方向を見ながら、声をかける。

「は、はい」

女は咳払《せきばら》いをすると、くるりと反転して、相変わらず元気な口調で自己紹介をした。

「私は松本《まつもと》小夜、ここで働いているわ」

先ほどは慌ただしくてわからなかったが、改めて見ると相当の美人だ。

同世代だろうか。二十代後半、白いシャツにデニムというシンプルな出《い》で立《た》ちだが、それが彼女自身の美しさを際立たせる。

少しつり上がった二重の大きな目が、猫のような印象を醸し出していて、よく見ると瞳の奥は、青い宝石のように輝いている。高い鼻が中央にすっと通り、真っ白な肌の上、うっすらと桜色に色づいた形の良い唇がアクセントとなっている。

修業の身でむさい男衆とばかり顔を突き合わせていた翔太は、久しぶりに見る美女を前に、すっかり固まってしまった。

「さ……、小夜坊……さんですか？」

「はあ？」

小夜が怪訝そうな表情を見せる。

「あ……、いや、芝親方が……」

「ああ、親方に会ったのね」

翔太に近づき、まるで見定めるように視線を一周させる。ポニーテールが舞い、女性特有の甘い香りがふわりと翔太の鼻をくすぐった。

「……で、あんた誰よ？」

翔太を睨む。……顔が近い。

半分になっても尚《なお》大きな瞳、奥に光る深い青に吸い込まれそうになり、鼓動が速まる。

「お、俺は、赤坂翔太っす。大晦日からマスターにお世話になっています」

「大晦日って、一昨日《おととい》じゃない。なんでいきなり？」

「……え。いや……、色々事情があって」

不審者を見るような目つきだ。年末からずっとこんな感じだ。小夜の勢いにたじろいでいると、二階から足音が聞こえてきた。ようやくマスターが降りてきたのだ。翔太はホッと胸を撫で下ろした。

寝ぼけまなこで、普段よりさらにしょぼくれた目になったマスターが口を開く。

「小夜ちゃん、早かったね。あっ、紹介しようか、彼は……」

「新しいバイトさんでしょ？　ウチに人を雇う余裕なんてないですよ！」

マスターの言葉を遮り、小夜が声を上げる。悲しい事に、またバイト扱いだ。

「ああ、ごめんごめん。彼が途方に暮れてたから、相談せずに決めちゃったんだ」

小夜が呆れたような顔で、大きなため息をついた。

仕草がいちいち大きくて、どうにも無意識に目で追ってしまう。そんな翔太を、小夜は怪訝そうな表情で指差した。

「大体この人、ちゃんと料理ができるんですか？」

明らかに翔太を受け入れていない態度だ。

「料理の腕は問題ない……というか、僕よりよっぽどしっかりしていたよ」

しかし小夜は、納得していない様子でマスターに詰め寄る。

「うちのやり方に対応できるんですか？」

「いやあ……、それはおいおい教えていくってことで……」

腰に両手を据えた小夜が、マスターを睨む。

「誰が？」

「ええと……、それは……」

「いつ？　どうやって？」

小夜に詰め寄られたマスターのしょぼくれた目が、店内をフラフラと泳ぐ。やがて、

「……もしお願いできたら」と、小夜の顔を見てボソッと呟いた。

小夜が大きなため息で答える。

「もう！　わかりましたよ。どうせ何言っても、マスターは一度決めたことは変えな

いでしょ？」

それを肯定の意と捉えたのか、マスターが笑みを浮かべた。

小夜がキッと顔を向ける。

「ねえあんた、聞いて」

「は……はい」

「ここは、普通の店じゃないの。色々とルールが多いから、しっかりと仕事を覚えてよね」

そういえば、芝親方もそんな事を言っていたなと、翔太は思い出した。

「普通の店じゃないって、どっからどう見てもただの割烹料理屋だと思うんすけど」

小夜がガックリと肩を落とす。

「あんた、そんな事も知らないでここで働くことにしたの？」

「す……すんません」

「まあいいわ」と呟くと、小夜は腰に手を当てた。

「ここのお客さんはね、みんな病気持ちなの。だからうちは、持病を持った人向けに、色々な料理を出す店なのよ」

「持病って……、高血圧だとか糖尿だとか言うお客さんは、どの店にもいましたけど」

呆《ほう》けた顔の翔太を見て、小夜は大きなため息をついた。

「マスターも、雇うんだったら肝心な説明くらいしっかりしておいて下さいよ」

頭をポリポリと掻《か》きながら、小さく「申し訳ない」と呟くマスターを見て、小夜は再び肩を落とした。

「まったく……、マスターは医者をやっている時以外、本当に頼りないんだから……」

「い……医者？」

思わず聞き返した言葉に、小夜が訝《いぶか》しげな表情を見せる。

「……もしかして、それも聞いてないの？」

「は、初耳っす」

「マスターは昔、医者をやっていたのよ。今は引退しているけど、その時の知識を生かしてこの店をやっているの」

『ヤブ』

芝親方の声が脳裏に蘇り、思わず翔太は大きな声を上げた。

「ああ！　ヤブってのは、ヤブ医者のヤブか！」

その瞬間、小夜に思いっきり頭を叩かれた。その痛みに、翔太はくぐもった声を上げた。

「何いきなり失礼な事を言ってんのよ！」

「いや……これは、芝親方が……」

「はあ？」

聞く耳持たず、と言った様相だ。

「まあまあ」、マスターが仲裁に入る。

「こんな奴、本当に雇うんですか？　マスターをヤブ医者扱いするなんて、礼儀がなさすぎですよ」

すっかり怒り心頭の小夜をなだめるように、マスターが口を開く。

「まあ、今の僕は料理人だし、そもそもヤブ医者とか名医とかは、本人が決める事じゃないからねえ……」

「そういう事を言ってるんじゃないんですけど……」

小夜は、この日一番のため息をついた。

黒い甚平《じんべい》姿に着替えた小夜は、ポニーテールをキツく結び直し、両頬をぱちっと叩いた。

「さあ！　今年も一年、頑張るよ！」

そのまま店内をぐるりと見渡すと、小上がりの棚にシーサーを飾り付けた。

「年末は沖縄に行ってきたの」

嬉しそうに言う。なるほど、店内の統一感に欠ける内装は、彼女によるものだと翔太は理解した。

小夜は、まるで小動物のようにせっせと動く。

物品確認、予約客のチェック、店内の掃除を済ませると、衝立《ついたて》を小上がりとカウンターの間に置いた。その結果、小上がりが半個室のような空間になった。

「これでよし、と。いよいよ仕事始めって感じね」

満足そうに腰に手を当てた。

「……そこは、個室として使うんすか？」

作業に没頭していたのか、ようやく翔太の存在を思い出したらしい。

「ああ。ここは、私の部屋よ」

「私の部屋？」

「まあ、おいおい説明するわ。先に裏手の説明をするから、ついてきて」

そのまま、翔太をカウンター奥へと呼び込んだ。

「お酒はこっちに置いてあるわ」

戸棚の中には、瓶ビールに焼酎、ウイスキーなど、一通りの酒が揃っている。それに加えて、ノンアルコールビールに、食事処ではあまり目にしない発泡酒も置いてある。さらにその横の、見慣れない酒が目に入った。

「紙パックの日本酒……。こりゃスーパーで売ってる合成酒じゃないっすか」

割烹料理屋に、こんな紛《まが》い物みたいな酒を置いているのかと訝しんでいると、小夜がそのパックを取り出した。

「これは、糖質オフの日本酒よ」

翔太の目の前で、パッケージの端をビッと指差す。

「……確かに、糖質オフって書いてある」

「日本酒は米を原材料にしているから、糖質もカロリーも多いのよ」

「糖質オフってのは、ダイエット用ってことか……」

小夜が首を振った。

「それもあるけど、日本酒は血糖値が上がりやすいのよ。糖尿病の患者さんにとっては、それが命取りになるの」

糖尿病と言われ、芝親方の顔が浮かんだ。

「ああ！　だから芝親方はホッピーを飲んでいたんっすね」

「でも芝親方にこの日本酒を出したら、大目玉を食らうから気をつけてね」

「え？」

「なんちゃって日本酒なんて飲めるか！　って、怒り出しちゃうからね。芝親方は、一回ヘソを曲げると大変だから」

悪戯《いたずら》っぽく笑って、大きな目をウィンクさせた。どうやら小夜はさっぱりとした性格のようで、翔太が働くことに難色を示していたことなど、すっかり忘れてしまったかのようだ。

「ねえ、聞いてるの？」

「ああ、すいません」

小夜は「もお」と呆れた声を出して、説明を続けた。

「この日本酒は十年くらい前に発売されたもので、大分味も良くなってはきたんだけどね……。生粋の酒飲みからすると、まだまだ飲めたもんじゃないのかもね」

さらに小夜は続けた。

「そういえば、うちでは、お酒は一人一杯までってルールがあるから、覚えておいてね」

「一杯だけ？　酒を売らないんじゃ、商売あがったりっすよ」

酒類は稼ぎ頭の一つだ。一杯だけしか飲ませない店など聞いた事がない。

小夜が顔をしかめる。

「お酒を制限されているお客さんも多いのよ。そんな人達がいるのに、周りでガバガバお酒を飲まれたら嫌でしょ？」

「ああ……、なるほど」

続けて、小夜がタバコを吸う仕草を見せる。

「あと、うちは禁煙。タバコが吸えない人や、匂いで体調が悪くなる人もいるからね」

「確かに、普通の店じゃないっすね」

「そうなの。全部理由があるから、きちっと覚えておいてね」

説明しながら、小夜は厨房の奥のラックに歩みを進めた。昨日マスターに聞けずじまいだった、大量の書類が収められている棚だ。

「そういえば、その棚に並んでる書類は……」

「あれはね、お客さん達のカルテなの」

スタスタとラックに向かって歩き、クルリと振り返る。

「お客さんの病気や全身状態、食事の制限なんかを、個別に書き込んである書類よ」

ファイルの表紙には、名前が書かれている。あいうえお順に並んだファイルの一冊を引き抜こうとすると、「いけないっ！」と小夜の声が響き、思わず手が止まった。

「もうすぐ里見《さとみ》さんが来ちゃう！」

「里見さん？」

「予約のお客様よ。時間がないから、あとは実際に対応しながら説明するわ。里見源《げん》三郎《ざぶろう》さんって方のカルテを持ってきてくれる?」

「は……はい」

翔太は、さ行の箇所から『里見源三郎』なるカルテを引き出して、小夜に続いた。

里見源三郎が来店したのは、それから間もなくの事だった。

開いた戸口にあらわれたのは、一組の夫婦。

茶色いジャケットを羽織った、五十代くらいの小太りで猫背の男性が、源三郎その人。顔も丸みを帯びていて、ぼってりとした瞼《まぶた》に、目の下にはくっきりとしたクマが刻まれている。とにかく陰気な表情で覇気がない。

隣のすらっとした中年女性が奥さんだ。えんじ色のワンピース、上品な柄物のスカーフを首に巻いている。穏やかな笑みを浮かべ、愛想の良い貴婦人といった出で立ちだ。

「こんにちは、予約した里見です」

挨拶したのは奥さん。隣の源三郎は、ぶすっとした表情のまま突っ立っている。

この店の男性客は愛想が悪いのしかいないのかと翔太は思った。

小夜が対応する。

「いらっしゃいませ。今年もよろしくお願いします」

そっぽを向いた源三郎のかわりに、奥さんが微笑《ほほえ》みを絶やさずに頭を下げる。

「こちらこそ、よろしくお願いしますね」

「じゃあ先に、お話からしましょうか」

そう言って、小上がりに奥さんを案内する。

「個室予約のお客さんなんすね」

思わず耳打ちすると、小夜が唇に指をあて「静かにして」と訴えた。

「すっ……、すんません」

奥さんが小上がりに腰を落ち着けたのを確認して、小夜が耳元で囁《ささや》いた。

「先に体調の変化とかを聞き取りするの。問診みたいなもんよ」

問診とはなんぞやと聞きたかったが、小夜はさっさと歩き出す。

「早く来て」

小上がりの前に立った小夜が、翔太を手招きする。

「へ？　俺もっすか？」

小夜が眉をひそめる。

「当たり前でしょ？　今日は研修なんだから、店の事をしっかり見て」

「は……、はい」

翔太は慌てて小上がりに向かった。

小上がりの座卓には、奥さんだけが座る。源三郎は、カウンター席で一人ぐったりしている。

奥さんの対面に座った小夜が、カルテとやらを開く。チラリと中を覗き見ると、びっしりと文字が書き込まれている。新しいページに、『一月二日』と書き込んだ。

「変わりはないですか？」

「はい。まあ、ずっと変わらずですね」

ニコニコと笑いながら、奥さんが小夜の質問に答える。

「年末年始の食事は？」

「一応、メニューを書いてきました」

「ありがとうございます」

メモを受け取ると、小夜はそれをカルテに貼り付けた。

「あとは、検査データもコピーしてきました」

さらに奥さんが、大量の数字が書き込まれたコピー用紙を差し出した。覗き込むと、英字の訳のわからない項目が羅列されている。

「え……、えーえるてぃ？　なんすか、これ？」

思わず呟くと、小夜が眉をひそめる。

「後で説明するから……」

小さく叱責すると、奥さんが反応した。

「そちらの方は、新人さん？」

「えーと、年末から働く事になった、料理人……見習いです」

「いや、見習いじゃなくて……」

声を上げた瞬間、左足に痛みが走った。

「いてっ！」

視線を下げると、小夜に腿《もも》をつねられている。

「ちょ……、ちょっと」

抗議の声を上げると、小夜がずいっと顔を寄せた。やはり距離が近い。翔太は思わずのけぞった。

「後で説明するから、ちょっと静かにしてなさい」

そのやりとりを見ていた奥さんが、小さく微笑んだ。

「す、すみません。この子には後でちゃんと説明しておきますので」

「良いのよ。賑《にぎ》やかで楽しいわ」

翔太に顔を向けた奥さんは、柔らかい雰囲気だが、しゃんと伸びた背筋からは、どこか芯の強さが感じられ、翔太も背筋を伸ばした。

「うちの主人は、透析を受けているの」

「透析……ですか」

聞いた事はあるが、よく分からない。翔太が呆けていると、奥さんが続けた。

「腎臓の代わりに、血液を綺麗にしてくれる治療なんですよ」

「腎臓っておしっこだす臓器ですよね、なんで血液が……」

間の抜けた声を返したら、今度は脇腹を小突かれた。

それから世間話をした後、奥さんは源三郎の隣に座った。源三郎は、相変わらず項《うな》垂《だ》れて、カウンターの木目ばかり見ている。こんな陰気な状態で飯屋に来る人間など見た事がなく、一体何をしに来たのかとすら翔太は思った。

マスターがカウンターに顔を出す。

「どうも、今年もご贔《ひい》屓《き》に」

反応したのは、やはり奥さん。

「今年もお願いしますね、先生」

「いやあ……、医者だったのは昔の話ですよ」

マスターが謙遜するように返した。

そういえば、マスターは医者だったんだっけ。ドラマで見るような威厳も鋭さも全く感じられない。ひょろっとした体軀を眺めながら、翔太はそんな事を思った。

「これ、どうぞ」

夫妻の前に、紅白の江戸切子の日本酒グラスが置かれる。満たされているのは、真っ赤な液体だ。

「搾りたてのトマトジュースです」

「ジュ……ジュース？　しかも、あれっぽっち！」

声を上げると、また脇腹に激痛が走る。振り向くと、小夜がつねっているのが見えた。「いい加減、静かに見てなさい」と、強烈な威圧をかけてくる。

「さて、今日はどうしましょうか？」

すると、ようやく源三郎が喋った。

「……死にたい」

一瞬耳を疑った。飯屋に来て、死にたいとは何事なのか。

「何言ってんだ、このおっさん」

つい言葉が出てしまった。

またつねられてしまうと思った瞬間、右腕を強く掴まれた。

「え？」

なんだと思う間も無く厨房へと引きずり込まれ、壁に背中を押し付けられた。小夜が翔太の両肩を力強く摑んでいる。

「ちょ……ちょっと……」

端整な顔が目の前に広がってドキッとするが、小夜の目は真剣そのものだ。

「ねえ」

低い声。謝っておいた方が良い、そう思わせるには十分な威圧感だった。

「す……すんません。思ったことが口に出ちゃう性分なもんで……」

しかし、小夜の表情は変わらない。

「聞いて」

「は……はい」

「透析の治療っていうのは、死ぬほど辛《つら》いのよ」

小夜が厨房に置いてあった爪楊枝《つまようじ》を手に取り、翔太の眼前に先端を向けた。

「な……、何するんすか！」

「透析の治療はね、これくらい太い針を腕に刺すの」

小夜の視線は、翔太の眉間に注がれている。

これから爪楊枝を額に突き刺すと言わんばかりの表情に、翔太は固唾《かたず》を吞《の》んだ。

「十六ゲージっていう、大きな針なの。里見さんはこの針を毎回刺して透析治療を受けてるのよ。……想像できる？」

翔太は首を振った。

「一回の透析治療は四時間くらいかかるの」

「よっ……四時間もっ！」

声を上げた拍子に、眉間に爪楊枝がチクリと刺さった。

「いてっ！」

思わぬ状況に、小夜が慌てた表情を見せる。

「ちょっと……、あんた大丈夫？」

小夜が眉間の傷を確認する。息がかかりそうなほどの距離だ。大事ではないことを確認すると、小夜は胸を撫で下ろした。

「ごめんね」と呟いて、小夜が続ける。

「透析治療は半日がかりなの。しかも、その治療を週に三回も受けなきゃならないの」

「週三回……、ってことは、二日に一回も……」

「そう。腎臓は、体の老廃物を外に出すための臓器だから、その機能を代替するには、頻繁に通院しなきゃならないのよ。それをやめたら死んじゃうの」

病院なんて余程の理由がない限り行きたくない。待ち時間も長いし、医者と喋って楽しかった記憶などない。週に三回など、想像するだけで気が滅入《めい》る。

「雨の日も風の日も、夏休みも正月も、里見さんには関係ないの」

小夜の大きな瞳に影が差す。

「里見さんは、そんな生活を十年も続けてるの。分かってあげて」

「でも、そんな若い頃に腎臓を駄目にしちゃったって、相当不摂生をしていたってことじゃないっすか」

腎臓が悪いといえば糖尿病のイメージだ。実際、源三郎は太ってるし、顔だって浮腫《むく》んでいる。若い頃に不摂生していたと言われれば納得だ。

小夜は首を振って、カルテの最初のページを開いて見せた。【主病名　慢性糸球体腎炎】と記載されている。

「里見さんは糖尿病じゃないの。元々お酒も飲まないし、暴食していたわけでもないの。突然尿に血が混じって、調べたら原因不明の腎臓の炎症が見つかったのよ。色々治療を施したけど段々悪化して、十年前にとうとう人工透析が必要になったの」

「……そうだったんすか」

「ちょっと太って見えるのも、顔が浮腫んでいるのも、その時の治療の副作用なのよ」

その説明を聞いて、翔太は言葉を失った。同じ世界で、こんな大変な人生を歩んでいる人がいるのか。単純にそう思った。

「す……、すんません」

気づいたら、謝罪の言葉が口から出てきた。それは、小夜に対してなのか、源三郎に対しての言葉だったのか、それとも、自分の配慮のなさに対してなのか、正直よくわからない。

「うちのお客さん達には色んな事情があるから、言葉には気をつけてね」

「は……はい」

すると、厨房にひょろりと長い人影があらわれた。

「まあまあ、翔太くんには、専門的な医療知識がないから、無理もないよ」

「マスター」

そのまま小夜に近寄り、カルテを手に取って翔太に渡す。

「小夜ちゃんのカルテは、丁寧にまとまっているから、時間がある時に読んでおくといいよ。おいおい、色んなことを覚えていけばいい」

「あ、ありがとうございます」

源三郎のカルテを受け取る。

「里見夫妻はステーキを食べたいそうだ。これから作るから、一緒に見てみるかい？　苦労して取り寄せた石垣牛《いしがき》だ」

そう言って、マスターが笑った。

ようやくマスターが料理するところを見る事ができる。翔太は高揚を抑えられなかった。それもそのはず、今まで目にしてきたのは、出汁を取る場面ばかりだったからだ。ついに客相手に腕を振るう姿を見る事ができる。

石垣牛のステーキ。石垣牛といえば、沖縄県石垣島産の最高級和牛だ。サミットで絶賛されてから流通が追いつかなくなり、都内では中々手に入らない貴重な和牛だ。しかもかなり高価な食材で、それをこんな小ぢんまりした食事処で扱うというのだから驚きだ。

マスターが冷蔵庫を開く。「ええと、どこにしまったっけ？」小さな目をパチクリさせながら、食材を探す。

やがて取り出したのは、牛サーロインだ。しかし覗き見ると、お世辞にも高級和牛特有の美しいサシは見当たらない。

訝しんだ翔太は、思わず口を挟んだ。

「その辺のスーパーに売ってるサーロインに見えますけど……」

「ご名答。これは隣のスーパーで仕入れた、無銘柄の牛肉だ」

マスターが平然と答えた。

「ちょっと、そりゃ詐欺じゃないっすか！」

まさか、客から金を巻き上げる悪徳料理人なのかと、嫌な考えが頭をよぎる。そんな翔太を見て、マスターは笑った。

「石垣牛ってのは、これのことだよ」

そう言って見せたのは、白い塊だった。

「これ……、ただの牛脂じゃないっすか」

「そう、石垣牛の牛脂。小夜ちゃんに旅行ついでに買ってくるようにお願いしてたんだよ」

いよいよ意味がわからない。しかし戸惑う翔太を無視して、マスターは三徳包丁を手に取った。

そして翔太は、その姿に違和感を覚えた。

立ち姿が、料理人のそれではないのだ。ずっと修業を積んできた翔太には分かる。実力のある料理人が包丁を構える立ち姿は美しいのだ。背筋を伸ばし、右足を半歩後ろに引いて斜めに体を構える。それが食材を美しく切る事ができる合理的な姿勢で、修業を積んだ料理人には完成された美しさがある。

マスターは猫背のまま突っ立っている。包丁を持つ手もおぼつかない。ただ肉を切るだけなのに、おっかなびっくり包丁を動かしている。思わず手を出したくなる衝動に駆られる。

出汁を取る時の所作はあんなに美しかったのに、この包丁捌きのつたなさは一体なんだ。混乱する中、マスターは二百グラムの肉をおよそ三分の一の大きさに切り出し、それを秤《はかり》に載せる。

「よし……、ちょうどだね」

デジタル秤の表示を覗き見る。

「たった六十グラム？　これじゃ腹なんて膨れないっすよ」

ステーキといったら、少なくとも百五十グラムはないともの足りない。しかも、食材は高級和牛ではない。安いサーロインにしては、あまりにサービスが悪い。

マスターが小さく頷《うなず》いた。

「多分、膨れないだろうね。でも食べすぎると、すぐに体調が悪くなってしまうんだ。だから、肉は六十グラムまで」

「それは……、腎臓が悪いから？」

「その通り、タンパク質とエネルギーを十分摂《と》って、尚且《か》つリンとカリウム、それに水分を摂りすぎないのが、透析患者さんの食事の絶対条件だ。そうすると、自《おの》ずと使える食材や量も限られてきてしまうんだ」

タンパク質とリンとカリウム。確か、中学の理科で習ったような、習わなかったような。勉強がそれほど得意とも言えない翔太は、頭痛を覚えた。

「脂身の多い肉類は、透析患者さんにとって重要な栄養分だ。しかしそれだけに、どうしても味やメニューは偏りがちなんだ」

「なるほど、味の変化を出すための石垣牛の牛脂ってことなんすね」

「そう。流石に毎食そんな高級な牛肉を提供するわけにもいかないからね。色々工夫をしているんだ。高級な牛脂があれば、風味は抜群によくなるしね」

「……へえ」

納得できるような、できないような。

「さて、始めるか」

マスターが、熱したフライパンに三センチメートル角に切り出した牛脂を落とし入れた。程なく牛脂がフライパンを滑り出し、甘い香りが厨房に広がった。

「フライパンで焼くんすか？　あっちのグリルを使えば、もっと美味く焼けると思うんすけど……」

遠赤外線の立派な焼き場を横目に見ながら、翔太はボヤいた。

肉はさっと塩を振りかけ、遠赤外線でじっくり炙《あぶ》って余分な脂を落とすのが、美味い焼き方だ。しかしこれではまるで定食屋のソテーだ。

「うん。脂は透析患者さんにとって大事なエネルギー源なんだ。捨ててしまってはもったいない」

そしてマスターは、フライパンにサーロインを二枚滑り込ませた。肉がジュウジュウと音を立て、湯気がのぼる。

「先に塩を振った方が、味が馴染《なじ》みますよ」

思わずアドバイスすると、フライパンを揺すっていたマスターが翔太に顔を向けた。メガネが湯気で真っ白に曇っている。

「透析患者さんにとって、一番の敵は塩だ。里見さんのカルテを見てごらん」

小夜が隣にやってきて、最初のページを開いて翔太に見せた。

「ここよ。……見て」

里見源三郎、百五十五センチ、五十五キログラム。一日摂取量、約千六百キロカロリー。塩分制限、六グラム。水分制限、六百ミリリットル。カリウム、二千ミリグラム。

「塩六グラム……」

「そう。一日小さじ一杯しか塩を使えない」

曇ったメガネを拭き取りもせず、マスターが口を開いた。ようやく翔太にも分かる話が出てきた。

小さじ一杯の塩。化粧塩という、魚の焼き上がりを美しく見せるためにヒレに擦り込む塩だけで、簡単に使えてしまう量だ。

「三食で六グラム。だから限られた塩を、どの料理にどれだけ使うのかよく考えなきゃいけないんだよ」

そう言うと、火が通ったステーキに、指二本でつまんだ塩を振りかけて、フライパンをよく振って馴染ませた。

職人がよく行う塩の測定方法だ。二本指でつまむと塩少々〇・五グラム、三本指でつまめば塩ひとつまみ一グラム。つまり、このステーキには、一枚あたり塩〇・二五グラムを振った計算だ。翔太は肉を焼く時に、ここまで厳密に塩の量を計算した事などない。

焼き上がったステーキを皿にのせて、マスターは満足そうに腰に手を当てた。

「これで完成だ。里見さんにお出ししよう」

皿は二つある。いずれも同じ薄味の石垣牛風味のステーキ。

「夫婦揃って透析中なんすか？」

するとマスターは、きょとんとした表情で答えた。

「いや。奥様は健康体そのものだよ」

「え？　じゃあなんでこんなステーキを……」

言葉の途中で、後ろから頭を叩かれた。

振り向くと、小夜の呆れた顔が目に入る。

「あのご夫婦は、奥様がずーっと献身的に、里見さんに寄り添ってるのよ」

言わんとしている事は分からないでもないが、自分の食いたいものを食うのが飯のあり方ではないのかとも思う。

「同じ飯を食うっていうのが、寄り添うって事なんすか？」

その言葉に、小夜の表情が一層険しくなった。

「寄り添い方ってのは、人それぞれなのよ。これが里見さん夫婦の選んだ闘病の形なの」

未《いま》だ合点がいっていない様子が伝わったのか、小夜が大きなため息をついた。

「本当に大丈夫かしら」

マスターとカウンターに戻ると、源三郎は相変わらず暗い表情だった。横の奥さんは、やっぱり柔和な笑みを浮かべている。最初に見た時は、なんて陰気な旦那なのだと思ったが、透析の話を聞いてからは、流石にその印象も変わった。

「お待ちどおさまです」

マスターが、二人の前にステーキを置く。しかし、石垣牛の甘い脂が香る肉を前にしてもなお、源三郎の表情が冴えることはなかった。

「美味しそうね。ほら、あなた」

奥さんに促され、ようやく手をつける。しばらく咀嚼を続けると、源三郎が口を開いた。

「たまには刺身でも食いたいな……」

この世の悲哀の全てを背負ったような、陰気な表情だ。

「魚はどうしても体に毒ですからねえ」

奥さんは微笑みながら、ステーキを自分の口へと運ぶ。いくら良い牛脂を使ったって、あんな薄味の肉なぞ美味くはないだろう。しかし奥さんは、いかにも美味そうに肉を咀嚼する。それにつられるようにして、源三郎もゆっくりと肉を口に放り込んだ。

ゴクリと飲み込んだ後、源三郎はこの日何度目か分からないため息をついて「死にてえ」と、もう一度呟いた。

一瞬、奥さんの表情に陰りが見えた気がした。しかし、それが幻だったかのように再び微笑む。

「死ぬのは一回しかできないですから、もうちょっと後にとっておきましょうよ。死ぬ前に、鰹のタタキをそれこそ死ぬほど食べましょう……。……ね」

未だ憮然とした表情を浮かべる源三郎の横で、奥さんはニコニコと笑った。

寄り添う。小夜の言葉を思い浮かべながら、翔太はぼんやりと夫婦の食事を見つめた。

その夜の賄いは翔太が作った。余った牛脂を使ったチャーハンだ。

「美味しい！　あんた本当に料理人だったのね」

対面に座る小夜が、満面の笑みを浮かべながら、チャーハンを口へと運ぶ。

「あ……、ありがとうございます」

こんな賄いくらいで褒められても、どうにも複雑な気分だ。それに、味の大半は石垣牛の脂が決めている。多分誰が作ってもそれなりに美味くなるだろう。

翔太も味わってみる。濃厚で甘い脂が、米とよく絡んでいて確かに美味い。味をまとめているのは、しっかり振った塩と、ピリッと効いた胡椒《こしょう》だ。

一瞬、チャーハンに振る塩をひとつまみだけにしようか迷った。源三郎の世界を味わってみたいと思ったからだ。しかし結局、いつも通り塩を振った。

まずいに決まっているからだ。中途半端な塩は味がボヤける。料理人として、自分が作る料理を敢《あ》えてまずく作るというのは、どうにもプライドが許さなかった。

隣で賄いを食べているマスターを覗き見る。

包丁捌きは、なんともおぼつかなかった。できた料理の見た目も、まるで定食屋、いや、それ以下の家庭料理だった。果たして、この人から料理人として学べる事はあるのだろうか。修業わずか二日目でそんな事を思うのは、初めてだった。

「美味しい！　いくらでも食べられる！」

小夜が、あっという間に皿を空にする。その眩《まぶ》しいほどの笑顔は、この店唯一の収穫かもしれない。翔太は心の中でそう思った。

果たしてあれは、飯屋が出す料理といって良いものなのだろうか？

昨夜はそんな事ばかり考えて、中々寝付けなかった。今まで修業していた店と、明らかに違う。こんな店があるのかと驚くとともに、料理人として、どうにも納得できない気持ちも湧き上がる。

悶々としながら厨房の掃除をしていると、小夜と芝親方の話し声が聞こえてきた。

オーナーの芝親方が朝っぱらからまぎわに顔を出しているのだ。

大きなダミ声が、厨房まで届いて来た。

「バイトッ！　こっちゃっこい！」

「だから俺は、バイトじゃねえっつうの」相手に聞こえないように呟き、渋々顔を出す。

「なんすか？　朝っぱらから」

するると、芝親方は背中に隠していた右手を掲げた。

「これを見ろ」

四十センチほどの真っ赤な魚がぶら下がっている。流石に老体には重すぎるのか、体がよろけている。

「鯛《たい》じゃないっすか」

「そうじゃ。朝、市場で仕入れてきた。ワシが目利きしたのだから、上等の魚じゃ」

小夜が驚きの声を上げる。

「ちょっと……、すごいけどうちじゃ丸の魚は捌けないわよ」

和食割烹で魚の一つも捌けないとはどういう道理なのだと、聞いてて悲しくなる。

芝親方は、フンっと鼻を鳴らした。

「ヤブに魚を捌ける腕がないことなど、百も承知じゃ」

吐き捨てるように言うと、鯛を翔太に差し出した。

「バイト、お前が捌け」

「えっ？　俺？」

思わず自身を指差す。小夜が、すかさず二人の間に割って入った。

「ちょっと親方、この子はまだ見習いなのよ。こんな大きな魚を捌くなんて無理よ」

芝親方の目がギロリと光る。

「なんじゃ……。魚の一つも捌けんのか？」

またもや挑発するような物言いで、翔太を見据える。その言葉が、昨日から続いていたモヤモヤとした気持ちを爆発させた。

目の前の鯛の尾を、勢いよく摑む。

「魚を捌くなんて、朝飯前っすよ」

鯛を手渡した芝親方は、ニヤリと笑った。

「薄造り三枚と、松皮造り三枚、ツマは七センチで作れ」

まるでテストの課題を出すような、高圧的な口調だ。

「上等っすよ」、翔太は芝親方の目を見返した。


まな板の上に、鯛を置く。

丸々と太った鯛は、全身鮮やかな赤に輝いている。目の下一尺、全長四十センチほどの鯛は、丁度食べ頃の大きさだ。澄んだ目は今にもビチビチと動き出しそうで、鮮度の良さがうかがえる。流石に元寿司職人なだけあって、目利きは確かなようだ。

隣から、小夜が心配そうな表情で覗き込んでいる。

「こんな大きな魚、捌けるの？」

小さな声で囁いてきた。決して、捌く自信がなくて動けないのではない。翔太は心の中で呟いた。

陰鬱な気分を、ようやく払拭できる機会を得て、心が高揚しているのだ。思えばここ数日バタバタしていて、まともに包丁を握っていなかった。今まで包丁の鍛錬を欠かした日はなかったので、どうにも調子が狂ってしまっていたのだ。包丁を振るう。それは翔太にとって至上の喜びであり、呼吸するのと同じくらい日常的な動作なのだ。

「ねえ……、私から芝親方に言ってあげようか？　捌けないって……」

思いの外近くで小夜の声が耳に触れ、集中が乱れる。

「大丈夫っす。大丈夫なんで、見てて下さい」

そう言うと翔太は、出刃包丁を手に取った。

「いきます」

小さく息を吐くと、包丁の刃を立てて素早く鱗《うろこ》を剝がす。一度全体を洗った後、腹に包丁を入れて横に滑らせる。一瞬遅れて腹が上下に開く。返す包丁を縦に持ちかえ、切っ先で内臓を取り出す。

続いて、胸びれの後ろに刃を立てて両側に垂直に切れ込みを入れる。すると、鯛の頭がカマとともに、ゴトリと音を立てて切り落とされた。

開いた腹をよく洗い、鯛を再度まな板に置くと、腹側から中骨の直上に水平に包丁を入れる。左手で身を押さえながら包丁を動かすと、カリカリという骨と包丁がわずかに触れ合う音が、一定のリズムで店内に響いた。

「すごい……」

小夜から、感嘆の声が漏れる。それが、さらにやる気をくすぐった。

あっという間に一枚をおろすと、身を反転させ尾側から包丁を入れる。同じように身を切り出し、三枚おろしを完成させる。

カマを切り出した頭部は、垂直に包丁を入れて真っ二つに割る。兜割《かぶとわり》の完成だ。さらに、中骨を三分割にして、全てボウルに取り置く。これはいわゆるアラで、様々な料理に使える。鯛は捨てるところがないのだ。

まな板を水で洗い流した後、いよいよ刺身を切り出す。

まずは松皮造りに取り掛かる。まな板を斜めに傾け、三枚おろしの半身を置き、熱湯を浴びせかけると、鯛の皮がまるで生きているかのごとく立ち上がった。身が収縮したのを確認すると、すぐに冷水に浸す。水分を拭き取って、柳刃包丁に持ち替える。飾り包丁を縦に三本入れて下準備は完了だ。

指示通り、引き切りで三枚刺身を切り出して、松皮造りの完成。

もう一方の身は薄造りにする。包丁の峰で皮を引き、冷水で締める。下処理を終えると、流れるような包丁捌きで、三枚の刺身を切り出す。

翔太は、きっかり七センチの長さで作ったツマに、二種類の刺身を盛り付けた。

「お待ち」

カウンターに、完成した刺身を置く。芝親方は、先日と同じように、震える手で器を回し見ると、薄造りを口へと運んだ。しばらく目を閉じて咀嚼すると、続けて松皮造りに手を伸ばした。

ゆっくりと二枚を食べ終わると、芝親方が目を見開き、ギロリと翔太を睨む。

「まずまずじゃな」

「はあ⁉」

このじじいは、基本的に人の腕を褒めるって事をしねえみてえだ。うちの親父《おやじ》とそっくりだ。なんだって職人ってのはみんなこんな面倒臭え性格なんだ。心の中で悪態をついていると、突然小夜が飛びついてきた。

「ねえ！ すごいじゃない、翔太！」

「え……、え？」

組まれた腕に胸があたり、沸騰しそうになった心が、途端にどこかへ吹っ飛ぶ。

小夜は瞳を輝かせている。

「あなた、本物の料理人だったのね。こんな腕が良いなんて知らなかったわ」

褒められないというのは辛い事だが、逆に素直に褒められすぎるのも、また困る事を翔太は知った。

「ふんっ！ まだまだ未熟じゃ」

正面から芝親方の声が響き、折角の浮かれ気分に冷水をぶっかけられた心持ちになる。

「松皮は火が通りすぎじゃ。湯をかける時に手ぬぐいで身を覆え。それに薄く切りすぎじゃ。せっかく同じ素材の二種類の刺身を出すんじゃから、違いを楽しませろ」

口から出るのは文句ばかり。翔太は、「へえ」とだけ小さく呟いた。

ずっと小言を言いながらも、結局、芝親方は全ての刺身を食べて店を出た。その背中を満足そうに見送った小夜は、悪戯っぽく笑った。

「よかったじゃない。気に入られて」

「とてもそうは見えませんでしたけど」

「そんな事ないわよ。あんなに楽しそうな芝親方は、久しぶりに見たわよ」

もう一度笑うと、「ねえ翔太」と、小夜が問いかけてきた。

「なんすか？」

「そんなにちゃんとした料理人なのに、なんでこの店にやってきたの？」

「……それは」

前の店をクビになったと言うのも、どうにも情けない。どんな風に説明しようかと思っていたら、二階から足音が聞こえてきた。

しょぼくれた目でカウンターへとやってきたマスターは、何かに気づいたのか、目を精一杯見開いてまな板に飛びついた。まるで、餌に食いつく犬みたいに凝視しているのは先ほどのボウルだ。

「これは鯛のアラじゃないか！」

ボウルを両手で持って、うやうやしく目の高さまで持ち上げる。その小さい目は、爛々《らんらん》と輝いている。今まで感情の起伏に乏しかったぶん、その異様さが際立っている。

「芝親方が持ってきた鯛を捌いた残りっす」

言うやいなや、翔太に顔を向ける。

「ねえ翔太くん、これ貰えない？　だめ？」

しょぼくれた目を精一杯広げて、甘えた声を出す。正直、全然可愛《かわい》くない。

「いや、そりゃあ、もちろん構わないっすけど、なんでですか？」

「出汁を取りたいんでしょ」

小夜が、呆れたように答えた。

マスターは嬉々《きき》として厨房に駆け込み、しばらく出てこなかった。

確かに、マスターが引いた出汁は最高の出来で、その日の客達には、鯛めしとあら汁がもれなく振る舞われた。

マスターは今日も出汁を取っている。その様子を、翔太は呆れながら眺めていた。

毎朝目を覚ますと、様々な出汁の香りが店中に漂ってくる。それがまぎわの日常だ。

包丁もまともに扱えず、料理の見栄えにもまるで気を使わないような料理人が、何故こんなにも出汁を取ることに没頭するのだろうか。その姿は、傍目《はため》から見ると少し、いや、かなり異常だ。

鍋の脇には、分厚いノートが置かれている。材料や水の量、合わせた出汁の種類など、ありったけの情報が書き込まれている。いつも同じような出汁を取っているように見えて、どうやら少しずつやり方を変えているようだ。曇ったメガネで、一心不乱にノートを書くさまは、まるでどこかの研究者だ。

そして最近、マスターの目は、さらに輝いていると小夜は言う。芝親方が色々な魚を仕入れてきては翔太に捌かせるので、毎日新鮮なアラが手に入るからだ。

翔太が魚を捌くのを、マスターは隣でじっと待つ。アラが出たら、それを嬉しそうに抱えて厨房にこもる。厨房は彼の研究室なのだ。多分あの様子だと、彼は近くの沼から釣ってきた泥臭いブラックバスからも、アメリカザリガニからも、カエルや蛇からも出汁を取るのであろう。きっと、取らずにはいられないのだ。

この店で学べることは、やはりない。翔太は、改めてそう感じ始めた。初めてあの極上の雑炊を食べた時の高揚感は、いまやすっかり消え去ってしまった。

専門的な知識に初めこそ戸惑ったものの、この店で作っているのは結局、病院食だ。

カロリーや塩分、尿酸値のコントロール。食べてはいけない食材、逆に食べるべき食材。それさえ覚えれば、大体パターンが見えてくる。材料や調味料の制限が多いとはすなわち、提供できる料理の幅も狭いということだ。

わざわざ自分の店を構えてまで、病院食に毛が生えたようなものを作りたいという料理人がいるだろうか。つまるところマスターは、専門知識を生かして、誰もやりたがらない仕事をやって細々と店を続けているだけなのだ。

店を辞めたい。その思いが強くなっていった。

ここでの仕事といえば、包丁の腕を落とさないために、様々な食材の下処理をする事と、芝親方の相手くらい。それだったら先輩料理人に怒られながらも、普通の和食割烹で、本格的な料理に触れている方が有益に思える。

しかし、まだ辞めるには至っていない。翔太は、カウンターへと視線を移した。

小上がりに小夜が座っている。座卓には今日の予約客のカルテが積み上げられており、一冊一冊を入念にチェックしている表情は真剣そのものだ。

もう少し小夜の事を知りたい。それが翔太を店に引き止めている理由だった。

彼女はまぎわの看板娘だ。常に前向きで、ハキハキとした喋り口調からは元気を貰える。常連客達のボヤきやいじりをさらりと躱《かわ》し、尚且つ言うべき事はピシャリと言う。しかもとびきり美人だ。

人気が出ないわけがない。実際あれだけ頑固を絵に描いたような芝親方でさえ、小夜と話している時は、頬が緩んでいる。

小夜は感情の表現がストレートで、嫌味がない。裏表がないのだ。

芝親方の目の前で、初めて魚を捌いた時の事を思い出す。翔太の包丁捌きを小夜は輝く笑顔で褒めてくれた。今まで堅苦しい職人世界で修業を積んできた翔太にとって、それは新鮮な感覚だった。父親が包丁捌きを褒めてくれたのは最初だけだったし、小川の兄弟子もそうだ。いくら実力があっても、それを認めてくれようとはしなかった。

小夜は違った。素直に相手の技術を褒めてくれる。たったそれだけの事が、たまらなく気分が良かったのだ。彼女の喜ぶ顔をもっと見たい。もっと褒められたい。もっと驚かせたい。

翔太の視線は、無意識に小夜を探してしまうようになった。

左手を見る限り、まだ結婚はしていないようだ。歳はいくつだろうか、出身はどこだろうか、どんな男が好きなのだろうか。あわよくば声をかけてみたい。一緒に街へ繰り出したい。もう妄想が止まらない。

マスターだけの店だったら、とっくに辞めていた。そんな事を考えていたら、小夜の大きな瞳が、翔太を見つめていることに気づいた。

「翔太！」

「え？　あ？　すんません」

妄想をかき消すかのように、両手をわちゃわちゃと動かす。

「何やってんのよ？」

小夜が、呆れたような表情を見せた。

「い、いや。これは……」

「まあいいわ。ちょっとこっちに来て」

翔太を手招きする。

急いで座卓まで向かうと、真新しいファイルが置かれていた。如月咲良と名前が書かれている。

「きさらぎ……、さき？」

「さくら、って読むみたい。円《まどか》さんからの紹介よ」

円は店の常連さんだ。昔、大腸がんを患った。幸い手術が成功してがんは消え去ったが、その代償として彼女の腸は肛門《こうもん》に繋《つな》がっておらず、お腹《なか》に人工肛門を造設している。食生活的にはそこまで制限はないのだが、円はマスターの古くからの知り合いらしく、頻繁にまぎわに顔を出していた。

「翔太は、うちの新規のお客さんの対応は初めてでしょ？　聞き取りに同席して」

「えっ……。俺、専門用語も分からないし、いても役に立たないと思うんすけど」

小夜が、首を振った。

「そういう事じゃないのよ。うちの店では初めてのお客さんを受け入れるってのはまた特別なの。だから一回経験しておいて欲しいの」

「……そういうことなら、わかりました」

小夜の真意はよくわからなかったが、小上がりの狭い座卓で、密着しそうなほど近くで小夜を感じる事ができるというのも悪くない。

「……何にやけてんの？」

「い……いやっ。何でもないっす」

翔太は、慌てて両手をふった。

夕方、戸が開き、二人の女性があらわれた。

一人は円だ。五十五歳、血色の良いぽっちゃりした顔に浮かぶ笑みからは、いかにも世話好きなおばちゃんという雰囲気が漏れ出ている。少々派手なパステル調の服装も相まって、がんを患った経験があるなどとは、全く感じさせない。現在は、自身の経験を生かして、患者支援会の活動を行っている。

隣の女性が如月咲良だ。

長身の綺麗な女性、黒髪のボブカットがよく似合っている。翔太よりひとまわり上、四十くらいだ。伏し目がちな目が印象的だった。

イエローのふわっとしたワンピースで、体のラインは見えないが、細く伸びる手足からは、相当細身だと想像できる。健康的な小夜とは異なるタイプの美人だ。

小夜は、咲良を小上がりへと迎え入れた。一緒に入るよう、翔太に目配せをする。

半個室の座卓に三人が顔を合わせた。隣には膝がつきそうなほど近くに、小夜が座っている。目の前には線の細い咲良。二人の美人に挟まれ視線を泳がせていると、小夜から「挙動不審にならないで」と囁かれる。

しかし、次の瞬間に咲良が放った一言に、浮ついた感情が全て吹き飛んだ。

「私、年末に余命二ヶ月って言われています」

見た目通りのか細い声で放たれたその言葉の意味を理解できず、翔太は咲良を凝視した。

確かに健康そのものという様子ではない。しかし普通に歩いていたし、喋り方にも違和感は一切ない。街中ですれ違えば、綺麗な人だな、としか思わないだろう。

年末から二ヶ月後というと、二月末だ。そんな死期が近い人間には、とても見えない。

冗談ではなかろうかと小夜の顔を確認したが、その表情は真剣そのものだ。

「ご病気は？」

「卵巣がんです。ステージⅣ」

「抗がん剤は使ってらっしゃいますか？」

「効果がなくて、もうやめています。今は緩和治療だけやっている状況です」

慣れたように質問を続け、淡々とカルテに書き込んでいく。

咲良は、これまでの経過を話しはじめた。

がんが見つかったのは、昨年の六月。体が重たい、お腹が出てきた。太ってきたのかと思ってダイエットを続けていたが、お腹が一向に凹《へこ》まないため不審に思い、近くの内科にかかったら、すぐに大きな病院を紹介された。

全身精査をしたところ、卵巣がんが疑われたが、すでに他の臓器にも転移していて、がんの進行具合は、一番進んでいるステージⅣと判断された。手術もできない状態と言われ、すぐに抗がん剤投与が始まり、数ヶ月間治療を行ったが、新たに肺にも転移が見つかった。

「年末に、担当医から、もう完治は見込めないと言われました」

そう言って、咲良が目を伏せた。

翔太は、全く状況が飲み込めなかった。がん、転移、抗がん剤、鎮痛薬、麻薬、余命宣告。目の前の女性の口から出てくる言葉の一つ一つが、まるで現実的でなかったからだ。

小夜が続ける。

「今、一番困っている事はなんですか？」

咲良が自分の腹に視線を落とす。

「色々ありますが……、やはり腹水ですかね」

腹水とは、腹膜に転移したがん細胞の影響でお腹に際限なく悪い水が溜《た》まってしまう症状だ。昨年、いくらダイエットしてもお腹がひっこまなかったのは、腹水のせいだったのだ。

体形が見えにくい服装だったから最初は分からなかったが、座るとわかる。咲良のお腹は妊婦のように膨らんでいた。細長い手足と比較すると明らかに不自然だ。

今日はこれでも、病院で三リットルほど腹水を抜いてきたと言っていた。腹が膨らむにつれ、だるさが増し、体が重くなるという。何よりも膨らんだ腹を見るのが嫌だ、そんな悩みも吐露していた。

三十分もの時間をかけて、小夜の聞き取りは終わった。まぎわの馴染みになったお客さんよりも、桁違いに長い時間だ。それもそのはず、小夜は病が見つかったきっかけから、治療経過、果ては生活の状況や家族構成まで、何から何まで聞き出したからだ。咲良が言葉に詰まる場面では、静かに待って言葉を引き出し、話したくなさそうな話題であれば、「無理に言わなくても大丈夫ですよ」と、優しく声をかける。

真っ直《ます》ぐ咲良を見る小夜の目は、真剣であり、時に慈愛に満ちていた。

知らない単語ばかり、病院の検査データもさっぱりわからない。初めて聞くがん治療の実情。なにより、初めて目にする余命二ヶ月の人間。

翔太は結局、ただの一言も言葉を発する事ができなかった。


厨房に戻ると、小夜が聞き取りの内容をマスターに伝えた。

マスターの表情は、普段のぼーっとした様子ではなく、出汁を取る時のように、いや、それ以上に集中している。

「腹水も多くて、状況は良くなさそうです」

「抗がん剤は？」

小夜が首をふった。

「効果がなかったようです。現在は腹水穿刺《せんし》と胸背部痛を抑制するために、麻薬を内服しています」

麻薬は、がんの痛みを抑えるために、広く使われている。咲良も同様で、毎日麻薬を数回服用しているようだ。それでも痛みが強くなる時があり、その時には、別の速効性の麻薬を使っていると、咲良は話していた。

「かなり状態が悪そうだね」

今まで見た事のないほど緊迫した表情で会話する二人を、翔太は呆気《あっけ》にとられて眺めていた。さながら医療ドラマを見ているようだ。

「食事はどれくらい摂れそう？」

マスターの問いに、小夜がカルテに書き込んだ情報を口にする。

「モデルさんの仕事をされていた方で、元々食は相当細かったみたいなのですが、さらに減っているみたいです」

「……どんなものを食べているの？」

「サラダ……、ナッツ類、野菜のスープにビタミン系サプリメント……」

「徹底しているね」

マスターが驚いたような声をあげた。

「……はい。小さい頃から、母親から栄養管理を徹底されたみたいで……」

「じゃあ、キーパーソンはお母さんかな？」

小夜が首をふった。

「それが、お母さんとは絶縁状態みたいで、独り身です」

「……そうか。むずかしいね」

マスターが腕組みをしながら唸った。

「余命が短いなら、食べたいものを食べてもらうのが、一番良いんだけどね……」

余命が短い。あまりにそれを平然と口にするマスターに、翔太はすっかり混乱した。

「ちょ……ちょっと」

「……なんだい？」

「あの人、がんなんでしょ？　こんなところに来てる場合じゃないんじゃないっすか？」

動揺する翔太に、マスターは穏やかな視線を向けた。

「人間、死ぬまで飯は食わなきゃいけないんだよ。それならば、美味しく食べた方がいいじゃないか。人生の最期まで美味い飯を食う権利は、誰にだってあるだろう」

「そ……そりゃそうっすけど……」

医者ってのは、人の死への感覚が麻痺《まひ》してるんじゃねえか？　翔太は内心そう思った。死の間際に立たされた人間の飯の心配をするなんて、普通の人間の考えじゃない。

……死の間際？

混乱した思考の中、翔太はハッと気づいた。

「まさか……、まぎわって店の名前は、死の間際って意味っすか！」

思わず声を張り上げた。

「ちょっと翔太……。声が大きい！」

小夜が慌てて、唇に人差し指をあてる。

「す……すんません」

マスターは、やはり穏やかに笑っている。

「そうだよ。この店に来てくれたお客様達と、僕達は死の間際までお付き合いしますって思いを込めて、この名前を付けたんだ」

……冗談じゃない、どうかしている。

「無茶苦茶縁起が悪い名前じゃないっすか！」

「そうかなあ？」

「ちょっと翔太……。声が大きいって」小夜が翔太の口を塞ぐ。小夜はそのままの体勢でマスターに顔を向けた。

「あまり咲良さんを待たせるわけにもいかないです」

「そうだね……。さて、どうしたもんかなあ？」

悩むマスターを見て、小夜がようやく翔太の口を解放する。

「どうするって……、普通にオーダーを取って、それを作るしかないじゃないっすか」

呆れたような表情で口を開いたのは、小夜だった。

「さっき、散々話を聞いたでしょ？　咲良さんは元々食がすごく細いし、食べる事にあんまり関心がないのよ」

マスターが続く。

「しかも、腹水もあるし、全身状態もあまり良くないみたいだから、さらに食事量は減っているだろう。中々難しいね……」

「それなら、なんでここに来たんすか？」

　それがひっかかるところだ。飯屋は、飯を食いにくるところのはずだ。答えたのは、小夜だった。

「円さんが連れてきたのよ。咲良さんは、急な闘病を強いられた上に、助けてくれる家族もいない……。放っておいたら、簡単に孤立しちゃうの」

「孤立？」

　小夜が翔太に人差し指を向ける。

「まぎわは、普通の店じゃないって言ったでしょ？　病気の人達が集まる店なのよ」

「そりゃ、年明けからずっと、病人用の飯を作ってきたのを散々見てきたっすから、分かってますけど……」

　いまいち、小夜の真意が摑めない。それが伝わったのか、小夜がため息をついた。

「この店は、病気の人達が孤立しないためのコミュニティーの一つでもあるの。マスターは元医者だし、お客さんはみんな病気を持っていて、お互いの苦労もそれとなく分かっている。それに、円さんみたいな患者支援会の人達とか近隣の福祉施設とも、この店は繋がっているのよ」

小夜の言葉に、必死に頭を巡らす。

「つまり、病気で困った時に、助けてくれる人が多い場所って事なんすね」

小夜が眉間にシワを寄せる。

「まあ、簡単に言うとそう。闘病って、とにかく大変なのよ。いつ、どんな事があって苦しむか分からない。そんな時に孤独だと、道が見えなくなっちゃうの。マスターは、この店を構えることで、色んな人との繋がりを作ってるのよ」

町の交番みたいな役割かと翔太が想像していると、マスターが謙遜するように口を開いた。

「まあ、そんな大それたものじゃないけど、普通の店よりも、何かしらのアドバイスが貰える可能性は高くなるってことかな。だから、うちに通い続けてもらう事が大切なんだ。でも、咲良さんの時間は短い。それだけに、心を摑むのが難しい」

小夜が翔太の前に躍り出た。真っ直ぐな瞳で翔太を見据える。

「一回目が大事なの。どんな事でも良い。またここに来たいと思ってもらえなきゃ、咲良さんは一人になる。そうならないために頭を捻《ひね》ってるのよ」

道理で、小夜が懇切丁寧に咲良に対応しているのだと翔太は理解した。相手に配慮しつつも、咲良の心を摑むための情報を探っていたのだ。

しかし小夜は険しい表情だ。

「元々食べるのが好きだったり、思い出の味とかがあれば良いんだけどね……。本当に食にはあんまりこだわりがないみたい」

マスターも小夜も、腕を組んで悩んでいる。

翔太も考えてみた。といっても、マスターと違って、医療知識なぞ微塵《みじん》もない。できるのは、これまでの料理人の経験から想像するくらいだ。

飯に興味がない人間なんかが、飯屋になど来るものかと思ったが、思い返してみると、実は意外とそんな客も多かった。

例えばランチタイム。せかせかと店にやってきたかと思ったら、とんでもなく短い時間で、スマホ画面ばっかり見ながら飯をかっ込む客もいた。

夜の時間だって、一皿二皿の少ないつまみだけで、延々と酒だけ飲んでいる常連客も多い。

それに、接待に付き合わされた若い女性なんかは、上司のおっさんのセクハラを躱すのに必死で、酒も飲まなけりゃ、飯にも手を付けられない状況も多々あった。

翔太は店の厨房から、そんな光景を何度も目にしてきた。

そんな時には、翔太は一層見栄えに気を使った。というよりも、客の前に立って料理をできるような身分ではなかったから、そうする事くらいしかできなかったのだ。

よそ見してねえで、俺の技術をみろ。そんな挑戦的な気持ちで、器に添える飾りを切った。全く飯に興味を示さなかった客達が、少しでも手を止めて料理を見たり、「きれい」なんて口にすれば俺の勝ち。そんな、地味で誰の目にも止まらないような挑戦をずっと続けてきた。

咲良にも同じ対応をすれば良いのではなかろうか。そう思った翔太は、早速口を開いた。

「とびきりの見栄えにして、興味を引くってのはどうっすか？」

すぐに小夜が反応する。

「そんなの、マスターには無理に決まってるで……」

そこまで言って、翔太と視線が合う。

「あっ……」

目を見開いた小夜に向かって、翔太が頷く。

「見た目を良くするだけなら、俺ができます」

胸を張って答えた。

こんな店辞めようかと思っていたが、客に料理を出せるというのであれば話は別だ。うるさい兄弟子が居ないこの店なら、腕を振るい放題なのだ。幸いマスターの技術は、びっくりするくらいつたない。相変わらず裏方の仕事ではあるが、自分の好きに料理をアレンジできるのであれば、客の前に立つのとそう大差ない。

マスターは、翔太をじっと見つめている。

果たして、提案は受け入れられるのだろうか。翔太は息を吞む。

今まで働いてきた店では、でしゃばった行動をした時は、必ずといって良いほど叱責された。先輩料理人というのは大抵プライドが高く、翔太に仕事を任せる事を嫌ってきた。

マスターは、まだ言葉を発さない。

これだけ技術がないマスターでも、やはり翔太が腕を振るう事を良しとは思わないだろうか。そんな疑念を抱く。

随分時間が経《た》った気がした。マスターは穏やかに笑うと、翔太の肩をポンと叩いた。

「じゃあその作戦でいこうか。よろしく頼むよ」

よっしゃ、希望がとおった！　翔太は心の中でガッツポーズをした。マスターに礼を言おうとしたところで、小夜が飛びついてくる。

「よかったじゃない。確かに翔太の技術でいけるかもしれない。頑張ってよね」

まるで自分の事のように喜ぶ小夜を見て、翔太は思わず頬を赤らめた。

しかし、マスターが続けて口にした言葉に二人は固まった。

「せっかくだから、翔太くんが咲良さんの対応をしたらいい」

「へ？」

「だから、咲良さんと話して、どんな料理を作るべきか考えて、実際に腕を振るうんだ。そっちの方がシンプルだろう。翔太くんに任せてみるから、君が良いと思うようにやってみたらいい。君が担当する、この店で初めてのお客様だ」

必死に頭を整理する。願ってもない話だが、なんせ、相手が相手だ。末期のがん患者が初の客なんて、流石に荷が重すぎる。

「ちょ……、ちょっと」

待って下さいと言おうとすると、物凄《ものすご》い勢いで割って入ってきたのは小夜だった。

「私は反対です！」

異議あり！　そんな様相で、右手をビッと上げる。

「翔太には患者さんと向きあった経験がほとんどないんですよ！　いきなり一人でがん患者さんの対応なんて、無理ですよ」

頭ごなしという表現がぴったりだが、返す言葉もない。しかしマスターは平然と言った。

「誰にだって最初はあるだろう。それが今日で、相手がたまたまがんを患っていたというだけだ」

「……で、でも」

やはり小夜は、納得がいかない様相だ。

マスターが小夜の肩にポンと手をのせる。顔をあげた小夜に、マスターは微笑みかけた。

「それに、うちにはエキスパートがいるじゃないか」

「マスター……」

「小夜ちゃんがフォローしてくれれば大丈夫だよ。しっかり頼むよ」

その言葉に小夜は渋々頷いたが、不安な気持ちは表情に滲み出ている。

「さっ……、あまりお客さんを待たせるのも良くない。行っておいで」

そう言って、マスターは二人の背中を押し、翔太は厨房を出て咲良の前へと躍り出た。


目の前に客が座っている。

まだ現実のものとして受け入れられないような不思議な感情だ。しかし、制御できないほど速まっている鼓動が、自身が高揚している事を自覚させる。

ずっと客の前に立ちたいと思っていた。

今まで、食材の下ごしらえやら前菜や椀の盛り付けを、客の目に触れず厨房でひたすらこなしてきた。一刻も早く客の前に立ちたいと思い、仕事後、人知れず包丁の鍛錬をしてきた。毎晩それを欠かすことはなかった。

しかし現実には、いくら腕を磨いても、客の前に立つ日は来なかった。翔太は、いつまで経っても変わらない裏方仕事に、辟易《へきえき》していた。

カウンターに出れば、俺は他の料理人より絶対に上手くやれる。そんな自負があった。しかし、父親に訴えた時には、お前にはまだ早いと頭ごなしに怒鳴りつけられ大げんかになった。小川では御節の一件だ。

まさか突然、夢が叶《かな》うとは思っていなかった。

「ええと……。今日はどうしましょうか？」

ぎこちない態度で声をかける。しかし、翔太の口はそれっきり止まってしまった。

流石に、この客は想定外だったからだ。

客前に立つためのイメージは、脳内で飽きるほど繰り返して来た。どんな客にも対応できる自信もあった。しかし、目の前の相手は余命二ヶ月のがん患者なのだ。

何を喋って良いかも分からないし、どんな料理を作ればいいのかも分からない。

咲良の周りで視線をふらつかせていると、後ろから見ている小夜と目が合う。厳しい視線とともに、口の前で手を開閉させている。何か喋りなさいよとでも言いたげな仕草だ。

とりあえず何を食べたいのかくらいは聞き出さないと。翔太は咲良に声をかけた。

「さ、咲良さんは何か好きなものとかありますか？　ここは一応飯屋なんで、言っていただければ、何でも適当に作りますよ」

しばらくうつむいていた咲良が、ようやく顔を上げた。

……儚《はかな》い。

そんな言葉がピッタリとくるような眼差《まなざ》しだ。彼女の死期を知ったから、余計そう思うのかもしれない。咲良のかすれた声が響く。

「すみません……。好きなものと言っても、モデル時代の食事制限が厳しくて、ほとんど野菜しか食べてこなくて」

小夜が聞き取りした時も、そんな事を言っていた。

後ろから、小夜が声をかける。

「モデルってのも大変ですね。私だったらそんな食生活、とてもじゃないけど続かないです。例えば、子供の頃に好きだった料理とかはないですか？　ハンバーグとか、オムライスとか。本当に何でも良いので……」

和食割烹で、本当にそんな料理を出すのかと疑問に思いつつ、咲良の表情に注目した。

真っ白な肌に、再び影が差す。

「うちは、母に変なこだわりがあって、小さい頃から、管理が徹底されていたんです。

周りの子供が食べるような料理なんて、ほとんど口にした事がなくて……」

「まさか、子供の頃からずっとサラダばっかり食べてたんすか？」

思わず声を上げると、咲良が小さく頷いた。

偏食にもほどがある、相当極端な食生活だ。これはますます、一体何を作れば良いのか分からなくなる。翔太は、すっかり言葉を失ってしまった。

その様子を見ていた小夜が、翔太を期待薄と判断したのか、必死に会話を繋げた。

「だったら別に、食事とか関係なくても良いですよ。好きな物とか、趣味とか……、なんでも良いので……」

反応したのは円だった。

「そういえば咲良さん、お花が好きじゃなかったかしら？」

咲良の表情が、少しだけ和らぐ。

「そう……ですね。モデルをやっているとやはり、綺麗なものには目がいきやすかったので……。花は好きです」

「良いですね。ねえ翔太……、花っぽい料理って何か作れる？」

「は……、花っぽい料理……」

随分と雑な注文に、流石にすぐには答えを思いつかない。頭を捻っていると、板場までやってきた小夜が耳打ちする。

「ねえ……なにかないの？」

「いや……、急に言われても……」

翔太も小声で返す。客の前で料理人と仲居がヒソヒソと話をするなんて、普通ならご法度なのだが、そんな事気にしてもいられない。

「ほら、なんか野菜を切って練習してたじゃないの。それで何か作れたりしないの？」

そう言われて、翔太はハッとした。

「ああっ！　あれも花か！」

思わず大きな声をあげてしまい、小夜に頭を叩かれた。

その様子を見た円が、声をあげて笑う。隣を見ると、小夜が赤面していて翔太も頬が熱くなった。小さく咳払いをして、咲良に体を向ける。

「花の料理、ちょうど良いのがありました。すぐに持ってきますね」

「へえ……。どんな料理かしら……」

咲良の顔が、ようやく少しだけほころんだ。

十分ほどして、翔太はカウンターへと戻った。

「お待ちです」

緑の蓋をした陶器の碗を、目の前に置く。

記念すべき、初めて客に出す品だ。咲良は、碗を興味深そうに眺めると、顔を上げた。

「何かしら？　開けても良い？」

「もちろん。冷めないうちにどうぞ」

真っ白な華奢《きゃしゃ》な手が、蓋を摑む。

いよいよ、料理への反応を直に目にする事ができる。まるで真剣勝負だ。翔太は期待と不安が入り混じった感情に、身震いした。

ゆっくりと蓋が開かれた。

咲良が反応するまでの間が、随分長く感じられた。

「すごくきれい……」

やがて口から漏れ出たのは、感嘆の声だった。それを聞いた翔太の肩から、力が抜けた。

「よかったっす。ちょうど今日、煮込んでおいたものです」

一品目に選んだのは、野菜の煮物だった。

全て飾り切りで、様々な形に仕立て上げられた野菜達だ。まぎわに来てから時間が取れずにいたが、昨夜久しぶりに飾り切りの練習をしたのだ。

真っ赤な人参《にんじん》を梅の花の形に切り揃えた。蓮根は穴に沿って切り込みを入れて、向日葵《ひまわり》のような見た目に仕立て上げた。南瓜《かぼちゃ》は緑の皮に筋模様の切り込みを入れ、木の葉のような形を切り出した。

それらの野菜をマスターが大量に余らせる出汁で煮込み、煮びたしを作っておいたのだ。

「すごいですね。全部翔太さんが作ったの？」

咲良の目が輝いている。余命を口にした時とはまるで違う表情だ。

「あっ、はい。こういうの好きなんです」

咲良が再び碗に視線を向ける。

「食べるのがもったいないくらい」

箸で梅の花をつまみ、細部まで観察する。

「いやいや、食べるために作ったので、是非食べて下さい。またいつでも作りますし」

しかしそれでも、咲良は梅の花を口へは運ばなかった。光に照らし、角度を変え、翔太が切り出した野菜の陰影の変化を楽しんでいる。

その表情には、恍惚《こうこつ》が浮かぶ。

しばらく観察してから、咲良はようやく梅の花を口に運び、ゆっくりと咀嚼した。目を閉じてしばらく味わうと、表情がほころんだ。

「本当にお野菜なのね……、これ」

「……味はどうっすか？」

するとと咲良は、少し眉を下げた。

「美味しい……と思うけど、少し薄い気もするかな……」

抗がん剤の後遺症で味覚がおかしくなっていると言っていたのを思い出した。

「もっと濃い方がいいんですね。そしたら今度は、違う煮物を用意しておきますよ」

「本当ですか？　嬉しいわ。他の作品も見てみたい……。梅の花以外も作れるの？」

さっきまで、まるで覇気が感じられなかった咲良が、食いつくように質問を重ねる。

自分の作る料理にこれだけ興味を持ってくれるというのは、何とも嬉しい。思わず後ろの小夜に目をやると、満面の笑みでグーサインを送ってくれた。

「もちろん！　人参から紅葉も作れますし、胡瓜の松とか……。それに、蝶々《ちょうちょう》だって亀だって、言われれば何でも作る事ができますよ」

咲良の目が、輝きを増す。

「凄いわね。野菜なんて今まで体形を維持するためだけのサプリメントのようなものとしか思っていなかったから、何だか新鮮な気分だわ」

次に箸を伸ばした南瓜の木の葉を見つめる咲良の顔は、とても美しかった。今でも現役のモデルだと言われても何ら不思議はない。翔太はそう思った。

まるでダイヤの鑑定人のように一つ一つの飾り切りを観察する。綺麗なものには本当に目がないのであろう事が分かった。

それならば一つ、いいものがある。翔太の脳裏に浮かんだそれは、飾り切りの鍛錬に、よく作っていたものだ。

「遊びみたいな料理なんですけど、もう一つ綺麗なものをお見せしましょうか？」

まるで餌に釣られる犬のように、翔太に顔を向ける。

「何かしら？」

「今、目の前で作りますね」

そう言った後、冷蔵庫から大根と人参を取り出した。

それぞれ幅十センチの円柱に切り出し、かつらむきを始める。その手際に、咲良の視線が釘付けになる。かつらむきの実演など、目にした事がないのだろう。明らかに期待が込められた眼差しに、翔太の包丁捌きが一層軽快になった。

あっという間に完成した紅白のかつらむきを、二十センチに切り揃える。ボウルに酢と砂糖を混ぜ、かつらむきを浸す。

しばらく浸した後、紅白のかつらむきを重ね、大根を外側にして縦に折り込む。薄い大根に人参の赤が透け、さながら着物の帯のように見える。

続いて、右端から五ミリ間隔で、折り目側に斜めに包丁を入れる。端まで作業を終える。と、絨毯《じゅうたん》を畳むように帯を丸め、根元に細い楊枝を刺し、固定する。

「ねえ、一体何を作っているの？」

焦《じ》らされた様子の咲良が声をあげた。翔太はニヤリと笑みを浮かべた。

「見てのお楽しみっす。じゃあ、裏返しますよ」

この作品は、出来上がりの想像ができない分、目にした時の驚きが大きい。

翔太は、敢えてもったいぶって、マジシャンが隠していたトランプの柄を見せるかの如《ごと》く、掌《てのひら》をゆっくりと反転させた。

完成した作品が、咲良の目の前にあらわれる。

「うわあ……」

咲良が、口に両手をあてて目を見開いた。

「綺麗なお花……」

そのまま、言葉を失ったように、翔太の掌を注視する。

紅白花大根。

切れ目を入れた折り目側が、身を畳む事で、まるで菊のような無数の細かな花弁として一斉に開く。紅白のコントラストがなんとも艶《あで》やかで、見るものを惹《ひ》きつけるのだ。

「本当に大根と人参なの？　まるで魔法みたい」

「今、目の前に置きますね」

黒地の小皿に花大根を載せると、さらに紅白の色が映える。咲良は、目の前に置かれた皿を、しばらく見つめていた。

「一枚一枚の花弁の大きさに、全く狂いがないわ……」

皿を動かし、様々な角度から観察する。

「一応食べられるんで……、どうぞ」

「……なんだかもったいないくらい綺麗」

「いつでも作れますんで、食べて下さい」

そう促されて、咲良はようやく紅白花大根を口にした。ゆっくりと味わった後、再び翔太を見つめた。

「ご馳走様でした」

「もうお腹いっぱいなんですか？　まだまだ他のものも作りますよ」

「私にしては沢山食べた方よ。本当に綺麗で楽しかったわ」

円が笑みを浮かべる。

「気に入ってもらえて良かったわ。今度から、一人でここに来ても良さそうね。先生にも彼女のこと、よろしく伝えて下さいね」

マスターの昔からの知り合いの円は、彼の事を先生と呼んでいる。翔太は、厨房に目を向けた。

「結局、全然顔を出しませんでしたね」

そう言うと、円は小さく笑った。

「きっと色々、お考えがあるんでしょう」

含みを持たせた言い方だ。しかし、普段のマスターからはとてもそんな深い考えなど感じられない。

「あの……、円さん」

「……何かしら？」

「円さんは、マスターの昔を知っているんすよね？」

言われて、ふくよかな左腹をポンと叩いた。

「そりゃあ……、私のがんを見つけてくれた人だからね」

「どんな先生だったんすか？　マスターは」

円は厨房に顔を向けた。

「……あの方は、間違いなく名医よ」

芝親方からはヤブと酷評され、円からは名医と評される。翔太はすっかり混乱した。

「名医だったら、医者を辞める理由なんてないように思いますけど」

円は小さくため息をついた。

「詳しくは知らないけどね……。色々あったんじゃないかしら」

そう言って言葉を濁した。

結局マスターとは一体何者なのかと考え込んでいると、横からよく通る声が響いた。

「ねえ翔太、聞いてる？　咲良さん、三日後も来たいって」

その声に、ハッとした。

「何ボーッとしてんのよ？」

「い……いや。すんません。三日後ですね。……また、随分早い来店で……」

途端に小夜の眉間にシワがよる。「バカ」と、小さな呟きが翔太の耳に響いた。

「通院が毎週あるんです。……それに残された時間もあまりないので……」

「あっ……。すんません……」

翔太は、慌てて頭を下げた。

咲良の余命は、たった二ヶ月なのだと今更思い出す。しかし料理に見入っている姿からは、とてもそんな体の悪い状態だとは思えなかった。

咲良の余命を意識すると、再び言葉に詰まる。結局、小夜が会話を上手く繋げて、翔太の板前デビューは幕を下ろした。

店を終えた後、三人は小上がりで顔を突き合わせていた。座卓には、マスターが引いた濃厚な甘エビ出汁の味噌ラーメンが並んでいる。

「どうだった翔太くん？　うまくいっていたように見えたけど」

マスターの問いかけに、身を乗り出して答えたのは小夜だった。

「どうもこうも、大成功よ！　ねえ、翔太」

「ま、まあ、それなりにできたように思いますけど」

「なに謙遜してんのよ！　ニヤついてるから説得力ないわよ。でも咲良さん、あんなに楽しそうだったじゃない。翔太があれだけやれるなんて、正直思ってなかったわよ」

小夜の素直な賛辞が、気持ちいいほどに心に響く。職人気質《かたぎ》な世界のせいか、他人から素直に褒められた経験などないので、どうにもくすぐったい。

その様子を見ていたマスターが微笑む。

「それは良かったね。じゃあ引き続き、咲良さんは翔太くんに対応してもらおうか」

「了解っす。任せて下さい」

「あの様子なら、きっと大丈夫そうね。綺麗な野菜のお花で、咲良さんの心をガッチリ摑んでいたもん」

ラーメンの汁を啜ったマスターが、誰ともなしにボソッと呟いた。

「余命が短いがん患者さんは、気持ちの揺れ幅が大きいから、それだけは気をつけてね」

「そ……そうでした」

小夜の先ほどまでの嬉々とした表情が、一転して引き締まる。

「どういう事っすか？」

「余命宣告されている人って、人生が凝縮されているようなものなの。だから、気持ちの浮き沈みも、それだけ大きいのよ。それに気をつけてって話よ……」

いまいち真意が分からない。それを察したのかマスターが間に入った。

「まあ、今は実感できなくても仕方がないよ。とにかく、第一段階は翔太くんのおかげで大成功だったんだ。今後も咲良さんの気持ちにしっかりと寄り添っていけばいい。ただそれだけだよ」

「……わかりました」

マスターが笑みを返す。結局、それ以上何も言うことなく、さっさと器を片付け始めた。

「今後咲良さんの対応で必要なものがあったら、小夜ちゃんに言ってね。珍しいものでも、大体探してくれるから」

「何ですか、その言い方。マスターが欲しいあれこれは、手に入れるのに、本当に苦労するんですよ！」

即座に不機嫌な表情を見せた小夜が、マスターに詰め寄る。

「ごめんごめん。そういえば、千佳《ちか》ちゃんのセットは届いてる?」

「ちょうど今日配達が来ましたよ。予約は明日ですよね」

「千佳ちゃんって誰っすか?」

小夜が振り向く。その表情には、悪戯っぽい笑みが浮かんでいた。

「可愛い女の子よ。お客さんに手を出しちゃダメよ。翔太」

「そっ……、そんな事しないっすよ」

翔太の反応を見た小夜は、大きく笑った。

「冗談よ。明日は千佳ちゃんを迎える準備があるから、私は少し早く店に来るわ」

特別な食材を用意して、準備にも手間がかかるとは、余程の要人なのだろうかと思っていると、小夜が人差し指を翔太の鼻先に向けて、唇の端を上げた。

「そういえば、朝にはちゃんと着替えを済ませておいてよね。またパンツ一丁の姿を見せられたらたまらないからね」

翔太は赤面しつつ、「わかりました」と、小さく答えた。

誰であろうと、包丁を振るうだけ。がんの末期患者にだって通用した技術があるのだから、できない事はないだろう。翔太は心の中で息を吐いた。

翌朝、まぎわは千佳を出迎える準備に追われた。

と言っても、準備の大部分は掃除だ。しかも、まるで年末の大掃除のような徹底ぶりだ。

「翔太くん。特に粉物をよく扱っているあたりは、念入りに掃除してね」

「了解っす。この掃除は、千佳ちゃんのためっすか？」

「そうよ。千佳ちゃんは重度の食物アレルギーなの」

カウンターの掃除を終えた小夜が厨房にやってきた。マスクに三角巾を装着して、完全武装といった出で立ちだ。

「今までの店でも、エビやらカニが食べられないお客さんってのはいたけど、こんなに念入りな掃除なんてしたことないっすよ」

思わずボヤいたら、反応したのは小夜だった。

「エビカニくらいだったら、食材を抜けば大丈夫なんだけど、彼女は小麦粉もダメ。卵も牛乳も全部ダメなのよ」

マスターも続く。

「食材を間違えると、即入院もあり得るんだ。特に小麦粉なんかは、同じ空間で使って料理に混入するだけでもアレルギー発作が起きてしまう事もあるんだよ」

「だから、これだけ念入りに掃除をしてるんっすね」

「そうよ。うちで救急車なんて呼ぶわけにはいかないわ」

これはまた難儀な客が来たもんだと思いながら、翔太は手を動かした。

みっちり一時間、あらかたの掃除を終えるとマスターが腰を伸ばした。バキバキという音が鳴り響く。

「この歳で掃除は応えるなあ。さて、じゃあ新しい服に着替えて料理に取り掛かろうか？」

「おっ、ようやく仕込み開始っすね。……でも、小麦も卵も牛乳も使えないんじゃ、作れるものが相当限られそうっすけど、一体何を作るんすか？」

「パンだよ」

「パンって……、小麦粉しか使わないような料理じゃないっすか」

「まあまあ、説明は後だ。まずは着替えてきてね」

着替えを終えて厨房に戻ると、マスターが冷蔵庫から『千佳ちゃんセット』と書かれたカゴを取り出し、ステンレス製の料理台に置いた。

「ここに入っている材料や調味料は全部千佳ちゃん専用のものだ。千佳ちゃんに料理を作る時は、これ以外の材料は絶対に使わないでね」

翔太はカゴの中身を見つめた。

グルテンフリーと表記された米粉と醤油。玄米から作られたうどん。豆乳、白玉粉、米酢、ベーキングパウダー、片栗粉……。グルテンフリー醤油を手に取り、物珍しげに眺めていると、「全部揃えるの、なかなか大変なのよね」と小夜が呟いた。

確かに、そこいらのスーパーではお目にかかれない。

マスターは、米粉と白玉粉を大きなボウルに入れると、豆乳を注ぎ込みヘラで混ぜ始めた。徐々に粘度が出てくる。

「パンっていうと手で捏《こ》ねるイメージっすけど、違うんですね」

「パンを捏ねるのは、小麦と水からグルテンっていうタンパク質を作るためなんだよ。グルテンで作られた膜に、発酵したガスが溜まる事で、パンがふっくらする。だからパンは捏ねるんだ。でも千佳ちゃんはアレルギーがある。だから白玉粉で粘り気を出して、ベーキングパウダーで無理やり膨らませて生地を作るんだ。パンというよりホットケーキに近いかな」

やがて出来上がったのは、お好み焼きみたいな生地だ。

「これをしばらく寝かせれば出来上がりだ」

手渡されたボウルの生地に視線を落とす。ドロドロした真っ白なそれからは、とてもパンが焼き上がるなんて想像できなかった。

三十分ほどして、母親の夕美子《ゆみこ》とともに来店した千佳を見て、翔太は小夜に耳打ちした。

「手を出すもなにも、思いっきりガキじゃないっすか……」

それを聞いた小夜は、笑いを嚙み殺している。

「そりゃそうよ。病気は誰にだって起こりうるんだから、子供だってうちに来る事はあるわよ。小学二年生の可愛い女の子じゃない」

オーバーオールに三つ編み、まさに小学生そのものの格好だ。千佳はポケットに手を突っ込み、むすっとした表情を見せている。

「十年後には絶対に美人になるわよ」

悪戯っぽい声で小夜が言った。

くりくりとした茶色の瞳に、揃えられた前髪。見た目は少女そのものだ。ただ、その瞳は子供特有の輝きに欠けていて、歳不相応の印象を醸し出している。

斜に構えた視線が、翔太に向けられた。

「あなた誰？」鈴のような、凛《りん》とした声が放たれる。

「……お、俺？」

「そうよ。あなた見ない顔じゃない。誰よ？」

とても小学校低学年とは思えない物言いに、翔太はすっかり狼狽《ろうばい》した。

「こらっ、千佳！」

夕美子にたしなめられるが、千佳は翔太から視線を外さない。困惑していると、小夜が助け船を出した。

「この人は翔太っていうのよ。新しくうちに来た料理人よ」

翔太をジロジロと眺めて、千佳はそっぽを向いた。

「じゃあわたしの方が先輩ね」

誇らしそうに胸を張るが、その姿は背伸びしたい少女そのものといった感じだ。翔太の頬は、思わず緩んだ。気づいた千佳は、ムッとした表情で翔太を指差した。

「今笑ったでしょ？　新入りのくせに！」

再び千佳が頬を膨らませる。

夕美子が「すみません」と詫《わ》びて、二人はカウンターに座った。椅子が合わないので、千佳は専用のチャイルドチェアだ。

「わたしこの椅子嫌いなのよね。子供っぽくて。普通の椅子で大丈夫なのに」

しかし高さはピッタリだ。その様子をみて翔太はまた笑ってしまった。千佳は、それを見逃さない。

「あー！　今、わたしを子供扱いしたでしょ」

「まあまあ、翔太の事は許してあげて。まだ店に慣れてないのよ。飲み物はどうする？」

　千佳は頬杖をして答えた。

「生搾りオレンジジュース……、氷抜きで」

「中々粋なオーダーするな」

「氷で薄まるのが嫌なの」

　呆れた声を出した翔太に、再びむすっとした顔を向けた。

　ジュースを用意しに厨房へ向かうと、マスターがオーブンの中を見つめている。翔太の気配に気づいたのか、顔を上げた。

「焼き上がるまで二十分くらいかかるから、それまで場をつないでもらえる？」

「なんか俺、嫌われてるみたいっすけど……」

　マスターが笑う。

「千佳ちゃんはああ見えて人見知りだから、仲良くなれるように話をしてみたらいいよ」

　結局、昨日に続き翔太はカウンターに立つ事になった。

　がんの末期患者の次は八歳の少女、これもまた、想定外の客だ。

「ほら、生搾りオレンジジュース、氷抜きだ」

翔太がジュースを置くと、千佳は嬉しそうにストローに口をつけた。一気に半分ほど飲むと、翔太の顔を見つめる。

「……なんだよ」

「しょーたは、なんでこの店に来たの?」

「なんでって……、前の店を辞めたからだよ」

すると千佳がフフンと鼻を鳴らした。

「実力がなくてクビになっただけだったりして」

なんて失礼なガキなんだと、心の中で舌打ちをする。

「ちげえよ。大人には色々と事情があるんだよ」

千佳は興味津々といった表情で質問を続ける。

「しょーたは本物の料理屋さんで修業してたって事なの?」

「本物ってなんだよ。料理屋に本物も何もないだろう」

すると、千佳の表情が、少しだけ曇って、そのまま黙り込んだ。

「……どうしたんだよ、いきなり無口になって」

口を開いたのは、夕美子だった。

「この子はアレルギーが酷《ひど》くて、普通のお店だと怖くて食事ができないんですよ。このお店は、マスターが本当に色々気遣ってくれて料理を作って下さるので、千佳にとって外食と言ったら、このお店以外ないんです」

なるほど、他の料理の小麦粉が入っただけで症状が出ることもあると、マスターが言っていたのを思い出した。わずか八歳の少女を見つめ、翔太は言葉を失った。

沈黙を破ったのは、鈴のような声だった。

「暗くならないでよ。わたしはこのお店が大好きで来てるのよ。マスターはぼーっとしてるけど、小夜ちゃんは優しいし」

小夜が、「ありがと」と笑顔を返す。

努めて明るく振る舞っているが、強がりだろう事は容易に分かった。やたらませた態度も、苦労のあらわれなのかもしれない。そんな事を思った。

暗い雰囲気を払拭するかのように、無駄に明るい声が響く。

「ねえしょーた、わたしに何か作ってよ」

「何かって……、なにが良いんだよ？」

「それを考えるのがプロってもんでしょ？」

「……こんにゃろ。やっぱただの口の悪いガキじゃねえか」

「なによ」

千佳のませた態度は、元来の性格によるものなのではないかと思っていると、小夜が笑いを噛み殺しているのが視界に入った。

翔太は恥ずかしさを打ち消すように咳払いをした。

「今作ってやるから、待ってろ」

昨日好評だった紅白花大根でも作るか。目の前で作れば、この生意気な小学生もびっくりするだろう。

翔太は、早速取り掛かった。

大根と人参をあっという間に処理する。翔太の包丁捌きを、千佳はじーっと見つめている。時々、「ホエー」という、少し間の抜けた子供らしい声が上がるが、本人は気づいていない様子だ。

昨日も感じたが、客相手に技術を披露するというのは快感だ。

一人で練習しているより、何倍もやりがいがある。目の前の客が、包丁の動きを食い入るように見つめている。それがなんとも心地よい。

あっという間に完成した紅白花大根を、黒い器に盛り付ける。

千佳の表情が、パッと明るくなった。さっきまでの皮肉めいた笑顔ではなく、まさに小学生らしい、無垢な笑顔だ。

「すごい！　すごいね、しょーた！」

「だろ？　昨日披露した時も、反応は上々だったからな。やっぱり女性受けするのかな」

その言葉に、千佳の表情は一転、不機嫌なものになる。

「何それ。同じやつを、他の女の人にも作ってあげたの？」

「そ、そうだけど、何か問題あったか？」

「違う女性に、同じ物をプレゼントするなんて、デリカシーないわよ。しょーた、絶対モテないでしょ？」

「なっ、なんて失礼な事言いやがるんだ」

小夜の、堪《こら》えきれずに漏れ出た笑い声が聞こえて来る。

「で、どんな人なの？　その女の人」

途端にニヤニヤした笑いを浮かべた千佳が、身を乗り出してきた。

「え？　どんな人って……」

急に聞かれて言葉に詰まる。まさか小学生に「余命二ヶ月のがんの人だよ」、などと言えるわけはない。

「ええと、細くて綺麗な人だよ。モデルさんだってさ」

千佳が、一段といやらしい笑いを浮かべる。

「なるほど……。しょーたはそういう人が好きなんだあ」

「は？　いや、別にそういうこっちゃねえよ」

慌てて否定したのが、より千佳の心をくすぐったようだ。

「いいのよ、隠さないで。次もその人お店に来るんでしょ。そうしたら、わたしがしょーたの恋を応援してあげる」

「はあ？」

「だから、相談に乗ってあげるって言ってるの。次はその人に何を作ってあげるの？」

「なんだか気が合うみたいだし、手伝ってもらったら？」

小夜が、目に涙を浮かべながらそう言った。完全に楽しんでいる様子だ。

翔太は渋々、咲良の話をした。もちろんがんの事はふせて。

全て聞き終えた千佳が、腕を組んで、仰々しく眉を寄せる。

「中々難しそうな恋ね」

「いや……。だから、恋じゃねえんだけど」

否定する翔太を、千佳は完全に無視する。

「好き嫌いが多い人なのね」

「好き嫌いっていうか、まあ、そういう職業なんだろう」

「食べたくても食べられないわたしからすれば、贅沢《ぜいたく》な話よね」

そう言って、ため息をついた。

その言葉に翔太はハッとした。この子は普通に見えるが、お菓子もジャンクフードも食べる事ができないのだ。そんな事を思っていると、マスターがカウンターにやってきた。

「お待たせ。米粉パンが出来上がったよ」

千佳の目が輝く。この姿ばかりは、小学生そのものの表情だ。

マスターは熱々の食パンの型の蓋を開け、まな板にひっくり返した。こんがりと焼き色がついた長方形の物体がすとんと落ちる。湯気を纏《まと》うそれは、どこからどう見ても焼きたての食パンだ。

「わあ、美味しそう」

千佳が嬉しそうに声をあげた。笑顔のマスターが、パンに包丁を入れる。

断面は通常の食パンよりもかなりキメが細かい、というよりも密集している。数枚切り分けて二人の前に置いた。早速千佳が、パンに手を伸ばす。

「翔太くんも食べてみる？」

マスターが薄く切ったパンを、差し出してきた。

手に取ってみると、しっとりとした感触が手に伝わる。嗅いでみると、熱々の湯気に香るのは、確かにコメだ。口に入れると、コメの甘い香りが口いっぱいに広がり、咀嚼するとモチモチとした食感が楽しめる。美味いが、小麦で作ったパンとは趣が異なる。

千佳は、「ここのパン大好き」と言いながら、嬉しそうに頬張っている。

「普通の食パンは食ったことあるのか？」

ついロに出してしまった質問に、千佳が手を止める。翔太を見るその瞳には、再び影が差す。

「分からないわよ。昔食べて病院に運び込まれたことはあるかもしれないけど……」

千佳は、このパンしか知らないし、おそらく一生小麦のパンの味を知る事はない。

そう考えると、やはりこの少女が少し不憫《ふびん》に思えた。

黙り込んだ翔太を気遣うように、夕美子が口を開いた。

「千佳の小さい頃は、それこそ大変で、どんな食材を食べていいのか分からなくなってしまって……」

「お母さん一時期、鬼みたいな顔で成分表ばっかり睨んでたもんね」

パンを頬張っている千佳に指摘され、夕美子は恥ずかしそうにうつむいた。

「でも、この店では、マスターがしっかりと対応して下さるので、とても助かっているんです」

すると、夢中でパンを食べていた千佳が、突然「あっ！」と大きな声をあげた。

「なんだよ急に……。食ってる時は、口を閉じてろよ」

しかし、そんな指摘などお構いなしに、千佳は興奮気味に続けた。

「ねえしょーた！　大きなお盆に、野菜で絵を描いてあげたら？」

「いきなり何の話だよ」

「さっきのモデルさんの話だってば」

「ああ、その話か。お盆に絵を描くって、一体なんだよ？」

「インスタ映えよ！　お母さん、スマホ貸して」

千佳がスマホの検索画面に、『デザートプレート　インスタ映え』と打ち込んだ。

大きな平皿の端にちょこんとデザートが乗り、その他大部分をまるでキャンバスのように見立てて、様々なフルーツの飾り切りを華やかに配置している写真が、ずらりとヒットした。

「なんだか、デザートなんてどうでも良いような見栄えだな」

「どうせ女子は大して食べないのよ。太るし。それより綺麗な見た目が大事なのよ！　絶対ウケるわよ、これ！　試しに作ってみてよ。しょーたならできるでしょ？」

千佳が興奮した様子で喋る。翔太は写真を見つめながら、思惑を巡らせた。

確かに、千佳の言う事は一理ある。

「よし、やってみるか。千佳ちゃんには野菜のアレルギーはあるの？」

「ない！　やってみて、しょーた」

厨房で食器を探すと、漆塗りの扇形の盆を見つけた。下地は漆黒で、様々な色が映えそうだ。この盆をキャンバスに見立てて、翔太はデザインをイメージした。

十五分ほどして完成した一皿を、千佳の前に置く。

「どうだ？」

漆黒の盆には、松竹梅が鮮やかに描かれていた。胡瓜に八層の切れ込みを入れ、左右に開いて作る。その上には、人参から作った梅の花を五つ散らした。左には、やはり胡瓜で作った竹を二本配置した。皮を薄く剝ぎ取り、等間隔で横一文字に深緑の皮を残し、節を表現してある。さらに最上段には、人参と大根から切り出した紅白の鶴が羽ばたいている。今まで習得してきた飾り切りの技術を、ふんだんに盛り込んだ作品だ。

その盆を見つめていた千佳が、顔を輝かせた。

「すごい！　すごいよ、しょーた」

興奮した声を上げて、夕美子に写真を撮るようにせがむ。

大成功だ。飾り切りで、また人を感動させる事ができた。高揚感が心に湧き上がる。

「でも、ザ・和風の感じが否めないわね」

後ろから盆を見つめていた小夜が口を開く。

「確かに、正月専用って感じっすね……」

「ねえ、しょーた。他のお花は作れないの？」

「他っていうと、菊ならどうだ？」

「うーん。なんか違うのよねえ。もっと、洋風のやつが良いな」

「洋風ってえと、バラとか……」

「そう！　そっちの方が、その女の人も絶対喜ぶわ。しょーたならきっとできるよ！」

あなたならできる。小学生に言われたその言葉が、何故か無性に嬉しかった。

「よっしゃ！　分かった。練習してみるよ」

胸をドンと叩き、二つ返事で答えた。

「ところで千佳ちゃんは、何か作って欲しいものはないのか？」

「え？」

「良いアイディアもらったし、当然お返しするよ。次に来る時までに、準備しておくよ」

「本当？　どうしようかなあ」

しばらく考えると、千佳がニヤッと笑った。

「おしゃれなパンが食べたいな」

キョロキョロと辺りを見渡し、声を潜めて耳打ちする。

「マスターのパンはすごく美味しいの。でも、地味って言うか、なんて言うか……、インスタ映えしないのよ」

そこまで喋ると、まるでタイミングを計ったかのように、極めて飾り気のない蒸しパンとホットケーキを手にしたマスターがあらわれた。

「だから、マスターのパンをおしゃれに飾って欲しいの」

その願いを聞いた翔太は、必死に笑いを堪えた。


千佳のアイディアを形にしたのは、二日後だった。

咲良の二度目の来店日。翔太は、真っ赤なトマトを咲良に見せた。

「これで花を作ってみようと思うんすけど、見てもらえませんか？」

「トマト？　一体何をするの？」

早速、咲良が興味を見せる。

「目の前でやってみますんで、見てて下さい」

そう言うと、翔太は真新しいプレートを取り出した。縦二十センチ、横三十センチの、真っ白な洋風の角形プレート。千佳が教えてくれた『デザートなんてどうでも良いような見栄え』を作るための皿だ。

「大きなお皿ね」

「今日に間に合うように探したんっすよ」

咲良の後ろに控える小夜から、「探したのは私でしょ」と言わんばかりの鋭い視線が送られる。その視線から逃れるように、翔太はトマトに集中した。

イメージを膨らませる。作り方は動画で確認した。決して難しい技術ではない。ただ単に、和食料理人の翔太にとって作った経験がないだけだ。やれそうだという自信が湧き起こったところで、トマトの表面に包丁を入れた。

普段切っている野菜よりも格段に柔らかいその皮には、抵抗なく刃が入った。刃を滑らせて、林檎《りんご》の皮を剝くかの如く、薄く剝いでいく。熟《う》れたトマトはやや柔らかすぎるきらいはあるが、包丁を鈍らせるほどの障害とはならない。二センチほどの幅で切り出された真っ赤な帯は、千切れる事なく伸びてゆく。

「綺麗に切れるものね……。わざと皮を繫げているの？」

「そうなんっすよ。実は、使うのは皮の方なんっす」

答えながら、翔太は慎重に包丁を動かして、あっという間に、四つのトマトから皮を切り出した。

「それじゃあ、いよいよ花を咲かせます」

プレートの右上に、切り出したトマトの皮を縦に置き、クルクルと巻いていく。その様子を、咲良が見つめている。すべての皮を巻き終えた瞬間、咲良が弾んだ声を上げた。

「すごい！　バラの花ね」

　咲良の後ろから覗き込んでいた小夜も続いた。

「おお、本当にそれっぽく見えるわね」

　上々の反応に心が躍る。それにしても、あまり難しくないわりに、随分本格的な見栄えになる。瑞々しく真っ赤な皮が層状に重なり、切り出す時の自然な凹凸が高さの違いを生み出し、まさにバラの花弁の如く、トマトの皮が美しく花開いていた。

　さらに、プレートの四隅にバラの花を次々と咲かせる。

「今日はまだ試しの段階なんすけど、どうっすかね？　初めてのわりには上手くいったと思うんすけど」

　完成したプレートを、咲良に向ける。咲良は花を見つめながら、しばらく黙り込んだ。

　そして突然、顔を上げた。

「翔太さん。これもっと綺麗になるわよ！」

「え？」

　その声が、咲良から発せられたものであるということに気づくのに、一瞬の間を要した。それほど力強い声だったのだ。興奮した様子で、咲良が続ける。

「花を配置する時は、均等に並べるよりは一箇所にかためた方が目を引くわ」

「は……はあ」

「余白を作ってあげた方が、めりはりが効いて綺麗に見えるのよ」

こんなにハキハキと喋るイメージなんてなかったな。そんな事を思っていたら、咲良が翔太の顔を覗き込んだ。

「ちょっと動かしても良い？」

楽しそうに輝く瞳に、ドキリとする。

「はっ……はい。もちろん」

返事を聞く間もなく、咲良がバラの花を全て右に寄せた。

「どう？」

大きなプレートの片側に、四つのバラの花が固まって咲く。

「た……、確かに、華やかになったような……。でも、他がスカスカでちょっと寂しい気もします」

たじろぎながら言うと、身を乗り出さんばかりの勢いで咲良が喋る。

「そうね。やっぱり翔太さんはセンス良いわ。お皿の大きさに対してボリュームが足りないの。もっと沢山花が咲かないと華やかさは出ない。それに、他の色を混ぜても良いかもしれないわね。多すぎてもごちゃごちゃしちゃうから、黄色と……、緑があれば完璧」

マシンガンのように喋る咲良を見て、呆気に取られる。口調も違ったが、何よりも驚いたのは、爛々と輝く瞳だった。生き生きとしている、そんな表現が当てはまる。瞳の奥にメラメラと火が揺らめいているかのような魅力的な輝き。それに引き込まれた。

翔太が黙り込んでいると、小夜が口を開いた。

「まるでプロのデザイナーさんみたいですね。私なんてそういうのに本当に無頓着で、色とか配置とかをさっとアドバイスできる人って、本当にすごいなって思います」

その言葉に、咲良が顔を赤らめる。

「プロだなんて、そんな……。ほら、モデルっていつまでもできるわけじゃないから、独学で勉強していたのよ。服とか装飾品をプロデュースするのを夢見ていたの……」

なるほど、と翔太は思った。

咲良の瞳に宿る炎の如き煌《きら》めきは、翔太が今まで出会ってきた料理人のそれと一緒だったのだ。だからこそ引き込まれた。自分の道を探究し、好奇心が溢《あふ》れ出ている人間の目だ。

「モデルの仕事に、命をかけてたんっすね……」

思わず翔太は呟いた。

「でも、がんになっちゃったからね……」

途端に、消え入りそうな声が返ってきた。それとともに、咲良の瞳の光が落ちる。

まるで蠟燭《ろうそく》の火が風に吹かれて消えたようだ。

残ったのは、抜け殻みたいに儚い瞳。

がん患者という事を、またもやすっかり忘れて無神経な言葉を投げてしまったと、翔太は後悔した。小夜からも非難めいた視線が投げかけられる。「馬鹿！　本当にデリカシーがないんだから！」そんな言葉が、視線に乗って翔太に突き刺さる。

結局、上手くフォローを入れたのは小夜だった。

「ねえ咲良さん……。また店に来て、翔太のプレートにアドバイスをしてもらえませんか？　プロの意見が貰えるなんて、滅多にないチャンスですし」

努めて明るい声だ。一瞬遅れて咲良が答える。

「ええ、もちろん。嬉しいわ」

微笑みを浮かべてはいるが、その瞳に光は戻らない。

「そうだ。めっ……飯。……何を作りましょうか？」

慌てて出した声は、情けなくも、裏返った。

「こないだ頂いた野菜の煮物と、そのトマトを切った残りを頂こうかしら」

「また野菜だけになっちゃいますけど……」

咲良の笑顔は、やはり弱々しい。

「こんな状況で、急に食生活を変えたりなんて、やっぱり中々できないわ……。でも、見てるだけでも綺麗で癒されるから、これでも十分贅沢よ」

どうにも本心からの言葉とは思えない。それが容易にわかるほど、咲良の笑みは弱々しい。先ほどの生き生きとした瞳を見てしまったから、尚更そう思うのかもしれない。

しかし、じゃあ一体どんな言葉をかければ、咲良の瞳の輝きを取り戻せるのか、翔太には皆目見当もつかなかった。

まだ客前に出ての経験が浅いからだ。翔太は、それを悔しく思った。沢山の客を相手にして経験を積めば、気の利いた言葉など、ぽんぽんと出てくるようになるはずなのだ。

技術は十分ある、後は経験だけなのだ。この店にいれば、幸い経験は沢山積めるはずだ。そうすれば、咲良の命が尽きる前に、もっとマシな言葉をかけられる料理人になれるはずだ。そう思いながら、翔太はトマトを切った。皮を剝いたトマトには、なんの飾りを入れる余地もなく、ただ八つ切りにしてプレートの余白に並べた。

二週間が経った。

あれから、沢山の客の相手を任せてもらえるのかと思いきや、対応させてもらえるのは咲良と千佳だけだった。何故かマスターは、他の客の相手をさせてはくれない。

「なんでわたしにそんな事を相談すんのよ？」

千佳のクリクリとした瞳が、翔太を睨んだ。

「いや……、他に相談できる相手がいないからさ」

生搾りオレンジジュース氷抜きのグラスに口を付けながら、千佳が小上がりに目配せをする。そっちでは、小夜が夕美子に聞き取りをしている最中だ。

「小夜ちゃんに相談すれば良いじゃないのよ」

「馬鹿っ！　そんな大きな声出すなよ……」

千佳はニヤついている。小夜に聞こえるよう、わざと大声を出したのだ。翔太は舌打ちした。

「仕事を任せてもらえない愚痴を言うなんて、恥ずかしいじゃねえかよ」

「わたしに相談するのは恥ずかしくないって理屈も納得できないけど」

皮肉めいた言葉に、翔太はくぐもった声を出した。

「ねえ、それより今日のプレートを見せてよ」

「……わかったよ」

渋々、千佳の前にデザインプレートを置く。

「うわあ……」

目を輝かせる千佳の表情は、おもちゃに釘付けになる小学生そのものだ。

おかげさまで、デザインプレートの腕だけは、メキメキと上がっていた。

今回の作品は、米粉パンケーキを彩るためのフルーツプレートだ。

右側に、オレンジの薄切りを放射状に並べた瑞々しい花が咲き乱れる。さらに、苺《いちご》も限りなく薄く切って、美しい花に仕立て上げている。咲良のアドバイス通り、花は片側に固めて咲かせ、ボリュームもバッチリだ。

さらに、配色にも気を配った。咲き乱れる花の間に、ベビーリーフを蔓《つる》のように配置すると、オレンジと赤、そして緑が、バランスよく映える。プレートの上には、リンゴの紅白の皮と身の濃淡を羽の模様に見立てた、美しい鳥を羽ばたかせた。

中央下から左にかけては、ブルーベリージャムとイチゴジャムを、スプーンですっと引いてある。これから焼き上がるパンケーキを心待ちにしているかのように、プレートの中心はすっぽりとあいていた。

「どうだ？　これなら、その辺の店にも負けねえだろう」

千佳の態度を見れば、答えは聞くまでもない。穴が開くほど皿を見つめていて、瞳が爛々と輝いている。このあたり、意外と分かりやすい。

千佳が顔をあげた。

「最高よ！　こんなの、原宿のパンケーキ屋さんでも出て来ないわよ」

「原宿って……、最近の小学生は、どれだけマセてんだよ」

「しょーたはこういうのだけはプロよね」

千佳がフフンと笑う。

「一言多いな。でもこれだけ技術があることはマスターも分かってるのに、なんで俺に料理を任せてくれねえのかなあ……」

ボヤくと、千佳が煩わしそうに口を開いた。

「知らないわよ。わたしはしょーたの料理を食べたことないし……」

そうなのだ。

千佳と咲良の対応をしているといっても、その実、デザインプレートを作っているだけだ。アレルギーの事があるから、千佳のパンやらパンケーキはマスターが焼いているし、咲良が食べるのは、いつもサラダと野菜の煮物くらい。

結局、料理という料理は作っていない。他の仕事といえば、芝親方が買い付けてくる魚を試験の如く目の前で捌く作業。しかし、やはりこれだってまともな料理とも思えない。

翔太は、まな板を見つめてため息をついた。

「なんで俺は料理を作らせてもらえねえんだ……」

千佳は、夕美子のスマホでプレートの写真を撮るのに夢中になっている。一通り写真を撮り終えると、今度は千佳がため息をついた。

「ちょっと……。客前で辛気臭いため息をつかないでよ。きっとなんか、考えでもあるんじゃないの？」

「考えって……なんだよ？」

「そんな事、すぐにわかったら誰も苦労しないわよ」

いちいち、ごもっともな意見だ。この小生意気な娘は、本当に小学生なのだろうか。

「直接聞いちゃった方が早いんじゃない？」

凛とした声で、千佳が言った。

「直接ったって……」

「人の気持ちなんて、意外とわからないもんよ」

千佳の表情は、どこか大人びていた。

「なんだよ、小学生のガキのくせに」

「そのガキに相談したのは、どこのしょーたでしたっけ？」

生搾りオレンジジュース氷抜きを飲み干した千佳は、「おかわり」と言って、グラスを差し出した。渋々二杯目のジュースを作ってくると、千佳がポツリと呟いた。

「前に、わたしのお母さんが、鬼みたいに成分表を睨んでたって話をしたでしょ？」

「そういや、そんなこと言ってたな」

千佳は、そっと小上がりを覗き見てから、翔太に耳打ちした。

「冗談じゃなくて、結構凄かったのよ、その時は……。わたしが口にするもの一つ一つを、お母さんは徹底的に調べるようになったのよ。そりゃあまあ、絵本に出てくる魔女みたいな顔で、スマホをずーっと眺め続けるの。本人は気づいてないけどね」

小上がりには聞こえないように、ヒソヒソ声で喋る。

「おばあちゃんがお菓子を買ってきた時なんて、ひったくるように取り上げて、検索を始めるのよ……」

「今のお母さんからは、想像できねえな……」

夕美子は、至極優しそうな、落ち着いた女性だ。ヒステリックな印象は、一つもない。千佳は小さく首を振った。

「食事も大変だったのよ。あれは食べちゃダメ。これは食べちゃダメ。買ってきたものなんてもってのほかよ。こんなの何が入ってるか分からないから危険よって言って、その場でゴミ箱行き。そのくせ、免疫力を上げるなんて言って、変な野菜やらサプリメントを無理矢理食べさせられたりしたわ」

「お父さんともしょっちゅう喧嘩してたしね」

舌を出してウエッと呟く。

そこまで話すと、憂いを帯びた表情でため息をついた。

「その時は流石に、お母さんのことが嫌いな気持ちも出てきちゃったの。わたしはどうすればいいか分からなくなっちゃって、結構辛かったわよ」

とても八歳の女の子の言葉とは思えない。それだけ苦労した事が言葉の端々からうかがえる。

「なるほどな。まあ色々と苦労してきたんだな。それで、どうやって乗り越えたんだ？」

「……秘密」

「ちょ……。そこまで話したんなら、教えろよ」

千佳は、フンとそっぽを向いた。

「とにかく、その時はお母さんの本心が分からなかったのよ。だから、悩んでるなら、直接聞いた方が早いと思うわ。しょーたは、考えるの下手そうだし」

再び悪戯っぽい笑みを浮かべる。

「こんにゃろ……」

「マスターが来たわよ」

もう一言文句を言おうとしたが、タイミング良く焼き上がったパンケーキを持ったマスターがカウンターへとやってきて、翔太は言葉を飲み込んだ。

何故料理を作らせてもらえないのか、その事について話したのは、翌日だった。

しかし、言い合いの合間に、たまたまその話題が出たというのが正しい表現だ。

その日の朝、翔太は芝親方が市場から仕入れてきた魚を捌いていた。芝親方の目の前で行うこの作業は、すでに日課となっていた。今日の魚は、丸々と太った平目。

二日に一回と言っていたはずが、翔太がまぎわに来てから芝親方は毎日顔を出していた。

芝親方のルーティーンは決まっている。目の前で翔太が魚を捌くのを見て、決まって三枚の刺身を食べる。その際、必ず小言がついてくる。もはや、完全に目の上のたんこぶだ。

その後、マスターに適当なツマミを注文して、それを平らげて店を去る。決して翔太に刺身以外の料理を注文する事はない。それがまた、翔太の苛《いら》つきに拍車をかけていた。

ここ最近の悶々とした気持ちも相まって、芝親方のギロリとした眼光が、いつも以上に煩わしい。なんでこんな店でも、毎日下っ端みたいな包丁仕事しかさせてもらえないのだろうか、料理を作ってこそ腕が上がるはずなのに。この調子でいったら、咲良にまともな料理を作れないままに命が尽きてしまう。和食割烹にいるのに、煮物とサラダだけしか出さないのでは、料理人としても納得できない。そんな焦りが翔太の心に生まれていた。

鬱々とした感情をぶつけるように、平目を捌く。出来上がった刺身を芝親方の前に置くと、その眼光が一層鋭くなった。

「今日はいつも以上に気持ちが入っておらんのお」

「……別に、いつもどおりの捌き方すけど」

皿を持った芝親方が、刺身を見つめて大きなため息をつく。

「酷い切り口じゃ」

挑発的な物言いにカチンとした。

「刺身だけで何がわかるってんだよ……」

ボソッと呟いた言葉を、芝親方は聞き逃さなかった。

「何じゃ小僧……。言いたいことでもあるのか？」

その目がむかつくんだと、翔太は心の中で悪態をついた。自分の不摂生で引退した元料理人のくせに、やたらと先輩風をふかす老害。自分の腕の進化はとうの昔に止まっているにもかかわらず、口は出してくる。そんな状況に、流石に辟易していた。

翔太は、芝親方を睨みつけた。

「俺の料理を食ってもねえのに、文句ばっかり言ってんじゃねえって事だよ」

「お主の料理なぞ、食わんでも未熟なのはわかるわい」

「はあ？　なんでだよ」

「ワシが見てるのは、お主のその姿勢じゃ。今のままでは、いくら客前で経験を積んでも、腕なぞ上がらん」

「何訳わかんねえ事言ってんだよ」

このじじいに何を言っても無駄みたいだ。大体、こんな頑固な奴に料理を出したって、文句を言われるのは必至だ。だったら、他の客に料理を作る機会を得た方が良さそうだ。マスターに頼めば良い。マスターを説得する方が、百倍簡単だ。そんな考えが頭に浮かぶ。

しかし、それを見透かしたように、芝親方は眼光を光らせた。

「ヤブに何を言っても無駄じゃぞ」

ギロリとした視線を厨房へと移す。ちょうど出汁を取り終えたマスターがカウンターにやってきた。

「お主に飯を作らせるのはまだ早いと、ヤブに言ってある」

マスターに顔を向ける。

「一体どういう事っすか？」

問い詰めると、マスターが申し訳なさそうに眉を下げた。

「料理を作り始めるタイミングは、芝親方にお任せしようと思っていたんだ。なんといっても、僕よりも余程立派な料理人の先輩だからね」

全くもって納得がいかない。芝親方は引退した料理人で、しかも店の客の一人だ。

「親方にそんな権限なんてないでしょう」

突っかかった翔太に対し、マスターはやはり困ったように答えた。

「芝親方は、うちのオーナーでもあるからね……」

これみよがしに大きく鼻を鳴らす音が、カウンターから聞こえた。

「下手な料理人に飯を作らせて、評判が落ちても困る、という事じゃ」

完全に怒りの爆弾に火がついた。

「やってられるか、こんなこと！」

怒りに任せて、まな板に拳を叩きつける。ドンという音が店に響き、右拳に鈍い痛みが広がる。

その様子を見た芝親方が、呆れたようにため息をついた。

「料理人が自分の商売道具を傷つけるなんぞ、もっての外じゃ。しかし、言っても分からんとは、どれだけ未熟な餓鬼なんじゃ」

組んだ手に顎を乗せると、「まったく……」と呟きながら、ギロリと翔太に視線を向けた。

「じゃったら、食ってやるわい」

視線がさらに鋭くなった。肌がピリつくようなその圧に負けじと、芝親方を睨みつける。

「お主の料理を食ってやる。ワシの注文する料理を作ってみい。ただし、出汁から味付け、飾り付けまで、全てお主自身でやれ。……良いな？」

挑発するような物言いに、翔太は吐き捨てるように答えた。

「わかったよ！　やってやろうじゃねえか」

厨房に戻った翔太は、蒸籠《せいろ》を食い入るように見つめていた。

喧騒《けんそう》がすっかり終わった後にやってきた小夜は、完全に呆れ顔だ。

「何やってんのよ、朝っぱらから」

「あそこまで言われて、引き下がるわけにはいかないっすよ。男の意地です」

背後から、「……はあ」と、ため息が聞こえる。

「ほんっと、男って下らない意地を張るわよね」

「あのじじいをぎゃふんと言わせてやる」

「ご飯を食べさせるのに、ぎゃふんと言わせてどうするのよ……。で、何作ってんの？」

小夜が背中越しに、ずいっと顔を寄せて来た。興味津々といった表情で、蒸気を吹き上げる蒸籠に見入っている。

「茶碗蒸《ちゃわんむ》しっす」

それが、芝親方の最初の注文だった。

そろそろ蒸しあがる頃合いだ。翔太が蒸籠の蓋を開けると、真っ白な蒸気が辺りを覆い、やがて、藍のラインが横に入った白い器があらわれた。

「おおー。なんかそれっぽいじゃない！」

蓋も開けていないのに、小夜が嬉々とした声を上げる。流石に茶碗蒸しを作ったくらいでこんなにも褒められると、どう反応して良いか分からなくなる。手が込んでいる料理に見えるが、茶碗蒸しなんて至極単純なものなのだ。出汁と卵を溶いたものに、具を混ぜて蒸しあげるだけだ。

早速、熱々の器を持っていく。

「……お待ち」

芝親方はジロリと翔太を一瞥《いちべつ》すると、陶器の蓋を静かに取った。たちこめる蒸気とともに、蒸しあがった卵液が姿を見せる。

感嘆の声は、小夜から上がった。

「凄いじゃない！　ちゃんと茶碗蒸しになってるわ。上の具も綺麗じゃないの」

普通の茶碗蒸しだとあまりに味気ないので、人参から飾り切った銀杏《いちょう》の葉と、椎茸《しいたけ》と三つ葉を上に添えたのだ。

続いて反応したのはマスターだ。カウンター越しに漂う湯気に、鼻をひくつかせる。

「出汁は……、鰹かな？」

離れた場所からの微かな香りだけで出汁の種類を当てるとは、流石のマニアっぷりだ。

肝心の芝親方は、じっと器を見つめたままだ。

「食わないんすか？」

翔太は挑発するように声をかけた。

多分想像してたより上等な料理が出て来て、驚愕《きょうがく》しているに違いない。こちとら、伊達にずっと修業を積んでたわけじゃねえんだと、翔太は心の中で息巻いた。

しかし芝親方は、冷めた反応を見せた。

「全然駄目じゃ。見ただけで分かる。お粗末な代物じゃ」

出た……、老害特有の、理由もなく相手を貶《けな》す態度だ。翔太は芝親方に詰め寄った。

「一体何がお粗末なんだよ？　理由を教えてくれよ」

すると、芝親方は真っ赤な銀杏の葉を、静かにどけた。

「すが入っておる。どれだけ表面を取り繕おうと、基礎がなっておらんのがわかるのじゃ」

呆れたように呟いた。困惑したように口を開いたのは小夜だ。

「〝す〟って何?」

芝親方が表面を指し示す。そこに見えたのは、大小三つの気泡だ。

「卵液が沸騰して、気泡が入り込んだのじゃ。温度が高すぎるとこうなる……。つまるところ、蒸すのが下手な証拠じゃ」

「そっ……そんなもん、味が確かなら問題ねえだろう」

慌てて言い返した翔太を無視して、芝親方は茶碗蒸しを口へと運んだ。しかし、憮然とした表情は変わらない。

「思った通りじゃ。舌触りにも差が出ておる」

普段のがなり声ではなく、冷静な評論家のような喋りぶりだ。鋭い視線を翔太に浴びせる。

「見栄えのために、二度蒸しをしたじゃろう? 上の層と下の層で蒸しあがりが変わっておる。蒸す技術がない人間が小手先の技術を使っても、味が落ちるだけじゃ……」

そのまま、匙《さじ》を翔太に差し出す。食ってみろという意味だ。

無言でそれを受け取り、茶碗蒸しを口へと運ぶ。

「ぐっ……」

翔太は思わず、くぐもった声を上げた。

指摘された通りだ。銀杏の飾り切りを表面に浮かせるためには、卵液を二段階に分けて蒸しあげる必要がある。下の卵液を一度固め、その上に追加の卵液と飾り切りを載せて蒸しあげるのだ。その結果、僅かながら舌触りに差が出ていた。

しかし、素人に分かるほどの味の差はないはずだ。そう言おうとしたら、芝親方が畳み掛けるように言葉を続けた。

「そもそも、出汁の味がヤブとは雲泥の差じゃ。茶碗蒸しは地味な料理じゃが、出汁の味が如実にあらわれる。店の個性が出るといっても良い。お主の器からは、何を伝えたいのかが全く見えてこないのじゃ」

何も反論できず、翔太は両拳を握り締めた。

「次は焼き料理じゃ。朝仕入れておいたチダイがあったじゃろ。それを焼け」

茶碗蒸しを半分ほど平らげた芝親方は、次の注文を口にした。

それからは、まるで公開処刑のような品評会が続いた。しかも、マスターと小夜の目の前で、だ。

チダイの丸焼き。

串打《くしう》ちを施し、化粧塩をまぶし、まぎわでは使用される事のない遠赤外線グリラーを使って、丸焼きにした品だ。しかし、やはり評価は辛かった。

「串打ちの技術がまだまだつたない」

ボソッと呟くと、身に箸を入れる。背側、腹側、裏面、それぞれ一口ずつ口へと運んで咀嚼する。

「焼き加減がまちまちじゃ。串打ち三年、焼き一生。それだけを追い求める料理人も山程おるのじゃ。お主はどちらも技術力不足じゃ。これなら、普通に網で焼いた方がなんぼかマシじゃ」

マスターを一瞥する。

「完成度の低い料理を出すくらいなら、難しい技術は敢えて避ける。そんなヤブの判断の方が、料理人としてはまだ正しい」

マスターは、とぼけた顔でポリポリと頭を搔いている。確かにマスターが串打ちする姿も、難しい料理を作っている姿も記憶にない。しかしまさか、出汁を取る以外、料理の腕などてんで未熟だと思っていたマスターよりも下の評価を下されるなんて、夢にも思わなかった。

悔しさと恥ずかしさで、心がざらつく。

「次、天ぷらじゃ」。芝親方は、無感情に言い放った。

穴子の一本揚げ。それに、桜海老のかき揚げ。彩りのため、春菊を添えた。

箸を当てて衣の揚がり具合を確認した芝親方は、ジロリと翔太を睨んだ。

「素揚げの方がマシじゃ。流石に言わんでもわかるじゃろう？」

悔しいが、反論の余地もない。見た目だけでも、衣が水分を含んでいるのが分かる。自身の料理の問題点を逐一的確に指摘する芝親方の評価を得られるレベルでないのは、明白だった。

小夜が心配そうな顔で翔太を見つめている。潤んだ瞳は、翔太を哀れみ、どう慰めて良いのか分からず、戸惑っているようにも見える。それが余計に翔太の心に障った。

芝親方が、ため息まじりに口を開く。

「最後、蛤《はまぐり》の吸い物じゃ。天ぷらは適当に食っておく」

翔太は、逃げ込むように厨房へと戻った。


雪平《ゆきひら》鍋で蛤を煮出す。

口を開いて湯の中で踊る蛤を、翔太はボーッと眺めていた。頭の中は、すっかり考える気力が消え失《う》せていた。というよりも、答えが見えてこない。

こうまではっきりと、他人から料理を評される事などなかった。修業している店で、先輩達が腕をふるっている様を見て、自分でも作れる気になっていた。包丁捌きの技術はあるのだから、料理など簡単だ。そんな傲慢な気持ちすら持っていた。

蛤の出汁を少しばかり味見する。

どうにも薄い気がしてならない。

鍋の横には、数々の調味料が並んでいる。さらにその隣の鍋に、マスターが煮出した昆布出汁が目に入った。ほんの少しだけ緑がかった美しい出汁は、翔太を誘惑するかのように、上品な昆布の香りを漂わせていた。


「お待ち」

赤漆の椀を置く。

芝親方は、無言で蓋を取った。

煮出した大ぶりの蛤。その上に大きく羽を広げた真っ赤な鶴が浮かぶ。人参から切り出したものだ。さらにそれを彩るように、結び三つ葉が添えてある。

「おお！　きれい……」

直前まで、心配そうに翔太を見つめていた小夜から声が上がったが、芝親方の反応はない。無言のまま鼻を寄せ、漂う湯気を吸い込む。さらに椀を一周させ、様々な角度から観察する。その動作には一切の緩みはなく、まるで試験のように緊張した空気が張り詰める。

しばらくすると、芝親方が鶴を箸ですくいあげ、ぽつりと呟いた。

「まるで、自信のなさを必死に覆い隠す厚化粧そのものじゃ……」

「……なに言ってんだ、じじい」

声を上げた翔太を、芝親方がギロリと睨む。その圧に黙り込むと、芝親方はズズッと椀を啜った。たった一口だけ。

「小僧……」

「なっ、なんだよ」

鋭い眼光が翔太を射貫《いぬ》く。

「からい」

「……は？」

「茶碗蒸しの未熟さを指摘されてから、どんどん味が濃くなっとるんじゃ。特にこの吸い物は酷い。余計な塩に醤油と味醂、蛤の風味なぞすっかり消えとるわい。心の迷いがそのまま料理に出ておる」

震える箸で鶴の飾りをつまみ、翔太の目の前に掲げた。

「特にこの飾りは余計じゃ」

「なん……だと……」

「未熟な味をごまかすための飾りなんぞいらん。この余計な見栄えは、お主の心の弱さを映し出しておる鏡そのものじゃ」

しかし翔太の頭には、その言葉が全く入ってこなかった。かわりに脳内を占めていたのは、爆発しそうなくらい膨らんだ怒りだった。

飾り切りを侮辱されたからだった。

幼い頃から、寝る間を惜しんで磨いて来た技術が飾り切りなのだ。それを、余計なものだと一蹴された。翔太は、自身の生き様そのものを否定されたような屈辱を覚えた。

再び椀に口をつけた芝親方が、しかめ面を見せた。

「こんなしょっぱい料理、とても病気持ちの客には出せんわ」

シワだらけの指が、翔太の眉間を指し示す。その指は細かく震えている。

酷い糖尿の末に、神経がやられてあらわれた症状だ。以前、マスターがそんな事を言っていた。感覚は鈍いし頻繁に痛みも出るらしい。こんな手では、ろくに包丁も振るえないだろう。そんな元料理人に俺の飾り切りを批判する資格などあるのか……。

頭の中で、何かがプツリと切れた音がした。

次の瞬間、せきを切ったように、怒りの言葉が飛び出した。

「てめえなんかに何が分かるってんだよ!」

「なにい?」

芝親方の眉が上がる。

「しょっぱいしょっぱいって、あんたは糖尿で舌が馬鹿になってるだけじゃねえのか？　大体、そんな病気持ちが、まともな評価なんてできるのかよ？」

「ちょっと、翔太！」

小夜が慌てた様子で止めに入るが、もはや自制する事などできなかった。

もう全部言ってやる。翔太は大声で捲《まく》し立てた。

「自分の不摂生で糖尿をこじらせて料理人を引退したくせに、人の料理にケチばっかつけてるんじゃねえよ！　文句ばっかり言いやがって、自分はどうなんだよ？　包丁も使えねえんじゃ、ざまあねえじゃねえかよ！」

吐き出すように吠えると、翔太は肩で息をした。

言ってやった。この口うるせえじじいに、全部ぶつけてやった。これで少しは大人しくなるだろう。いや、むしろ逆上して、杖でも振り回して、がなり散らすかもしれねえ。そうしたら、返り討ちにしてやる。

しかし、身構えた翔太は芝親方を見て絶句した。

すっかり肩を落とし、全身が縮こまっている。真っ白な眉は垂れ下がり、ギラついた眼光はすっかりなりを潜め、覇気など微塵も感じられない。

予想外の反応に、翔太はたじろいだ。

「なんだよじじい……。いつもみたく何か言い返してこいよ」

挑発するように声を上げた瞬間、右腕に強い痛みを感じた。

「いてっ……」

なんだと思う間もなく、マスターにもの凄い力で厨房まで引っ張り込まれる。

「ちょ……ちょっと」

両肩を掴まれ、壁に背中を押しつけられた。

何するんすかと言葉を発しようとしたが、真剣な表情のマスターに圧され、翔太は生唾を飲み込んだ。普段の穏やかさは、微塵も感じられない。

メガネの奥の瞳には、静かな怒りが浮かんでいる。

「翔太くん……」

低く重い声がマスターの口から発せられたものだと気づくのには、随分時間がかかった。

「は……はい」

「この店で、病気になったことを責めるのは、御法度だ」

「で……、でも」

肩を掴む手に力が込められる。翔太は再び口をつぐんだ。

「この世に、病気になりたくてなった人間なんて、一人もいないんだ。誰にでも起こり得るし、それを予測するのは誰にもできない」

「……………」

マスターが諭すように口を開いた。

「一度糖尿をこじらせてしまうと、昔の生活には二度と戻ることはできない。どんなに以前の生活が恋しくても、そこに戻れば、待っているのは死だ」

「し……、死？」

「そうだよ……。もう一度悪化すれば、次はない。坂道を転がり落ちるように状態が悪化してしまう。芝親方は一時、かなり危ない状態まで酒に溺れてしまった。今は相当節制してくれているけど、死ぬまで自分を律する生活は続くし、それは想像以上に辛いんだ」

あのじじいがすぐに死ぬとは、到底思えない。しかし、先ほどのしょぼくれた姿を見せられると、マスターの言葉が大袈裟《おおげさ》なものだとも思えなかった。

「今日、芝親方は普段の制限以上の量を食べているんだよ……」

肩を摑む圧が、すっと抜けた。

「……え？」

マスターの小さな瞳が、穏やかさを取り戻した。

「翔太くんの作った料理を食べるためだよ」

そう言ってニコリと笑った。

「きっと芝親方にも、色々思う事があるんだよ。まあとにかく、彼は僕の大切な患者さんなんだ。謝ってくれるかい?」

少し躊躇《ちゅうちょ》した後、翔太は小さく頷いた。

「分かってもらえて良かったよ。……さ、行こうか」

カウンターに戻ると、真っ先に声をかけたのは小夜だった。

「ちょっと翔太! いきなりあんな失礼な事言うなんて、いくらなんでも酷いわよ!」

「……すいません」

ボソッと呟いて、芝親方の目の前に歩みを進める。

芝親方は、じっと朱の椀を見つめている。あれだけ塩辛いと文句を言っていた蛤の吸い物は、すっかり空になっていた。

芝親方が顔を上げる。その眼光は元の強さを取り戻していた。

「……す……ません」

聞こえるか聞こえないかの声で呟いた。後からやってきたマスターが、ポンと翔太の背中を叩く。芝親方がマスターに視線を向ける。その仕草は、あえて翔太を無視しているようにも思える。

「ヤブ……。小僧にはしばらく包丁を握らせるな」

「なっ……なんで」身を乗り出そうとした翔太を制したのは、マスターだった。芝親方との間に割って入る。

「……わかりました」

そう言って、ゆっくりと身を反転させたマスターが、右手を差し出した。

「翔太くん……。包丁鞄を僕に預けてくれる？」

翔太は、その手を見つめた。

取り上げられるなんて冗談じゃない。包丁鞄は、命と同じくらい大事なものだ。技術を追い求めるために、一時も手離すことはなかった。包丁を握らない日など、一日としてなかったのだ。その日々が、今の翔太の自信につながっている。包丁は翔太の基盤そのものなのだ。それを預けるなどというのは、腕をもがれるようなものだ。

翔太はカウンター脇に置いてあった包丁鞄を、素早く摑み抱えた。

「いっ……嫌だ！」

芝親方が鋭い眼光を向ける。

「心が整わないまま、いくら包丁を振るっても、真の技術など身につかん」

冗談じゃない。これでは理不尽な体罰だ。そんなものに付き合って、鍛錬の場を奪われてはたまらない。

うつむいていると、しわがれた声が響いた。

「別に、逃げ出したいなら逃げても良いんじゃぞ」

店を辞めろ、という事だ。確かに、無理矢理包丁を奪われてまで、この店にいるべき理由などないかもしれない。鞄を抱える腕に力を込めて、芝親方をキッと睨み返す。

「上等だよ！　こんな店……」

「駄目よっ！」

辞めてやる、と口にしようとした瞬間、飛びついてきたのは小夜だった。

「……え？」

思わず顔を向けると、小夜の青い大きな瞳が、視界に飛び込んできた。

「駄目だよ、翔太……」

涙がこぼれ落ちそうなのか、その瞳は潤んでいる。青い透き通る瞳に毒気を抜かれ、頭から熱が引いた。

翔太の腕に回した小夜の手に、ギュッと力がこもる。

「貴方《あなた》にはもう、関わった患者さんがいるでしょ？」

翔太は口をつぐんだ。咲良の儚い笑顔が頭に浮かんだからだ。

人生の最期の時間を使って、まぎわに足を運んでくれている咲良を、簡単に見限るわけにはいかない。彼女は翔太が望み続けた、初めての自分の客なのだ。

しばらく考えた末、翔太は「……わかりました」と小さく呟き、包丁鞄をマスターに手渡した。

「翔太……。我慢してくれて、ありがとう」

堪えていた涙が一粒、小夜の瞳からこぼれる。それを見て、翔太は唇を噛み締めた。

散々料理の腕を酷評され、命の次に大事な包丁を取り上げられ、さらに小夜から同情の言葉をかけられる。翔太は、それに耐える事ができなかった。

何も言わず店を飛び出す。

「ちょっと……。翔太！」

追いかけようとした小夜に、「ほっておけ！」と、声を浴びせたのは芝親方だ。

「だって……」

「包丁はヤブが持っておる。心配せんでも、そのうち戻るわい」

翔太が去った戸をしばらく見つめていた小夜は、不満気な表情で口を開いた。

「もう……。流石に言いすぎよ、親方……」

芝親方は、何かを考え込むように空の椀を見つめている。

代わりに答えたのは、マスターだ。

「まあ、人生ってのは、乗り越えるべき壁が色々あるのが常だよ」

穏やかに言うと、空の椀を手にとって、目を閉じて香りを確かめた。

ゆっくりと瞼を開く。

「最後まで僕の出汁には手を出しませんでしたね」

芝親方に微笑みかけると、フンっという鼻息が返ってくる。

「技術がないくせに、意地だけは一丁前なんじゃ」

すると、マスターが穏やかに笑った。

「意志の強さは、良い料理人には大切な要素ですよね」

芝親方が再び鼻を鳴らした。

「じゃからこそ、尚更おしいのじゃ」

その様子を見ていた小夜は、「ほんと男ってわからないわ」と、呆れた声を上げた。


いかにもここは病院だと主張しているような、緑一色の個性がないソファーで、如月咲良は自分の名前が呼ばれるのを、ひたすら待っていた。

受付窓口の壁に掲げられた時計に視線を移す。

午前十一時。予約時間はすでに一時間も過ぎている。これでは予約する意味などない。

ため息混じりに視線を落とすと、妊婦のように膨らんだ腹が視界を占拠し、さらに陰鬱になる。

しれっと外に出ても良いのではないかとも思うが、診察前に、採血検査に行ってこいと指示される事もある。その時に受付にいないと、看護師にこっぴどく怒られてしまうため、この場を離れるわけにもいかない。

右の背中がズキリと痛む。肺に転移したがんによる痛みだ。それが徐々に強くなる。突き刺されるような強い痛みにせっつかれるように、手持ちのバッグから麻薬を取り出す。痛みが強い時に内服する、レスキューと呼ばれる超緊急作用型の麻薬だ。封に手をかけたところで躊躇《ちゅうちょ》する。

近頃、麻薬の量が際限なく増えているのだ。

痛み止めの麻薬は、レスキューの使用回数から判断して、定期内服の適正量を調整するから、くれぐれも我慢しないで欲しいと釘を刺されていた。

しかし咲良は、増えていく麻薬の量にそこはかとない恐怖を感じていた。自分は麻薬によって生かされている。そんな考えが頭を支配するのだ。

それを認めたくない。封を切る手を止めたまま、包装を見つめた。しかし、そんな咲良の苦悩を嘲笑《あざわら》うかのように背中の痛みは強さを増し、まるで心臓を鷲摑《わしづか》みにされるような錯覚に陥る。

悪魔が「麻薬を飲め、さあ飲め」と、背中から囁いているようだ。

咲良はたまらず封を切って、レスキューを口に含んだ。

すぐに効果は出ない。

固いソファーで背中を丸めて、痛みに耐える。脂汗が滝のように流れ落ちてきた。

十分程で、ようやく薬の効果が発現しはじめる。嘘《うそ》のように痛みが軽減し、咲良は昇天しそうな感覚すら覚えた。

麻薬を内服する事への葛藤と抵抗。しかし、抵抗虚《むな》しく痛みに負け、麻薬を追加内服して痛みから解放される。それが咲良の毎日だった。

「如月さん……。如月咲良さん。如月咲良さん！」

恰幅《かっぷく》の良い看護師が、大声で名前を連呼する。

フルネームを呼ばないで欲しい。咲良は心の中で訴えた。

あの見るからに体調が悪そうながんの末期患者は、如月咲良さんです。

そう紹介されている気分になる。個人情報などあったものではない。がん患者の気持ちなど無視なのだろうか。ゆっくりと立ち上がり、診察室へと向かう。

古臭い味気のない扉を開くと、メガネをかけた中年の男性医師が咲良を迎え入れた。

視線が合う間もなく、すぐにパソコンに目を移す。

彼は余程の事がない限り、パソコンから目を離さない。

「ええと……。如月さん。体調は如何《いかが》ですか？」

マウスをカチカチと押す音を響かせながら、テンプレートのセリフを投げかける。

昨年の夏からの付き合いなので、かれこれ半年以上関わっているが、一向に関係性が深まる気配はない。わざわざ予約しているにもかかわらず、学会だの手術だので、突如代わりの医師が対応する事だって往々にしてある。

　こちらは命を削って一日がかりで受診しているのにもかかわらず、だ。

　すでに治療不能の患者。自分がそう思われているであろう事も、分かっている。この医師のおざなりな態度から、それは十二分に伝わってくる。

　一応、悩みの一つでも話してみる。

「最近痛みが強くなってきていて、麻薬が効かなくて。でも、あまり薬が増えるのも怖いので、困っています」

　医師の視線は、やはりパソコンから動かない。キーボードをカタカタ叩く。

『麻薬が増えて不安』とでも入力しているのだろう。入力ミスが頻発しているのか、文字消去のボタンと入力を繰り返している。見るからに苛ついた態度だ。

　ようやくタイピングを終え、口を開く。やはりパソコンを眺めたまま。

「それは緩和の先生に相談して下さい」

　そう言われる事は予想していた。

　じゃあ一体何のために、産婦人科外来で一時間以上も待っていたのだろうかと、正直疑問に思う。『がんは消えていませんね』『このまま様子を見ましょう』そんな、聞きたくもない話を聞くために、貴重な時間を費やしたのだろうか。

これ以上、無駄足を踏みたくない。咲良はもう一つの訴えを口にした。やはり駄目もとで。

「腹水を抜いていただけませんか？」

腹満感が辛いというより、この妊婦のような腹を見るのが、耐えられなかったのだ。

目の前の医師が、ようやく咲良に目を向ける。しかしその顔には、「またその話ですか？」と書かれている。

「如月さん。前にも言った通り、今は腹水を抜いても、逆に栄養が取られてしまうだけなのです。しかも数日したら元通り。結局、寿命を縮めるようなものなんですよ」

まるで、駄々っ子を諭すような口調だ。しかしもう二月に入った。宣告された余命まで一ヶ月しかないのだ。今更短い寿命が縮んだところで、微々たる差だとも思う。

「そもそも、私の余命はあとどれくらいですか？」

医師の言葉が一瞬詰まる。少しして口を開いた。

「その予測は難しいんです。私達がイメージしたよりも、ずっと長く生きる患者さんも沢山いらっしゃいます。生きたいと思う気持ちが大事ですよ」

私はもう、長く生きる事になどこだわっていないのだ。その意図すら伝わらず、決まったセリフを口にする目の前の医師には、すでに怒りすら感じなくなった。

およそ五分。何の実りもない会話を終え、咲良は診察室を後にした。

その後、緩和ケア科でさらに一時間待ち、麻薬や他の症状を抑える薬の調整を終える。処方された薬を受け取り、病院を出た頃には、午後一時を回っていた。

天気は良いのに、あまりに空気が冷たい。突き刺すような風から身を守るように、厚手のコートの中で、体を縮こめる。春の訪れはだいぶ先だ。

鉛のように足が重い。

服を着込みすぎたのかもしれないし、単純に体力が落ちただけなのかもしれない。どちらにせよ、一気に自宅まで歩くのは厳しそうだ。

咲良は、途中の公園で休憩を取ることにした。この時間帯は、幸せそうな親子が多く訪れるので、あまり行きたい場所ではなかったが、すでに体が悲鳴を上げている。

公園入り口の小さな段差に足がつまずきそうになる。筋力が落ち、こんな小さな段差すら乗り越えるのも一苦労なのだ。

なんとか中へ入ると、冬の公園が視界に広がった。

真冬の寒さに耐える丸裸の木々。砂場と小さな滑り台の周りには、枯れた茶色い芝生が広がっている。砂場では数組の親子が遊んでいて、あまりに平凡な光景だ。

ベンチを探す。体力は底をつき、一刻も早く腰を落ち着かせたかった。

滑り台の先に緑のベンチがある。しかし先客がいた。くたびれた革ジャンを着込んだ男性。別の場所を探そうかと思ったが、生憎《あいにく》他のベンチは見当たらない。

仕方がない。咲良は歩み寄り、ゆっくりと腰をおろした。

「……はあ」

まるで腹の底から出たような、重くて深いため息をつく。うなだれたまま、膨れた腹越しに地面を見つめると、倦怠感《けんたいかん》からそのまま寝入ってしまいたい誘惑に駆られる。景色でも見ようかと思ったが、地面にロープで繫がれたかのように、頭が上がらない。

頭は、実は結構重い。それを知ったのは、皮肉にもつい最近の事だ。

人生の終焉《しゅうえん》まで残り一ヶ月。落ちてしまった体の機能は決して戻る事はない。この先も悪化するばかりで希望などない。それを、まざまざと知らされているようだ。

「……生きるって辛いなあ」

地面に向かって独りごちると、蟻《あり》の列が視界を横切った。せっせと、白い種子を運ぶ黒い点を見つめながら思う。この小さな蟻達の方が、自分よりも余程長生きするのだろう。

「駄目だ。悪いことしか思い浮かばないわ……」

まるで、地面に話しかけるかのように呟くと、隣でごそりと人の動く気配がした。

そういえば、先客がいたのを忘れていた。

誰にも晒《さら》したくない情けない弱音を、赤の他人に聞かれてしまった。一刻も早く逃げ出したかったが、それも敵《かな》わない。恥ずかしさと情けなさを必死に抑えながら、咲良は地面だけを見つめた。

早く立ち去って欲しい。そう思っている中、聞こえてきたのは意外にも知った声だった。


「さっ……咲良さん？」

声に反応して、咲良はようやく重い頭を上げた。

驚いた顔で固まっていたのは、翔太だった。

「翔太さん……」

予想もしなかった出会いに、咲良の目頭が突然熱くなった。

こらえきれずに、涙が落ちる。

「ちょ……ちょっと、俺、なにか変なことしました？」

今日一日、暗い闇の底を孤独に彷徨い続けているような気分だった。翔太の邪気のない表情を見て、つい気が緩んでしまった。

しばらく、嗚咽《おえつ》ばかりが口から漏れ出る。

そんな中、翔太が慌てている気配を感じる。何故だかそれが可笑《おか》しくなって、やがて嗚咽は笑いへと変わった。涙と久しぶりにこみ上げた笑い。それが交わって、不思議な感覚を覚える。

「だ……、大丈夫っすか？」

動揺しながらも、こちらを思いやってくれているのであろう翔太の声は、とても心地がよいものだった。

ひとしきり泣き笑いすると、いくらか心が軽くなった。咲良は、目を泳がせる翔太に話しかけた。

「こんなところで会うなんて、びっくりしちゃったわ……。お店はどうしたの？」

すると、翔太はばつの悪そうな表情で目を背ける。少しの沈黙の後、ボソッと呟く。

「なんだか、店に居場所がなくて」

その声からは、普段のはつらつとした明るさも、自信もうかがう事ができなかった。

「……何があったの？」

沈黙していた翔太は、顔を赤らめた後、やがて観念したように口を開いた。

「実は……、もう一週間近く包丁を握らせてもらってないんっすよ。なんもすることなくて、マスターの仕事を見てるだけで」

道理でさっき会った翔太の顔が浮かなかったわけだ。意気消沈といったその様子は、まるでおもちゃを取り上げられた子供のようだった。

翔太が、ポツリポツリと喋り始めた。

マスターが、お客さんに料理を提供する事を認めてくれない事。店の常連の引退した料理人から辛辣な評価を受けて、包丁を取り上げられた事。小夜にもその姿を見られ、なんとなく店にも居難《いにく》くて、時間を持て余している事。

時折、はち切れんばかりに頬を膨らませるその姿からは、現状に納得しているわけではなさそうだという事が、痛いほど分かった。

「その元料理人のじいさんってのが、相当面倒臭いんすよ」

その言葉を皮切りに不平不満が止まらなくなるかと思ったが、意外にも翔太は次の言葉を渋い顔で飲み込んだ。おそらく、真実をつかれた部分もあって、何とかそこから脱却したいという思いがあるのだろう。

「羨ましいなあ……」

つい、本音が口から飛び出た。翔太が驚いたような表情を見せた。

「羨ましい？　全然そんな事ないっすよ。……だって、一週間も包丁を握ってなかったら、腕が鈍《なま》っちまいますよ。本当はこんな事で足踏みしている場合じゃないのに」

必死に喋る翔太を見て、思わず笑みがこぼれた。

「違うわよ……。悩めるって良いなって思ったのよ」

理解できないのか、翔太は訝しげな表情を見せている。それもそうだと咲良は思った。

前向きに悩む事ができる。そんな当たり前の状況は、実はとても貴重なのだ。しかしそれは、すでに暗雲垂れ込める未来しか見えない人間にしか分かり得ない感情だ。

「もう悩むことすらできない人間もいるんだから……」

咲良は小さく思いを吐露した。

「……どういう事っすか？」

「ううん……。こっちの話」

自分はもう、前を向く権利を失った人間だ。だからせめて、目の前の青年が成長する背中を少しでも押してあげたい。そんな気持ちが、咲良の心に湧き起こった。他人に何かをしてあげたいなんて最後に思ったのは、随分前だったように思える。それこそがんを告知される以前の話。長らく忘れていた感情を懐かしく思うとともに、複雑な心境にもなる。

そんな気持ちを振り切るように、咲良は口を開いた。

「翔太さんの作品が見られないのは困るなあ……」

「えっ……」

「私の残り少ない人生の唯一の楽しみは、翔太さんの素敵な作品を見る事なのよ。早く問題を解決してくれないと、私が先に逝っちゃうわよ」

翔太が作った、恐ろしく精巧な紅白花大根が脳裏に浮かぶ。一枚一枚の花弁がピンと張っていて、その間隔には全く狂いがなかった。紅白のコントラストも見事だった。洋風にアレンジしたデザインプレートは、まだ生まれたばかりのアイディアだ。和食料理人の高い技術と洋風の美しさの融合。今後もさらに進化するはずだ。とてつもない可能性を秘めている。そう思わせるだけの力を感じた。

翔太の作品をもっと見たい。それは、咲良の素直な気持ちでもあった。

「逝くなんて、そんな物騒な事言わないで下さいよ」

「でも本当の事よ」

その言葉に、翔太が沈黙する。「ごめんね」と一言詫びてから、再び翔太を覗き込む。

「私から、そのおじいさんに頼んであげようか？」

「えっ？」

「余命一ヶ月のお客さんが必死に頼んだら、どれだけ頑固でも、流石に料理くらいさせてくれるでしょ？」

少しの沈黙の後、翔太が両手をブンブンと振った。

「そんな手を使わなくても、自分のケツくらい自分で拭きますよっ！」

「……本当に？」

じっと翔太の瞳を見つめていると、途端に視線が泳ぎ出す。まだ解決の糸口は見つかっていないのだろう、本当にわかりやすい。まるで弟を説得するような気分だ。

「じゃあ、期限を決めようか？」

「期限……ですか」

翔太はすっかりたじろいだ様子だ。

「来週月曜日まぎわを予約するから、それまでになんとかして」

「げっ、月曜っ！」

「そう。月曜までに翔太さんがまだ料理させてもらえなかったら、そのおじいさんに怒鳴り込みにいくわ」

翔太が、呆気にとられた表情で咲良を見る。

「なんでそんなに俺の事を気にしてくれるんっすか……」

「翔太さんの作品のファンだからよ。それを見られないまま死ぬのは嫌なの。だから、約束して」

翔太の目が、大きく見開かれる。やがて小さく頷いた。

「良かったわ」

大きく息を吸い込むと、背中に痛みを感じて咳《せ》き込んだ。

「だ、大丈夫っすか？」

「……大丈夫よ。久しぶりに話しすぎて、疲れちゃったみたい」

ゆっくりと呼吸を整える。肺を膨らませようとすると、途端に転移した腫瘍《しゅよう》の痛みが走る。翔太は、心配そうな表情だ。

「咲良さん……」

「……なに？」

いくらか躊躇した後、翔太は遠慮がちに口を開いた。

「咲良さんは、本当にあと一ヶ月しか生きられないんっすか？」

改めて問われたその言葉に、小さく笑う。

「嘘なんてつくはずないでしょ」

「でっ……、でも、普通に歩けるし喋れる。それに、食事だってできるから、あと一ヶ月ってのが、とても信じられなくて」

「こればっかりは、麻薬のおかげね……」

「まっ……麻薬……」

再びあたふたする翔太を見て、自然と笑みがこぼれる。

「この薬がなかったら、今頃私は病院のベッドの上でずっと苦しんでいたと思うわ……」

レスキューを内服する時は、相当の痛みだ。これがなかったらと思うとゾッとする。

翔太は言葉を失っている。麻薬なんて単語は、日常では耳慣れないのだから、それも仕方がない。しかし、聞いてもらえるだけで気分が軽くなる。そんな気もした。

「ねえ翔太さん。さっきの私の独り言、聞いてたでしょ？」

翔太が動揺するのが見てとれる。

敢えて気づかないふりをして、咲良は小さく口を開いた。

「私の話、聞いてくれない？」

「……え？」

「別に何も答えなくても良いわ。……私の独り言だと思ってくれれば、それでいい」

少しだけ時間を置いて、翔太の声が「はい」と、短く返ってきた。

咲良は、小さくため息をついた。

「たった半年前なのよ……」

頭を少しだけ上げて、翔太を覗き見る。

「がんが見つかって、まだ半年しか経ってないの」

「…………」

「その間にね、色々ありすぎて疲れちゃったの。まるで、急な階段を訳もわからずに転がり落ちているみたい」

「階段を……転がり落ちる……」

「そうよ。今まで普通に仕事してたのに、見ず知らずのお医者さんから突然、がんって言われたのよ。もう、日本語が分からなくなっちゃったのかってくらい、彼の言っている事が理解できなかったの」

自虐的に呟いた。翔太は、真剣な表情で耳を傾けてくれている。たったそれだけのことが無性に嬉しい。

「調べてみたら、ほとんど完治の見込みはないって出てきてね……。誰かに叩かれたみたいに、頭にグワングワンって音がなったの。混乱したまま、勧められるがまま抗がん剤治療を始めたのよ……」

まるで、他人の事のように淡々と説明する。しかし、咲良がこれだけ整理して話せるようになったのはつい最近の事、自分の人生に諦めが付いてからだ。

告知された当時はそんな余裕などなく、運命を変えようと必死に足掻《あが》いていた。本当に半年で命が尽きるのか、嘘ではないのか、検査結果が間違っているんじゃないか、先ほどの翔太と同じように、何度も問いかけた。他人にも、自分自身にも。

「はじめは、この治療を乗り越えれば、絶対に奇跡が起こるなんて思ってたの。でも、効果なんて全然なくてね……」

咲良が、どんな抵抗すら無駄だと思い知らされたのは、その頃だ。

がんの転移を告げられた時、誰しもが当たり前のように生きているこの世界から、弾き出されたのだと実感した。そして、全ての希望を捨て去った。

「そこから二ヶ月で、仕事も辞めたし、誰とも会わなくなっちゃったの。仕事仲間とも、友達とも……」

「なんでそこまで……。別に会う事くらい……」

「こんなに変わっちゃった姿を、誰にも見られたくなかったの。それに、気を使われるのも嫌だった」

それは、美容に関わって生きてきた人間の最後のプライドだったと思う。咲良は一切の交友を絶ったのだ。

「付き合ってた彼からも、別れを切り出されたのよ。支えてあげるから、一緒に頑張ろうって言ってたのにね」

あえて明るい声で話す。こんな事を悲観的に話したら、それこそ何の救いもないからだ。

「それはひどくないっすか」と、翔太が憤ったように答える。

咲良は自虐的に笑った。

「現実なんて、意外とそんなものなのよ。とにかく、私の人生は急に終わることになっちゃって、あっという間に一人きりになっちゃったの」

一気に話して、再び息切れする。痛みを誘発しないように、口をすぼめて呼吸していると、翔太が口を開いた。

「家族はいないんでしたっけ？」

咲良は一瞬、どう答えようか迷った。でも今更、何を取り繕っても意味はない。そんなどこか達観したような思考が、頭を巡る。

「両親は離婚したの。……育ててくれた母とは、二十歳の頃に縁を切ったのよ」

「そうなんですね……」

「変な親だったの。異常に美に執着して、何から何まで、私を管理しようとしてた」

当時はまだそんな言葉はなかったが、咲良の母はいわゆる毒親だった。

咲良は、幼い頃の記憶を、久しぶりに掘り起こした。

美しくなりなさい。女は美しくないと生きていけない。美は力。美しくあれば幸福をもたらす。醜いものは無価値で悪だ。

幼い頃から、毎日体重計に乗らされ、コンマ二桁まで、徹底して体重を管理された。バレエ、舞踊、ピアノ、生け花。美しい所作を身につけるために、数多くの習い事を強要され、習得できないと、容赦なく叱咤《しった》された。食事管理も同じだった。野菜とナッツとサプリメント。それが、咲良が口にしてきた全てだ。甘味は悪。肉は悪。そんな教えを徹底された。

理想通りに事が進まないと、母はヒステリックに咲良を責め立てた。

あなたは醜い。だから人生が上手くいかないのだ。どんな努力をしてでも美しくなりなさい。そんな言葉を毎日投げつけられた。

母の子育てを見かねて、父はいつしか去っていった。

『あなたのためなのよ。あなたのためを思ってやっているのよ』

両肩をがっしりと摑み、涙を流しながら呪いの言葉を投げかける。それが咲良の母だった。

何かおかしい。交友関係が広がってくると、自分の母が他と違うことにようやく気づき、二十歳を機に、咲良は母と決別した。

「今はどこで何をしているかも、わからないわ……」

翔太は沈黙している。

その肩越しに、節くれだった木が視界に入り込んだ。

桜の木だ。母が私に付けた名前。

咲良の頭に、母の輪郭がぼんやりと浮かんだ。

「きっと母の呪いなのよ……」

「……呪い？」

「如月咲良……。二月に死んで、桜を見られないなんて、まるで冗談みたいな名前よね」

一瞬間があいた後に、翔太がギョッとしたような表情を見せた。

「そんな事言わないで下さいよ！　まだきっと……」

その瞳からは、憤りを感じる。

羨ましいと、咲良は思った。

まだ、死を身近に感じていない青年。目標に対してひたむきに努力し続け、その努力は必ず報われると思っている。

彼は半年前の私なんだ、咲良はどこか懐かしむような気持ちで翔太を見つめた。

「ごめんね……。でも、こればっかりは仕方がないのよ」

咲良はおもむろに立ち上がった。背中に痛みが走り、思わずうずくまる。

「だ、大丈夫っすか？」

駆け寄った翔太の手が両肩を支えてくれた。久しぶりに感じる手の温《ぬく》もりに、すがりつきたくなる。

「ありがとう。翔太さん……」

断腸の思いで、その手を拒絶する。

自分はもう、消えゆく人間だ。周りの人の当たり前の幸せすら享受できない。翔太の優しさに触れると、逆にそれを実感させられるのだ。

やっと人生を諦めたのだ。いくら掴んでもあっという間に消えてしまう希望の光は、もう一切追わないと、心に決めたのだ。

翔太を振り切るように、桜の木に歩み寄る。

「……咲良さん」

大きな幹に触れると、無機質な質感が伝わって来た。

この木は私なんだと、自身に言い聞かせる。咲良は反転して、木に背中を預けた。

翔太の不安気な視線と目が合う。一人で歩く私を心配していたのだ。それが伝わってくるのが辛い。やはり私はもう、普通の人間ではないと実感させられる。

桜の幹に心を預けて喋る。

「これは桜の木よ。幹はゴツゴツしてるし、枝もお婆《ばあ》さんの指みたい。花が咲いてないと、とても桜だなんて思えないわよね……」

咲良は目を伏せた。

「まるで私みたい。私は二度と花咲く事もできないんだけどね」

翔太が、両拳を握りしめた。

「そんな事ないっすよ！　まだ諦めないで下さい！」

咲良は小さく微笑むと、たしなめるように言葉を返した。

「あんまりそういう事を言うもんじゃないわ。私は、やっと死ぬ事を受け入れる事ができたのよ。去年お医者さんにも言われたの。来年の桜は見られないって……」

話していると、涙が出そうになる。咲良は顔を上げて、それがこぼれ落ちるのをこらえた。しかし、上げた視界にも枯れ枝ばかりが入り込み、陰鬱な気分が増す。

「昭和のドラマのセリフみたいにセンスがないって思ったけど、確かにその通りなのよ……。もう体が悲鳴を上げてるの」

「い……、医者の言う余命なんてあてにならないっていうし、きっと何か方法がありますよ！」

翔太はまだ食い下がる。

それを拒絶するように、咲良は冷たく言い放った。

「だったら、咲かせてみせてよ」

「……え？」

「そんなに言うなら、翔太さんの力で咲かせてみせて……」

我ながら、意地の悪い言葉だと咲良は思った。そんな事はできようはずもないからだ。

しかし、それくらいはっきり言わないと、目の前の無垢《むく》で真っ直ぐな青年は、納得してくれないとも思った。

「ひどい事言ってごめんなさいね……。でも、変えようのない現実もあるの。私が生きている間に桜の花を咲かせるなんてできないのよ」

悲痛な表情の翔太を見ていると、こちらまで辛くなる。

私は死にゆく人間だから放っておいて欲しい。しかし翔太は諦めが悪かった。

「でも咲良さんは、本当は桜の花を見たいんっすよね？」

あまりに真っ直ぐな問いかけ。

咲良の目から、とうとう堪えきれずに涙が落ちた。

「そりゃあ見たかったわよ……」

本音が、ポロリと口から出た。

母の呪いを打ち破りたかった。医者の無慈悲な言葉に屈したくなかった。何より、自身の名が付いた美しい花が咲き乱れる様を、目に焼き付けてから死にたかった。

でも、もう希望は持たぬと決めたのだ。がんは微かな希望すら、至極あっさりと打ち砕く。そして、残るのは倍の絶望だけなのだ。

天を仰ぐ。しかしそれでも尚、涙を瞳に留《とど》めておく事はできなかった。

「桜の季節は二ヶ月も先よ……。魔法でも使えないと無理よ……」

言葉には嗚咽が混じる。

しばらく、咲良のすすり泣く声だけが、場を支配した。

「魔法……」

不意に、翔太がボソリと呟いた。

「そうだ！」

続けて、馬鹿でかい声が響く。なんだと思って視線を向けると、まるでとんでもない発見でもした学者のように、翔太が大きく広げた両手に見入っている。

「魔法……、魔法、……魔法だ！」

徐々にその声が大きくなる。

すると突然、顔をもの凄い勢いで上げて、大きな両手で咲良の両肩を強く摑んだ。

「……えっ」

突然の行動に、声にならない声を上げる。

視界一杯に広がるのは、何かを決意したような翔太の顔だ。

「魔法ですよ！」

「……何が？」

「桜の花、俺が見せます！」

気が動転してしまったのかと、内心思う。

しかし、翔太の瞳は真剣で、冷やかしとも思えない。

「だから、桜の花が咲くのはずっと先だってば……」

「料理ならできるんっすよ！」

咲良の言葉は、翔太の言葉にかき消された。

「咲良さん、俺の料理を魔法みたいだって言ってくれたじゃないっすか。だったら、それで桜を作ればいい……」

紅白花大根を見て思わず漏れ出た言葉だ。日々体が蝕《むしば》まれていくのを実感していた真っ暗闇の中、久しぶりに心が躍った瞬間だった。

「どんな風に作るの？」

「わかりません。でも作ります。絶対作れます！」

あまりに真剣な表情に、つい引き込まれる。

若くて、無鉄砲で、無計画で、凄《すさ》まじい勢い。しかし、桜を咲かせるとしたら、この青年しかいないと思わせる、そんな不思議な説得力も感じられた。

希望の光が、目の前にぶら下がっている。

「……困ったなあ」

もう絶対に摑もうとはしないと決めたその光は、あまりに神々しく輝いていた。

期待すると、裏切られた時に一層辛くなる。それは重々分かっていた。

翔太は、相変わらず真っ直ぐな眼差しで咲良を見つめている。「はい」と言わないと、解放してくれないような強引さすら感じる。単に若さ故なのかもしれないし、生きることに必死にもがいている人間の強さなのかもしれない。しかし、この青年のひたむきさに心を寄せてみるのも良いかもしれない。そんなふうに感じさせる求心力があった。

咲良は、泣きはらした目をぬぐうと、再び翔太を覗き込んだ。

「だったら、やっぱり今すぐ包丁を返してもらわないとね。今すぐなんとかしないと料理もできないでしょ？」

途端に翔太が慌て出す。それを見て、咲良はフフッと笑った。

「翔太さん……」

真剣な表情で、改めて翔太に顔を向けた。

「はっ……はい」

一呼吸置いて、咲良は注文を口にした。

「私は、翔太さんの桜が見たい」

「……はい」

「約束してね。楽しみにしているから、最高の桜を見せてね」

「わかりました！」

翔太が大きく頷いた。

大きな幹を背に感じながら、咲良は目を閉じた。もしかしたら、生きている間に、桜が咲くかもしれない。でも、期待はしすぎないでおこう。桜が咲こうとも、咲かずとも、その過程が翔太の未来に繋がれば良い。私は、ただの養分になってもかまわない。

咲良は、ゆっくりと目を開けた。

「じゃあ……、早くお店に戻って」

力強く頷いた翔太は、颯爽《さっそう》と公園から走り去って行った。はじめに見たしょぼくれた背中は、もうどこにもない。

未来がある。やはりそれは羨ましいものなのだなと、その背中を見ながら咲良は思った。


翔太は、まぎわの戸を勢いよく開いた。

「マスター！」

ゼエゼエと息を切らしながら、声を張り上げる。

大分間を置いてから、仕込み中のマスターがひょっこりと顔を出した。

「汗だくじゃないか。一体どうしたんだい？」

ゆったりとしたテンポに、ずっこけそうになる。翔太はカウンターに詰め寄った。

「包丁を返して下さい」

「え？」

「だから、今すぐ俺の包丁を返して下さいって言ったんすよ。どうすれば返してもらえるんっすか？」

「……急にどうしたんだい？」

咲良の顔が脳裏に蘇る。全てを諦めているような陰鬱な瞳。笑顔を取り戻すには、桜の料理を見せるしかない。

「時間がないんっすよ！　今すぐ取り掛からねえと間に合わない。だから、早く包丁を返して欲しいんっすよ」

しかし、翔太の必死の訴えなどまるで伝わっていないかのように、マスターはとぼけ顔のままだ。

「そうしたいのは山々だけど、芝親方の許可が下りないとねえ……」

今日ばかりは、ゆったりとしたマスターの間が、やたらと癪《しゃく》に障る。翔太は噛み付くように声を上げた。

「だったら、どうすればあのじじいの許しが貰えるんっすか！　一週間経つけど、結局なんの話もねえし、ただただ店に突っ立ってるだけじゃねえっすか！」

マスターが、顎に手を当てて困ったように眉を寄せた。

「ああ見えて、芝親方も結構頑固だからねえ……」

「意外でもなんでもないっすよ。見たまんまっすよ！」

マスターと話していても埒《らち》が明かない。翔太はカウンターへと駆け込んだ。

「ちょ……ちょっと」

慌てるマスターの横をかいくぐり、厨房へと足を踏み入れる。

たしか、厨房のどこかに鞄を置いていたはずだ。

シンク周り、グリラー横の棚、足元の物入れ、カルテラック……、そこかしこを探す。

「ないっ……。ないっ」

焦りが怒りを増幅する。

「くそっ！」

息を切らしながら、茫然《ぼうぜん》と厨房を見渡す。

「包丁鞄は芝親方に預けてあるよ」

不意に、マスターの声が厨房に響いた。

「じじいに？」

翔太は耳を疑った。

「そんなことしたら、いつまで経っても包丁なんて返ってこないじゃないっすか」

再びマスターに詰め寄る。

「料理の問題は料理人に任せた方が良いかなあって思ってね」

「料理人って……、マスターだって料理人なんでしょ」

すると、マスターは頬をポリポリと掻いた。

「まあ、果たして料理人かって言ったら、本物の料理人に失礼なレベルだしね……」

全く話にならない。翔太は呆れた。

マスターには料理人としてのプライドがあまりに欠けているのだ。だから難しい料理からは逃げるし、技術も追求しない。それなのに……。

『ヤブの方が、料理人としてまだ正しい』

胸糞《むなくそ》悪いしわがれ声が、脳裏に響く。自分は、こんな中途半端な料理人よりも下に見られているのかと、頬が熱くなる。

「くそっ！」

シンクに拳を叩きつける。何もかも上手くいかない。それに、心が爆発しそうだった。

「ちょっと……、翔太くん」

寄ってきたマスターを睨む。

「なんなんっすか？　中途半端に料理やってるくせに、いざって時には料理人の肩書きから逃げる。そのわりには医者をやってるわけでもねえ……。マスターがやってるのは、医者だったときの知識を使って、病院食を作ることだけじゃないっすか！」

マスターは、メガネの奥のしょぼくれた瞳をさらに小さくして、弱々しく笑った。

「まあ……、どっちもヤブだからね。反論の余地もないよ……」

それっきり、怒る様子もない。これでは暖簾《のれん》に腕押しだ。

結局こいつも同じじゃねえか……、翔太は心の中で落胆した。

料理の世界でも、何人も目にして来たタイプだ。いくら馬鹿にされても、煽《あお》られてもヘラヘラと笑ってごまかす人間。必死に頑張って来たなら絶対に悔しいはずだ。怒りも湧かないというのは、すでにプライドを捨て去った人間なのだ。この手の輩《やから》には、何を言っても話にならない。

駄目だ。こんな店にいる理由など、いよいよない。咲良との約束を果したら、絶対に辞めてやる。翔太は、心からそう思った。

「とにかく、早く包丁を取り戻さないといけないんっすよ。そうしないと、咲良さんの願いが叶わなくなる。俺はマスターと違って、一分でも一秒でも無駄にするわけにはいかないんっすよ」

マスターの眉がピクリと動いた。

「咲良さんに何かあったのかい？」

なんだよ今更、と心の中で思う。どうせあんたに相談しても、なんの解決にもならないじゃねえか、とも思う。

すると、翔太の心を見透かしたかのように、マスターが笑った。

「まあまあ、事情くらい教えてよ。咲良さんは、この店のお客さんなんだしね……。

まあ、話すだけだったらタダじゃないか」

どうせ力になんかなるはずもないと思って、マスターを振り切ろうとしたが、彼は思いの外しつこかった。自分の事については、何を言ってもまるで張り合いがなかったのに、こと客の話題に関しては、まるで蛇みたいに執拗《しつよう》だ。

「もしかしたら、何か力になれるかもしれないよ……」

「ああもう、わかりましたよ！　言いますよ」

結局翔太は、音を上げた。


小上がりで、咲良の話をする。

人生を悲観していた事、桜を見たがっている事、翔太が料理で桜を見せると約束した事。

マスターはボーッとしていたかと思いきや、「それで、なんて言われたの？」「どうしてそう思ったの？」「翔太くんは何を感じたの？」、絶妙なタイミングで質問を挟んできて、話を次々と引き出した。

全て聞き終えたマスターは、にこりと笑った。

「咲良さんの感情を、よく引き出したね」

「感情を引き出すもなにも、俺は咲良さんに泣かれちゃっただけっすけど」

「心を塞いでいると、意外と泣けないもんなんだよ。泣く、笑う、怒る……。人間が当たり前のように持っている感情だけど、それをさらけださせるっていうのは、実は意外と難しいんだよ」

マスターの言葉は、達観しているようでもあるし、逆に深い意味などないようにも思える。

マスターのペースに乗せられまいと、翔太が口を開く。

「とにかく、そういう事なんで、今すぐ包丁が必要なんっすよ。桜の飾り切りなんて、俺はやった事ないから、今すぐ取り掛からなけりゃ間に合わないんっす」

マスターは、しょぼくれた瞳で翔太を見つめた。

「ちょっと、ジロジロ見ないで下さいよ」

おっさんに見つめられても、御利益など何もない。顔をそらせようとすると、マスターが穏やかに笑った。

「他人のために何かをしようと考えるのは、いい兆しだよ。自分の持つ技術を他人のために使うのは、名医の条件だ」

また意味の分からないセリフを口にする。呆気にとられていると、マスターが自虐的に笑った。

「まあ、ヤブの僕が言うセリフじゃないか」

このよく分からないやりとりに付き合ってたら、日が暮れてしまう。翔太は、ただただ包丁を返して欲しいのだ。気が急いていると、マスターがポンと膝を叩いた。

「よし。じゃあ僕が芝親方に掛け合っておくよ」

「……へ？」

「翔太くんに包丁を返すようお願いしておくよ」

「マスターが頼んだくらいで、あのじいさんが納得するとも思えないんっすけど」

マスターは、微笑むばかりだ。

「まあ、何事もやってみないことにはしょうがないじゃないか。ただし、条件がある」

そう言って、人差し指を立てた。

一つ咳払いをして、マスターはしょぼくれた片目を、バチっと閉じた。それがウィンクであった事を理解するには、随分と時間が掛かった。

「明日、外で仕事があるんだ。……手伝ってくれないか？」

「そんな！　咲良さんが店に来るのは、もう週明けなんすよ？　そんな事やっている暇……」

詰め寄る翔太を、マスターは飄々と躱した。

「急がば回れ……だよ」

「い……いや……。でも、マジで時間が……」

しかしマスターは、そんな翔太をまるで気にかけない様子だ。

「あっ……瓢簞《ひょうたん》から駒、かなあ？」

「そんなんどっちでもいいっすよ」

呆れたように呟くと、マスターが再び翔太に向かって不格好なウィンクを投げた。

「この仕事を翔太くんに手伝ってもらうのは、小夜ちゃんたっての願いでもあるんだ」

「小夜ちゃんの願い……っすか」

「そう。だから、彼女の顔を立てる意味でも、手伝って欲しいな」

芝親方の前で貶《おとし》められて以来、小夜はどこか翔太を気遣うような態度だ。あれだけこっ酷《びど》くやられた翔太を励まそうとしている空気が伝わって来て、それがまた心苦しい。

そんな小夜の頼みであれば、断るわけにもいかない。翔太は渋々、マスターの申し出を了承した。

翌日、翔太はまぎわの前で小夜を待った。マスターは先に現地に行っているので、小夜と二人で来るようにと指示された。

午後三時、太陽が燦々《さんさん》と降り注いでいて、二月のわりには暖かい。

しかし翔太は、悶々としながら地面を見つめていた。

ついに包丁を持たない日が一週間を超えた。日に日に腕が落ちているような気がして、焦りが強くなる。一刻も早く野菜を切る感覚を取り戻したい。そして、桜の料理の試作に取り掛からねばならない。そればかりが頭を巡る。

「翔太！」

「うわっ……」

突然、耳元で大きな声が響いた。

「ちょっと……、目の前に来たのに無視しないでよ」

「すっ……すんません。ちょっと考え事していて」

慌てて視線を上げて、息を呑む。

「……どうしたのよ？　まだ考え事が終わらないの？」

小夜が、訝しげに翔太を覗き込んだ。

「い……いやっ。いつもと雰囲気が違うんで、びっくりしちゃって」

小夜は私服だった。デニムのパンツに、ブラウンのダウンジャケット。髪は一つにまとめ、サイドから垂らしている。肌の露出も少なく、極めてシンプルな出で立ちだが、それが逆に健康的な美しさを醸し出していた。

翔太の前で、クルリと回る。

「どお？」

フワッと舞い上がった髪が、重力を無視したようにゆっくりと肩に落ちる。それに、視線が釘付けになった。

「だから……、無視しないでってば」

小夜が不満気に翔太を覗き込む。

「あっ……、き、綺麗っす」

「あはは、お世辞でも嬉しいよ」

小夜が悪戯っぽく笑った。

お世辞ではない。しかし、それをはっきりと伝えるだけの胆力は、翔太にはなかった。

「さっ、行こうか、翔太」

どう言えば良いか考えているうちに、小夜はさっさと歩き出した。慌てて後を追う。

「ちょ……ちょっと。俺なんも聞いてないんっすけど、今日は一体何の仕事をするんすか？」

すると、小夜がくるりと振り返って、ニコリと笑った。

「まあ、歩きながら説明するわ。いこっ、翔太」

そう言って、すたすたと歩き出した。

しばらく道を進むと、二人は竹林の中へと足を踏み入れた。

冬の風に吹かれて竹の葉がさざめく。密集した青々とした竹の間から、太陽の光が降り注ぎ、どこか幻想的な雰囲気だ。

しかし、ただ歩いているのにどこか気恥ずかしい。髪を垂らして、普段よりも大人っぽい装いの小夜の横顔を覗き見ながら、翔太は顔を赤らめた。

いつもキラキラと輝いている小夜の横顔が、太陽の光に当てられ一層輝きをましているせいかもしれないし、包丁すら握らせてもらえない現状の自分がみじめで、小夜の顔を直視できないのかもしれない。

そんな翔太の心情を察知したかのように、小夜が遠慮がちに口を開いた。

「私は翔太の料理が好きだし、単純にすごいと思うわよ……」

「……え？」

一瞬喜びそうになるが、芝親方との一件をフォローしてくれているのだと、すぐに気づいた。

「いや……同情なんてされても」

途端に小夜が目を見開く。

「同情なんてしないわよ！　私をそんな人間だと思ってるの？」

「え……、いや。そういうわけじゃ……」

慌てて否定すると、小夜が笑った。

「私は料理が得意じゃないから、翔太があんなに自由自在に包丁を操るのを見て、単純に凄いと思っただけだよ」

小夜が料理を苦手としているとは意外だった。翔太が作ったどんなものでも感動して褒めてくれるのには、そんな理由があったのか。

「それにしても、芝親方も厳しいわよね。折角作ったんだから、あんなに徹底的にダメ出ししなくてもいいのにね」

「まあ……、足りない部分が多かったのは事実っすから……」

ボソッと呟いた。能力のなさを自分で認めなくてはならないのは、中々辛い。

「だったら教えてくれれば良いのにね。なんでわざわざ、突き放すような事をするのかしらねえ……。なんか効率悪いわよねって思っちゃうわ」

ブツブツと呟く小夜を見ていると、つい言葉がこぼれた。

「みんな一緒なんすよ。じじいも、……親父も」

「え？」

しまった、口が滑った。ごまかそうかと思ったが、小夜の瞳は興味津々といった様子で、爛々と輝いている。多分、話さないと解放されないだろう。翔太は諦めて口を開いた。

「前からそうなんっすよ。いくら包丁の技術が上がっても、絶対に客に料理を作らせてもらえない。親父とはそれで喧嘩して実家を飛び出したんっすよ」

からかうように小夜が笑う。

「こないだも芝親方と言い合ってたし、翔太って喧嘩っ早いのね」

「他では喧嘩なんてしないっすよ。でも、料理の事になると、ついカッとなっちゃうんっすよ」

口を尖《とが》らせていると、小夜がさらに声を上げて笑う。

「でも、なんで駄目って言われちゃうのかしらね？」

翔太は、小さく舌打ちした。

「わかんねえっすよ。お前はお客さんの心が分かってない。まだ早い……の一点張りですよ」

小夜が、少し考え込んで口を開く。

「私は料理の事はあまりよく分からないけど、心が大事っていうのは分かるわ」

人差し指をピンと立てる。真っ直ぐに伸びた指は、小夜の性格をそのまま表しているように見えた。

「まぎわのお客さん達だってそうでしょ？　マスターの料理は、お世辞にもプロとは言えないかもしれないけど、みんなマスターを信用しているから通い続けてくれるのよ」

芝親方との喧嘩を思い出す。翔太が暴言を吐いた時、真っ先に翔太をたしなめたのはマスターだった。確かに彼が自分の客を心底大事にしているというのは合点がいく。

「でもそれは、マスターが元医者で、お客が病気持ちだからじゃないんすか？」

いわゆる、持ちつ持たれつの関係だ。マスターに医者の肩書きがなかったら、まぎわは経営を続けられていたのか、甚だ疑問に思う。

小夜が首を振った。

「そんな事はないわよ。マスターは医者の知識をひけらかさないし、マスターが医者だって知らないお客さんも大勢いるわよ」

言われてみればそうだ。マスターは自らを医者だと名乗っているわけでもない。あくまで、いち料理人の立場を崩さない。

「なのに、なんで病気の人が集まるんすか？」

「やっぱり、信用されているからじゃないの？」

小夜が即答した。

「うちのお客さん達は、紹介がほとんどでしょ？」

「……そうっすね」

まぎわは飲食店にもかかわらず通りに看板一つ出していないし、前を歩いていても、そこが店とは分からないくらいひっそりと建っている。必然的に、誰かからの紹介で店を訪れるケースが圧倒的に多い。円に連れてこられた咲良のように。

「マスターになら、病気の患者さんを預けても大丈夫。迷っている人を導いてくれる。その信用が繋がりを生んでいるのよ」

「繋がり……ねえ……。料理下手なマスターが、それだけ信用される理由は一体なんなんっすかね？」

考えていると、小夜が翔太を覗き込む。その大きな瞳からは、どこか確信めいた意思を感じた。

「それが心なんじゃないの？」

「……こころ、っすか」

「お客さんの心を分かるって一体なにかって言われても難しいけど、誰が分かっているかっていうと、それはやっぱりマスターだって思うわ」

小夜自身もマスターを心底信用している事が、伝わってくる。

「小夜ちゃん……」

「なに？」

「……マスターって、何者なんっすか？」

小夜が目を見開く。

「今更何言ってんのよ？　だから、元医者の料理人よ」

「いや……、なんで医者を辞めてまで料理人をやってるのか、いまいち分からなくて……」

慌てて言った言葉に、小夜が首をかしげる。

「そりゃあ……、料理が好きだからなんじゃないの？」

今度は、翔太が首をかしげる番だった。

「いや……、あれは料理好きって感じじゃないっすよ」

出汁へのこだわりだけは恐ろしいまでに凄いが、今まで翔太が関わってきた料理を生業にする人間達とはあきらかに違う。だからこそ疑問なのだ。

「小夜ちゃんは、マスターがなんで医者を辞めてまぎわを開いたのか知ってるんすか？」

小夜が大きく首を振った。

「私がまぎわに来たのは、店を始めてしばらく経ってからだから……。それに、マスターは滅多に昔の話をしないからね。知ってるのは昔の患者さんだった芝親方とか、円さんくらいじゃないのかな？」

「二人からの話を聞いた事もないんすか？」

「改めて言われると、聞いた事がないわね……」

やっぱり変だ。示し合わせたかのように、昔の話をしないのはどうにもおかしい。

「もしかして、病院で何かやらかしてクビになったのかも」

小夜の表情が、ギョッとしたものになる。

「何バカな事を言ってんのよ！」

「いやあ、だって芝親方からヤブって言われてるし……」

しどろもどろに答えると、小夜がため息をついた。

「翔太だって、小僧とか、うつけもんとか未熟もんとか、色々言われてるじゃないの」

「……ぐっ。そりゃそうっすけど……」

「ヤブ医者じゃあ、お客さんはついてこないわよ。まあ、なんで料理人を選んだのかは分からないけど、マスターが患者さん達に寄り添いたいと思っているのは確かよ」

「寄り添うったって、まぎわは料理屋ですよ。医者の仕事なんてできないじゃないっすか」

尚更病院を辞める理由が納得いかない。患者に寄り添うなら病院にいれば良い。

しかし小夜は、はっきりとした口調で言った。

「病院じゃなくたって寄り添う事はできるわよ。それこそ、どこでも、誰でもよ」

「……え」

当たり前のように言い放たれたその言葉に、翔太は歩みを止めた。

さらさらと、笹《ささ》の葉ずれの音が響く。

「今日の仕事も、そのうちの一つよ」

くるりと反転して歩き出した小夜を、慌てて追いかける。

「結局なんなんっすか？　その仕事って」

「……多分、実際に見ながら説明した方が早いわ。もう着くわよ」

小夜が歩みを速める。小気味良いテンポで揺れる小夜の黒髪が、翔太を手招きしているような錯覚に陥る。それを追いかけるように進んでいくと、やがて視界が開けた。

あらわれたのは、木造二階建ての建物。白い壁に、無垢の木枠の窓、それにえんじ色の三角屋根。

「でっかい建物っすね。まるで山荘だ」

「『けやき』っていうの」

来客用の小さな鈴が取り付けられた木製扉の前に立った小夜が、再びこちらを向いた。

「ここはターミナルケア施設。日本語で言うと、終末期の患者さんを診る場所よ

「しゅ……終末期？」

慌てた翔太とは対照的に、小夜が冷静な表情で続けた。

「ここは、人が亡くなる場所なの」

あまりに冷静に言われたその言葉に、翔太は息を呑んだ。

言われてみれば、この建物の醸し出す雰囲気はどこか穏やかで、この世の喧騒とは離れたところにあるように錯覚させる。何となく浮世離れしたその空気が、不思議と小夜の言葉をスッと翔太の心に落とし込んだ。

「今日はここで仕事をするわよ」

小夜は微笑むと、けやきの扉を開いた。


木目を基調とした大きなエントランスに、吹き抜けの大広間、入ってすぐに受付のような木製の机が置かれている。

ペンションそのものの雰囲気なのだが、全ての壁に取り付けられた手摺《てす》りや、所々に置いてある車椅子から、ただの宿泊施設ではないとわかる。

小夜は、受付の来館者名簿に名を記すと、慣れた様子で大広間へと向かう。普段、喜怒哀楽の激しい小夜の表情は、どこか神妙な雰囲気を醸し出していた。まるで、神社に足を踏み入れているかのような、厳かな感じが伝わってくる。

翔太は、ただ小夜の後をついていった。

「人間、死ねる場所は意外と限られているのよ」

突然足を止めると、小夜が小さく呟いた。普段よりも感情を抑えた静かな声を一瞬聞き逃しそうになった。背中越しのその表情は、うかがい知れない。

マスターも小夜も、あまりに自然に、『死』という言葉を使う。翔太は未だそれに慣れない。返す言葉を失っていると、小夜が再び歩みを進め、翔太も慌ててそれについていく。

無言のまま、大広間から続く階段を上る。

踊り場から、小夜が翔太を見下ろした。天窓から注ぐ光に照らされた姿は、どこか神々しい。

「ねえ翔太」

「は、はい」

「自分が、いつ、どこで亡くなるかなんて、考えた事がある?」

穏やかな、しかし凛とした声。まるで審判を受けるかのような気持ちで答えを探る。

少し考えて、翔太は首を振った。

「そうよね……。病気にでもならなきゃ、普通そんな事考えないわよね」

小夜の瞳が陰った。

「でも、誰でもいつかは考えなきゃいけないのよ。私も、翔太も、それは一緒なの」

おいで、と翔太を踊り場へと招く。誘われるままに階段を上り、小夜の隣に立った。

視線の先には、大きな広間が広がっていて、中心のソファーで寛《くつろ》ぐ老夫婦と、大きな窓のそばで、車椅子に乗った壮年の男性が目に入る。

小夜が、広間をゆっくりと見渡した。

「病院……、老人ホームとか介護施設。……自宅で一生を終える人もいるわ。でも、選択肢は広がっても、それについて考える時間が少ないの」

淡々と説明を続ける。翔太は小夜の言葉に耳を傾けつつ、広間の光景に見入っていた。

小夜が老夫婦を見る。

「誰しもが目一杯歳を取って、やりたい事をやり切って、それから死に場所を探すって思っているの……」

でもね、と言いながら、今度は壮年の男性に顔を向ける。

「病気になると、それが一気に変わっちゃうのよ。今までの人生設計が全部崩壊しちゃって、突然死を意識しないとならなくなるの。半ば強制的に、大急ぎで人生の最期の場所を決めなきゃならなくなっちゃうのよ」

そこまで言うと、一つため息をついた。

「それは、若い人ほど大変なの……。誰もそんな事想像してないからね。でも、そんな若い人が選べる場所は、ほとんどないの。ここはそんな数少ない選択肢の一つなのよ……」

小夜の言葉を聞いていくうちに、段々と知った顔が頭に浮かび上がる。

「……まさか」

小夜が、憂いを帯びた瞳で翔太を見つめる。

「咲良さんは、近いうちにこの施設に入るわ……。円さんが頃合いを見て、ここを紹介すると思う」

翔太は言葉を失った。

「今日の仕事は、ここに入所しているお客さんに、ご飯を作ることよ」

沈黙する翔太に、小夜が続けて語りかけた。

「前に、まぎわに来てくれていたお客さんよ……。今は施設から出られない状況なの」

「わざわざ、料理を作りに……、ここまで」

ようやく出た声は、掠《かす》れていた。

小夜が力強く頷く。

「たとえ死の間際でも、食べたいものを作ってあげる。それがうちの店の信条よ」

小夜の大きな瞳からは、強い意志がうかがえる。

そしてその眼差しは、明確なメッセージを翔太に投げかけていた。

『これからあなたが目にするのは、近い未来の咲良さんだから、よく見ておきなさい』と。


「佐藤清《さとうきよし》さん、五十五歳。膵臓《すいぞう》がん末期の患者さんよ」

二階の奥の一室、医療用に改装されたと思われる部屋の引き戸の前で、小夜は小さく呟いた。

「半年前に膵臓がんが分かって、抗がん剤治療をしたんだけどあまり効果がなくて、丁度翔太が来る少し前くらいから、お店にも来られなくなってしまったの」

病気こそ違えど、咲良と全く同じような経過だ。それを考えると翔太はゴクリと唾を飲み込んだ。

「って事は、ひさしぶりにこのお客さんに会うって事っすね」

小夜が小さく首を振る。

「マスターは、店のお客さんの様子を頻繁に診にいっているし、希望があれば料理も出しているわ」

時折、ふらっと店から出ていく事はあったが、そんな事をしているとは、つゆほども知らなかった。

「入ろうか。マスターは中にいるわ」

しかし、取手に手をかけた小夜の動きが止まった。

一呼吸おいて、神妙な表情で振り向く。

「佐藤さんはもう長くない。もしかしたら今日が、まともに食べられる最後の機会かもしれない」

「最後……ってことは」

小夜が頷いて答える。

「これから会う人は、がん末期で命を終えようとしている状況なの。びっくりしないで、普通に接してね」

念を押すように小夜が言った。

どこか子供扱いされたような気持ちになる。翔太だって末期のがん患者と接してきている。

「だ……、大丈夫っすよ。俺だって咲良さんを見てます。がんって言っても、しっかりと薬を使っていれば、普通に生活できるってわかりましたもん。俺は、末期の患者さんって、もっと悲惨なものだと思ってました」

そのまま、小夜を押しのけるようにして取手に手をかける。

「ま……、待って」

小夜の声が背中から響いたが、それを振り切るように戸を大きく開いた。

「……え」

真っ先に目に入ったのは、ベッドに横たわっている清だった。

言葉を失う。咲良の姿とはあまりに違っていたからだ。

頰は痩せこけ、とても五十五歳には見えない。布団の上に組んである腕は皮と骨だけになり、血管が隆々と浮き出ている。左の腕には点滴が繋がっており、注射器が設置された装置が、一定のリズムで機械音を発している。

肝心の清は、眠っているかのように微動だにしない。微かに聞こえる呼吸音がなかったら、すでに息絶えているのではないかと勘違いしそうになる。

鼻には酸素チューブが装着されている。足側、布団の下からもチューブが伸びていて、吊るされたバッグには黄色い液体が溜まっている。おそらく尿だと、しばらく見てからようやく理解した。

「おお来たね、小夜ちゃん、翔太くん」

マスターが振り向いて、声をかける。しかし翔太は、清を見つめ続けていた。

「……翔太」

優しく背中を叩いた小夜の声に、ようやく我に返った。

「こちら、佐藤さんご夫婦だ」

「は……、はい」

上の空のまま、返事を返す。

二言三言、奥さんと会話したかもしれない。それすらはっきり記憶できないほど、翔太は清の姿に釘付けになっていた。

この人は生きているのだろうか。死んでいないという事実だけは、頭で理解している。しかし、果たして生きているのかと問われたら……はっきり返答できない。

それほどまでに、日常の『生』とはかけ離れていた。

奥さんとマスターは、しばらくどうでも良いような世間話を続けていた。日常を過ごす二人と、すでに死の淵に沈み込んでいるかのような清が同じ空間にいる事に、もの凄い違和感を覚えた。

小夜の手が翔太の背中に触れる。背中から伝わってくる温かい感触が、翔太の動揺した心を、すんでのところで静めた。

しばらくすると、マスターがよっこらしょと立ち上がった。バキバキと腰を伸ばす音を響かせた後の言葉に、翔太は耳を疑った。

「さて、今日はしゃぶしゃぶだ。早速準備しようか」

そのあまりの能天気な声に、翔太は何も反応できず、厨房へと向かう二人に置いて行かれまいと、ただついていった。

間借りしたけやきの厨房で、マスターが能天気な声を上げる。

「やっぱりしゃぶしゃぶは銅鍋に限るね」

使い慣れた銅鍋を筆頭に、材料を次々と並べていく。

ネギ、人参、木綿豆腐、椎茸、白滝、白菜。

「今日は奮発して、A5ランクの和牛だよ」

立派なサシが入った肉を、楽しそうに取り出した。普通に夕食を用意する姿そのものだ。

「ちょ……、ちょっと待って下さい」

困惑したまま、ようやく口から出たのは、乾いた声だった。

「どうしたの、翔太くん？」

きょとんとした表情で、マスターが返す。

「本当にしゃぶしゃぶなんて出すつもりっすか」

「そうだよ。奥さんたってての希望だし」

さも当然といった様子で答える。

「いっ……、いやっ！　食えないでしょ。あんな状態じゃ、どう考えても……」

　今にも死にそうな人間なんだぞと言いたかったが、清の姿を目の当たりにした翔太にとって、その言葉はあまりに現実的すぎて、口に出すのは憚《はばか》られた。

　寝ているのか起きているのか分からない。意思があるのかないのかも分からない。飯を食えるのかどうかも分からない。

　しかしマスターは、そんな翔太の心を見透かしたかのように、平然と答えた。

「死にそうでも、一枚くらいは食べられるだろう」

　まただ。『死』という言葉が、翔太の心に引っかかる。何故彼らは、あまりに平然と死を口にできるのだろうか。翔太は、耐えきれずに声を荒らげた。

「なんなんっすか、あんた達！　普段から死やら、余命やら、そんなことばっかり口にして……、異常なんっすよ！」

「翔太……」

　小夜が、不安気に声をかけた。マスターは、やはり穏やかに続ける。

「人間、死ぬのは異常な事じゃない、日常なんだよ」

「……はあ？」

「死を異常なものだと思うから、混乱してしまうんだ。病気になって死が迫っても、好きなことをやって良いし、美味いもんを食べても良い。ただ病気になっただけだ」

淡々と材料を調理台に並べたマスターが、「こんなもんかな」と、誰にともなく呟いた。満足そうに真っ赤な肉を眺めると、思い出したように荷物をガサゴソと探った。

取り出したのは、黒い革鞄。

「そ……それは」

没収されていた包丁鞄だ。マスターが、翔太の前にゆっくりとやってくると、目の前に黒鞄を掲げた。

「手伝ってくれないか？」

「……はい？」

素っ頓狂な声を上げた翔太を見て、マスターが穏やかに笑った。

「翔太くんの言う通り、佐藤清さんはもう、ほとんど食べられない」

メガネの奥のしょぼくれた瞳と目が合う。

「だったら、見た目くらい楽しませてあげたいじゃないか……。君の技術が必要なんだ……。だから手伝ってくれないか？」

いくらなんでも突然すぎる。翔太はそう思った。

「で、でも、俺は包丁を使っちゃ……」

「ここは店じゃない……。オーナーも何も関係ないはずだよ」

マスターは、びっくりするくらいあっけらかんと言った。

「ほら」

　マスターの手が、翔太をせっつくように突き出された。

　目の前で、包丁鞄が揺れている。あんなに取り返すのに躍起になっていた自分の包丁。しかし手が動かない。死の間際の清に対して、一体どう包丁を振るえば良いのか、翔太には分からなかった。

『お主は未熟者じゃ』。芝親方の声が、脳裏によみがえる。未熟な自分が、あの夫婦に料理など作って良いのか。自問していると、後ろから声が響いた。

「私なのよ」

「え？」

　振り返ると、小夜の眼差しと目が合った。

「今日の料理に翔太の力を借りたいって、私が言ったの」

「なんで俺なんかに……」

　しかし、その言葉の続きを口にする事はできなかった。小夜が、翔太の拳を包み込むように握ってきたからだ。

「えっ……」

　頬が熱を帯びる。そんな動揺など気にする素振りも見せず、小夜は翔太をじっと見つめる。

「料亭でしゃぶしゃぶを食べることが、二人の幸せなんだって……」

小夜の大きな瞳が潤んでいる。

「色んな出来事があるたびに、二人で食べてきたんだって。だから奥さんは、しゃぶしゃぶを食べたいって言っているのよ」

小夜の手に込められた力が、段々と強くなる。

「少しでも素敵な時間を過ごして欲しいのよ。そのためには翔太の技術が必要なの。あなたの包丁があれば、二人の時間がもっと明るく彩られるはずなのよ……」

「小夜ちゃん……」

迷いはまだある。しかし、ここまで言われたら、腹を括《くく》るしかない。決意を固めた翔太は、小夜の手をほどいて、鞄を摑み取った。

「やってみますよ！　でも未熟者なんで、どうなっても知りませんからね」

マスターが、にこりと笑う。

「助かるよ……。料亭顔負けの一皿を頼んだよ」

頷いた瞬間、小夜が飛びついてきた。

「翔太！」

「あっ……危ない。包丁が……」

すっかり動揺した翔太は、ようやく取り戻した大切な商売道具を落としかけた。

鎌薄刃包丁を手に取る。

馴染みの柄が右手に吸い付く。まるで、なくなった腕を取り戻したような感触に、心が躍る。

目の前に、材料が並んでいる。

真っ赤な人参に瑞々しいネギ、煮出すだけで大量の旨味が出てきそうな大振りの椎茸。どれも切りがいがありそうだ。

背中からは、小夜の視線をひしひしと感じる。包丁を振るうには、これ以上ないくらい気持ちが乗る条件が揃っている。

ふっと息を吐く。さあ、何から切ろうかと食材を改めて見回したところで、手が止まってしまった。今まで、何も考える事なく動いていた手が、まるでゼンマイが切れた人形みたいに動こうとしない。

「翔太……？　どうしたの？」

不安気な声が背中に響く。

「い……いや」

なんとか出た声は掠れていた。嫌な汗が背中を流れる。

イメージが湧かないのだ。

今まで翔太は、ただただ自分が作りたいものだけを作ってきた。自信があったからだ。

自分が切り出すものには絶対的な美しさがある。分からない奴には、分かってもらわなくて結構。そんな考えすらあった。しかし……。

あの夫婦を思い返す。今にも命の火が燃え尽きそうな清と、温厚そうな奥さん。

果たして、今まで通りで本当に良いのだろうか。

はたと気づく。分かってもらえなくても良いとは、当たり前のように次のチャンスがあったからこそ言えた言葉なのだ。翔太には時間が十分にある、他の人間と出会う機会だってある。

しかし、あの夫婦に次はない。

良さを分かってもらえなかったらどうする？　むしろ、落胆させたら？　絶望させたら？

それを思うと、手が硬直する。思考が止まる。

ただ時間だけが過ぎていく。

どれだけ時間が経っただろうか。柔らかい声が翔太にかけられた。

「いつも通りでいいよ」

顔を上げると、マスターの柔和な笑みが、視界に飛び込んできた。しょぼくれた瞳から、温かな眼差しが向けられる。

「人間誰しも、完璧な奴なんていない」

「マスター……」

「やれる事をやるしかないって事だよ。肩肘張らないで良い。無理に能力以上の事をやろうとするより、できる事をきちんとやる奴の方が意外と名医になるもんだ」

そう言うと、「まあ、ヤブの僕が言っても、まるで説得力なんてないけどね」と、自虐的に笑った。

小夜が続く。

「翔太の包丁の腕は、私が保証するわ。料理の事はわからないけど、貴方が毎日努力していることは知ってる。だから大丈夫、翔太の努力は絶対に佐藤さん達に伝わるから」

その言葉に胸が熱くなる。

やるしかない。今の自分の技術でできる事をやるしかない。それが正しい答えかは分からない。しかし、それ以外の術を翔太は持っていないのだ。

覚悟を決めろ。

大きく息を吐くと、人参をはしと摑んだ。ずしりとした重さと冷たい感触が手に伝わる。馴染みの手触りが翔太の心を落ち着かせた。飽きるほど切ってきた人参なのだ。

目をつぶってでも花一輪くらいは切り出せる。それくらいの鍛錬は積んできた。

翔太の、包丁を持つ手が動いた。

あっという間に真っ赤な梅の花を三輪切り出す。何千と切ってきた梅の花。

本当に、この梅で良いのか。あの夫婦の満足を得る事ができるのか。

出来上がりを見ても尚、疑問が頭を巡る。

「大丈夫よ、翔太……。凄く綺麗」

不安を払拭するかのように、小夜の確信めいた声が耳をくすぐる。

再度包丁を持つ手に力を込める。

それからは無心だった。

椎茸の軸を切り落とし、中心から放射状に六方の切り込みを均等に入れる。

白滝を取り分け、結びを入れる。出来上がった白滝は、全て大きさが均等であり、寸分違《たが》わず取り分けられた事がわかる。

ネギは、その美しい層状の断面を楽しめるように、水平に近い角度で包丁を入れる。大きく角度をつけて切るほど、角度にばらつきがあると断面の不揃いが目立ってしまう。一定のリズムで切り落とされたネギの断面の面積は全て均一だ。大きく切り出した断面は、一つ一つの層ごとに表情が変わり、まるで切り株の年輪のように見える。

考えずとも手は動く。それはまさしく、日頃の鍛錬の賜物《たまもの》だった。無駄な事を考えず、包丁の基本技術のみで下処理を進めていく。

全ての材料を切り分けると、いよいよ盛り付けに取り掛かった。

修業の日々を思い出し、白い大きな和皿に、野菜を盛り付ける。

『盛り付けは、多すぎても少なすぎても駄目だ』『平面的な盛り付けにするな。高さの違う小皿を使って、立体的な見栄えを作れ』『煩《うるさ》くなりすぎないように、小皿の色はばらけさせろ』

馬鹿みたいに基本の大切さばかりを連呼してきた小川の兄弟子の声が、まるで隣にいるかのようにやかましく聞こえてきた。しかし、あれだけ煩《わずら》わしいと思っていたその言葉は、暗闇の中で輝く一筋の光にも思えた。その光だけを頼りに盛り付ける。

「すごいわ……」

小夜から感嘆の声が漏れた。

翔太は、集中を切らさぬまま、肉の盛り付けに取り掛かった。

野菜の白い皿とは対照的な、真っ黒な和皿を選ぶ。

上方向を起点として、放射状に肉を並べる。肉を斜めに重ねていき、肉の片側を少しだけ内側に折り込む。その手間を挟むだけで、まるで反物を並べているかのように、美しく肉が揃う。

赤身とサシが作る鮮やかな色彩は、それだけで芸術的な美しさだ。並べた肉のサシの方向を全て整えると、白い流星が降り注ぐ真紅の扇が開く。背景の黒が、扇の紅をさらに鮮やかに浮き立たせる。

野菜と肉の皿を並べて仕上げを終えると、翔太は深いため息をついた。包丁を振っている間、呼吸する事すら忘れていたような錯覚に陥る。

「……できました」

皿を反転させ、二人に向ける。

最初に声を上げたのは、皿に見入っていた小夜だった。

「本物の料亭以上に綺麗。やっぱり翔太は凄いよ……」

その声は、上ずっている。マスターは、満足そうに頷いた。

「じゃあ、部屋に行こうか。あんまり待たせると悪いしね」

「俺も……一緒に行きたいっす」

声を上げた翔太に、マスターは微笑みかけた。

「もちろんだよ。さあ、行こう」

佐藤清の部屋は、窓から柔らかな日差しが降り注ぎ、換気で入れ替えた新鮮な空気がひんやりと漂っている。

「じゃあ……、始めましょうか」

洗濯したての真っ白な調理用白衣に身を包んだマスターが誰ともなしに呟くと、

「お願いします」と、奥さんが頭を下げた。

清のベッドは、背もたれが七十度ほどに上げられている。それ以上角度を付けると、痛みが増幅してしまうみたいだ。

白、黒、二枚の皿を、形を崩さないよう配膳台からテーブルへと移す。

皿を覗き込んだ奥さんは、しばらく言葉を発しなかった。

翔太の視線が釘付けになる。奥さんが口を開くまでの間、一つの呼吸すらできなかった。

まるで無限とも思えるような時間が過ぎた後、奥さんは感嘆の声を上げた。

「すごく綺麗に盛り付けてあるわね」

その言葉に、翔太はようやく息を吐き出した。

奥さんは、皿を手に持って清に見えるように傾けた。

「ほら、あなた……、見える？　人参が梅の花になっているわ。……綺麗ね」

奥さんの声に呼応して、清の口がモゴモゴと小さく動く。点滴で常に投与されている麻薬は、先ほどマスターが少し弱めたようだ。しかし、相変わらずはっきりとした意思疎通ができる状態ではない。だが、薬を弱めすぎると痛みが強くなってしまうらしい。これがギリギリのラインだとマスターは言っていた。

奥さんが清の顔を見て、再び微笑む。

「こっちは椎茸ね……、綺麗な飾り包丁ね」「ネギの断面って、こんなに美しいのね」「白菜の切り口も見事よ」一つ一つの野菜を指差して、丁寧に説明する。

清は、相変わらず口をモゴモゴと動かすばかりだった。

しかし、そんな夫婦のやりとりを見て、翔太は何故か胸が熱くなった。

カチリと音がする。二人のやりとりを邪魔しない絶妙のタイミングで、コンロに火が入った。銅鍋は直ぐに熱を帯び、薄めに引いた鰹出汁の香りがふんわりと漂ってきた。やがて昆布の香りが立ってきて、柔らかい芳香で部屋が満たされる。

「いい香りね」

誰にともなく奥さんが呟く。相変わらず清は口を動かしていたが、その口角は少しだけ上がっていて、穏やかな微笑みを浮かべているように思えた。

奥さんが、清の頭を優しく撫でる。

慈しむように、懐かしむように。

「今でも覚えているわ。あなたが、結婚の挨拶に実家に来た時だったわよね。お父さんが奮発してしゃぶしゃぶを用意したのに、あなたったらすっかり緊張しちゃって、全然食べられなかったのよね」

清の表情は、変わらない。相槌《あいづち》すらない。

しかし、きっと奥さんの声が聞こえている。そう確信させるような何かがあった。出汁から小さな泡が立ち、そろそろ沸騰する頃合いだ。昆布が揺らめきながら浮上してくる。その瞬間を逃さずマスターがスッとすくい上げた。その仕草は、まるで神聖な儀式を執り行うかのように美しく、洗練されている。

翔太は息を呑んで、再び奥さんに視線を向けた。

「あの時から、記念日があるとあなたはいつもしゃぶしゃぶを食べたいって言ったわね」

清が口を動かす。何か喋っているようだが、その声は聞く事ができないほど儚い。

少しの間を置いて、マスターの穏やかな声が響いた。

「じゃあ、お肉を作りましょうか」

牛肉を菜箸で優しくすくい上げ、出汁に泳がせる。

ポコポコという気泡とともに踊る肉から徐々に赤みが消えて、上品な脂の香りが部屋中に広がった。

「一応、しっかり火は入れておきましょうか」

赤みが完全に消えるまで肉を泳がすと、擂《す》りたての胡麻《ごま》から作った自家製のタレに肉を浸す。香ばしい胡麻と肉の脂があわさった、食欲をそそる香りが立つのが翔太にも分かった。

皿を受け取った奥さんが、清に中を見せる。

「あなた、ほら見て。すごく美味しそう」

清の前で、箸で肉を小さく割いていく。そのたびに、胡麻がふわりと香る。

小さくなった肉の一片を、清の口にゆっくりと運ぶ。

清が口を小さく開けて、モゴモゴと咀嚼する。

それは、永遠にも思える時間だった。

しばらくすると清は、ようやくゴクリと喉を鳴らした。

「……美味いな」

うっかりすると聞き逃してしまいそうな、しわがれた小さな声。

初めて聞いた清の声だった。

その声を聞いた奥さんが微笑んだ。

「良かったわね。去年はあなたの病気が見つかって、バタバタして結婚記念日を祝えなかったものね」

気づけば、その声はすっかり涙声になっていた。

笑顔のまま、ポロポロと涙をこぼす。新たな肉をすくい取り、再び清の口元へと運ぶ。

翔太は、その様子をずっと眺めていた。マスターも小夜も、言葉を一切発しない。

「治療は大変だったわよね。本当によく頑張ったわ。お疲れ様……」

奥さんの声は、とうとう嗚咽が大半を占めるようになっていた。

清に視線を向けると、血管が浮き出た弱々しい腕が、奥さんの背中を小さく摩《さす》っていた。

結局、清はゆっくりと時間をかけて一枚だけ肉を食べた。


小夜と二人で竹林の中を歩く。お互い無言だった。

夕暮れ時の竹林は薄暗く、細かな葉音が殊更大きく響いていた。マスターはしばらく清の容体を診てから店に戻るらしく、先に戻っておくように言われた。

沈黙に耐えきれない様子で口を開いたのは、小夜だった。

「今日はありがとう、翔太」

思いもよらない言葉に、歩みを止める。

「俺はそんな大層なことをしたわけじゃ……」

戸惑いの声を上げた翔太を、小夜が訝しげに覗き込んだ。

「なによ？　あんなに素敵な料理を作ってくれたんだから、別に変な事はないでしょ？」

「い……いや。材料を揃えたのも、火を通したのもマスターだし、俺は材料を切っただけっすよ。あれじゃ、料理したなんて言えないっすよ」

小夜の目が見開かれる。

「どうしたのよ？　翔太なら、あれくらい朝飯前っすよ、なんて調子に乗るかと思ったのに」

あまりに真っ直ぐ見つめられると、顔を背けたくなる。しかし、小夜の瞳が、そうはさせまいと翔太を引きつける。

戸惑う翔太を見て、小夜が悪戯っぽく笑った。

「芝親方にいじめられてから、すっかり自信をなくしちゃった？」

「……そんな」

「だから包丁鞄をマスターに返しちゃったんでしょ？」

それを指摘されて、翔太は黙り込んだ。翔太は結局、清の晩餐《ばんさん》を終えた後、再び包丁をマスターに預けた。

うつむくと、すっかり暗くなった地面が目に入った。口から迷いが漏れる。

「本当に俺が作ってよかったんすかね？」

あの夫婦の最期の時に、包丁を振るう資格が、果たして自分にはあったのだろうか。

料理前も、料理中もその後も、ずっと心に付きまとっている。それどころか、むしろその疑念は強くなってしまった。

小夜は沈黙している。

一体、どんな言葉を求めているのか、自分自身でも分からない。君に資格などないとバッサリ切り捨てられたいのかもしれないし、包丁を振るった事の正当性を認めてもらいたいのかもしれない。はたまた、単に抱えきれなくなった迷いを吐き出しただけかもしれない。

「ねえ翔太」

ようやく響いた小夜の声に、顔を上げる。

「えっ……」

気づくと、翔太の固く握られた拳は小夜の手に包まれていた。

革手袋越しにも、小夜の細い指の感触が伝わってくる。小夜の青い瞳が恐ろしく近く感じるのは、暗がりで距離感が鈍っているせいかもしれない。高鳴る鼓動が、小夜に聞こえてしまっているのではないかと、不安と気恥ずかしさで頬が熱くなる。

やはり小夜は、どうにも距離が近い。

「翔太……」

「は……、はい」

声が上ずる。

「迷ってるの？」

あまりに直球で聞いてくるので、素直に気持ちを吐露したくなる。

「そりゃあそうっすよ……。俺はマスターみたいに、あの夫婦に深く関わったわけでも、気の利いた事を言えたわけでもないですし」

「それは、関わってきた時間が違うんだから、しょうがないでしょ？　翔太はきちんと包丁を振るってくれたじゃない」

しかし、翔太は大きく首を振った。

「分からないんっすよ。佐藤さん夫婦が本当に満足してくれたのか、自信が持てない。そんな人間が、誰かの人生の最期の料理を作っていいのかって、ずっと思ってるんです」

自身の言葉の、あまりの情けなさに逃げ出したくなる。

それを踏みとどまらせるかのように、小夜の手に力が込められた。

「小夜ちゃん……」

真っ直ぐな眼差しが向けられる。

「迷うのは当たり前だよ」

小夜の声が、凜と響いた。

「迷うっていうのは、それだけ相手の事を真剣に考えたって事なのよ。命に関わることなら尚更そう……」

小夜の瞳の青が深くなる。

「それに、迷ってるのは翔太だけじゃないよ。清さんだって。もちろん奥さんだって。それに、私だって迷ってるわ」

「え……、小夜ちゃんも？」

少し悲しげに笑うと、小夜がようやく翔太の手を離した。

一歩下がって、翔太を見つめる。

「私さ、昔、看護師だったのよ」

突然の告白に言葉を飲み込む。

しかし、小夜のまぎわでの仕事ぶりを思えば、すぐに納得できた。客への聞き取りも、カルテの記入も、専門知識がなくてはできないものだ。

「病気で亡くなる人のケアをやりたくて、大きな病院で働いていたのよ。でも、道が見えなくなって、一回逃げ出したの」

「何があったんすか？」

後ろで手を組んだ小夜は、悲しそうに笑った。

「頑張りすぎちゃったの。日本では末期の患者さんの自由が少ないから、関わる患者さん達の要望を全部叶えようって思ってたの。やる気に満ち溢れていたのよ、最初はね……」

徐々に小夜の瞳の影が色濃くなる。

「でも、実際に働いてみると忙しすぎてね……。次から次へと患者さんが入院してくるの。それこそ清さんや、咲良さんみたいに、急に病気になって、それを受け入れられないまま入院する人達ばっかりだった」

小夜は左胸を手で押さえていた。その手は小刻みに震えていて、呼吸も浅く、速い。あまり思い出したくない過去であろう事は、翔太にも見て取れた。

「むっ……、無理して話さなくても……」

小夜に手を差し伸べようとしたが、弱々しい笑みに拒絶される。「大丈夫」と、辛そうな声が返ってきた。

「それでも、頑張れば何でもできると思ってたの。大変だけど、動いていこう、変えていこう。訴えかければ、きっとみんな協力してくれるって思ってたの」

もう一度弱々しく微笑むと、「でも、現実は厳しかったんだ」と、呟いた。

それから、小夜は自分の過去を語ってくれた。

日本の病院は、まだまだ終末期患者の要望に応えられない状況だ。それだけ、患者の不満も多い。

食事が不味《まず》い。甘いものが食べたい。せめてもっと楽しく飯が食いたい。心をケアして欲しい。タバコが吸いたい。酒が飲みたい。面会時間が短い。夫婦で泊まり込みたい。子供に会いたい。産まれたばかりの孫と面会したい。好きなだけ風呂につかりたい。点滴を刺したくない。担当医を変えて欲しい。外出したい。家に帰りたい。

死にたくない。

そんな死の間際の患者達の願いを、小夜は一つでも多く叶えたいと思った。

しかし、大きな病院の忙しさは、尋常ではなかった。毎日沢山の終末期の患者が入院し、そして退院していく。もちろん、終末期の患者の退院とは『死』だ。

はっきり言って、日々の業務で精一杯だった。

「それでもなんとか、職場のスタッフとか、医者や上の人達にも、対応の改善を訴えてきたんだけどね……」

速まる呼吸を抑えるかのように、小夜がうつむく。

「みんな、余裕がなさすぎたのよね……」

かすれた声で呟いた。

終末期医療の充実と病院の改革を訴え続けた小夜は、いつからかスタッフ達から疎まれるようになった。

上司からは、あなたは理想が高すぎる、現実を見ろと苦言を呈された。

医者と意見交換をしていたら、色目を使っていると、先輩達から陰口を言われた。

「それだけだったら、最後まで闘って全部変えてやるって思えたんだけどね」

要望は聞かれるものの、それが一向に叶わない現状に、小夜は患者達からも恨み言を言われるようになった。改革するために病院内で必死に闘っているのに、患者から見れば小夜はあくまで病院側の人間だったのだ。

それが心底辛かったと小夜は言った。

命の火が消える間際の最後の願い。叶えられないたびに小夜の心には後悔が重くのしかかった。

『あんたは口ばっかりで、結局何もしてくれなかったな』

その言葉が、とうとう小夜の心を折った。

「結局、私が求めた道は険しすぎたの。私は何も変えられないまま逃げちゃったのよ……」

暗がりでよく見えないが、その声から、泣いているのが分かる。

しばらくすすり泣く声が響いた後、小夜がさらに続けた。

「でも私はやっぱり、病気の患者さんに関わっていたかったのよ……」

「それで……、まぎわに来たんすか？」

「一年くらいブラブラしてからだけどね……」

小夜の仕事ぶりを考えると、何もせずに一日を過ごす姿など、想像もつかない。その小夜が一年もの充電期間が必要になるとは、相当の心の傷だったのだと想像できる。

「……そんな事情があったんすね」

「そう。だから私にとって、まぎわは大切な場所なの。食事処だけどそれだけじゃない。色んな意味で患者さんに寄り添えるの。看護師を辞めた中途半端な私でもね」

小夜が、翔太の肩をポンと叩く。

「私だってずっと迷ってるのよ。昔も今も迷いっぱなし。だから翔太が迷うのは全然おかしくないのよ。むしろ普通のことよ」

「そ……そうすか」

「佐藤さん夫婦は、あんなに喜んでたじゃない。もっと自信を持ちなさいよ」

鼓舞するように、小夜が言う。

「私は翔太の技術は凄いと思ってるわ」

「え？」

「だって、それだけで咲良さんの心を摑んじゃったんだもん」

その言葉の意味が理解できていないのが表情から伝わったのか、小夜がもう一度笑った。

「前にも言ったけど、患者さんの心を摑むのは、すごく難しいのよ。特にがんになった人は、突然人生が変わってしまって、心も不安定に揺れ動いているの。そこに赤の他人が関わったって、普通はすぐに心なんて開いてくれやしない」

最初に咲良が来店した時に、マスターと共に話した事だ。翔太は、それを思い出した。

「しっかりと話を聞いて、悩みを聞いて、共感して、それでようやく少しだけ信用してくれるものなのよ。だから、時間が足りないなって思う事も多かったの。信頼を築き上げている最中に、どんどん状態が悪くなってしまって、結局心を開いてくれる前に亡くなっちゃった人もいっぱいいた」

小夜の言葉を聞きながら、翔太の脳裏には咲良の顔が浮かんだ。

「もっと時間があれば……、もっと早く来てくれていれば、もっと気の利いた対応ができれば、癒しを与えられたかもしれない。そんな後悔もいっぱいしてきたわ」

佐藤夫婦の事を思い返せば、その言葉は決して大袈裟なものではないと、翔太にも理解できた。

「でも翔太は、そんなものすっ飛ばして、料理の綺麗さだけで、強引に咲良さんの心を開いたじゃない。私には絶対にできない芸当よ……。正直羨ましいと思ったし、ちょっとずるいとも思った」

そう言って、小夜は小さく笑った。

「でも、今のまぎわに足りないのは、翔太が持っている力だと思ってるの」

「……小夜ちゃん」

「私は翔太に期待してる。ずっと一緒に働いて欲しい。色んな患者さんを笑顔にして欲しいと思ってる。だから、もっともっと迷って、悩んで、前を向いて欲しい。そうすれば、きっと凄い料理人になると思うわ」

あまりに真っ直ぐな言葉をかけられ、思わずたじろぐ。

「おっ……俺にそんな大それた事は……」

狼狽している様子を見て、小夜が笑う。

「そうね……。まずは目の前の道を、一歩ずつ進まないとね……」

「咲良さんの事っすね……」

「……そう。これから先は、本当にあっという間に色んな事が起きるわ。咲良さんが、そして翔太自身が後悔しないように、とにかく前に進まないとね」

小夜の言葉は、誰のものより、強く、真っ直ぐに翔太の心に突き刺さった。

迷いながらも、進まなきゃならない。そのためには、うじうじと時間を浪費するわけにはいかない。一刻も早く芝親方の許しをもらって、桜の料理に取り掛かる。やってやる。翔太は固く心に誓った。

翌朝早く、芝親方が店に顔を出した。

「なんじゃ、お主しかおらんのか?」

翔太を一瞥すると、カウンターの無垢板に杖をかけて席に着く。

しばらくすると、鋭い視線を翔太に浴びせかけた。

「何しとるんじゃ、ぼーっと突っ立って……。茶の一つでも出さんのか」

吐き捨てるように言う。翔太はカウンターから出て、芝親方の横に立った。芝親方は、前を向いたまま手に顎を乗せている。目は合わない。

「なんじゃ？　言いたい事があるなら、はっきり言え」

「包丁を返してくれ……」

芝親方は、未だカウンターを睨みつけている。

「相変わらず言葉遣いがなっておらんガキじゃ」

呆れたように言うと、ようやく翔太に視線を向けた。

「言ったじゃろう。心が伴わないまま、いくら包丁を振るっても無駄じゃ」

翔太は、芝親方の顔をじっと見据えた。

そうなのだ。心がないまま包丁を振るっても駄目なんだということを、翔太は昨日思い知った。佐藤夫婦に振る舞ったしゃぶしゃぶの皿、その出来栄えについて、いまだに心に引っかかり続けている。

迷いがあったからだ。そして、迷うのは自信がなかったからに他ならない。

このまま咲良と向き合っては、昨日以上にやるせない感情に苛《さいな》まれる事は必至だ。

それに、そんな迷ったまま作った料理など、咲良に出すわけにはいかない。

「時間がないんっすよ……」

体の中をぐるぐると回り続ける後悔と焦りが、口から漏れ出る。芝親方は、その声を聞くと、ピクリと反応した。

「時間とは何のことじゃ？」

「俺が未熟なのは十分わかった……。だからこそ今から取り掛からねえと、客との約束を果たせないんすよ」

咲良の顔が脳裏に浮かぶ。彼女の願いを叶えたいのだ。翔太は深く頭を下げた。

「後悔したくないんです……。頼みます……」

振り絞るように言う。

しばらく、お互い沈黙が続いた。

「顔を上げろ、小僧」

ようやく芝親方と目が合う。

相変わらず鋭い眼光は、翔太の心を覗き見ているように思えた。翔太も負けじと真っ直ぐに芝親方を見る。しばらく睨み合った後、芝親方が口を開いた。

「だったら何か作ってみろ。この一週間で少しでも変わったところを、ワシに見せてみろ」

「……分かりました」

翔太は力強く頷いた。

「あんまり作りすぎるなよ。食いすぎるとヤブがうるさいからの」

頬杖をつきながら、無愛想に呟く。

「満足に出せるのはまだ一品だけです。だから、それで判断して下さい」

ピクリと、芝親方が反応する。

「何を作るつもりじゃ？」

「蛤の吸い物です」

芝親方の口角が上がる。

「あの日と同じ料理で汚名を返上するつもりか……。半端な物を作ったら、次はないぞ」

その視線は、一層鋭く光った。

厨房に戻った翔太は、一冊のノートを見つめていた。大分古くなった大学ノート、表紙には『まぎわのごはん』と油性マジックで書かれている。

マスターから渡されたものだ。

昨夜、店が終わると同時に、翔太はマスターに頭を下げた。もちろん、どうすれば芝親方の許しを得られるかについて聞くために。

「やっぱり、料理で納得させるしかないんじゃない？　料理人同士だし」

そう言いながら、カルテラックから取り出したのが、このノートだった。

「まぎわのごはん……」

「そう……。僕がこの店を始める時に、芝親方に散々教育を受けた時の内容がまとめてあるんだ」

ニコリと笑って、ノートを翔太に差し出した。

「減るもんじゃないし、いつでも見て良いよ。……まあ、参考になるかは分からないけど」

ノートを開くと、もの凄い量の書き込みが目に入る。

単なる手順の記載だけではない。それぞれの手技のポイントや注意点。料理に合う出汁のバリエーション。それに、塩分量や各栄養素、カロリーまで詳細に書かれている。提供してはいけない病気の客、逆に勧めやすい客。さらに特定の病気の場合の代替食材など、細かい字でびっしりと書き込まれている。

「すげえ」そんな言葉が自然と漏れ出た。

マスターは自虐的に笑った。

「僕はあまりに手先が不器用だから、こんな事くらいしかできなかっただけなんだけどね」

言いながら、ノートを手に取り、パラパラとページを捲《めく》る。やがて、その手が止まった。

「やっぱりこれが良いかな？」

「蛤の吸い物……」

自分の舌を信用できなくなって、無茶苦茶な味付けをして、芝親方に酷評された一品だ。

翔太の自信のなさが伝わったのか、マスターが柔らかく笑った。

「一緒に作ってみようか」

「……え？」

「習うより慣れろ……だ」

そう言いながら、マスターが大振りの蛤を取り出して洗い始める。

「蛤の吸い物は、昆布出汁と蛤から滲み出る旨味の調和を楽しむ料理だ。出汁の面白さと奥深さが詰まった一品だよ」

蛤の殻同士が擦れて、リズミカルに音を立てる。

「芝親方も好きな料理の一つだ」

そういや、いつもマスターに蛤の吸い物を注文していたなと思い出す。

「昆布出汁は、今朝取っておいたものを使おうか……。明日芝親方に出すものは、後で一緒に仕込もう」

そう言うと、洗い終えた蛤を雪平鍋へと入れた。

「これから、酒蒸しするよ」

「酒蒸し……。出汁で煮出すんじゃなくて……ですか？」

素っ頓狂な声を上げた翔太を見て、マスターがもう一度微笑んだ。

「蛤の吸い物の作り方も色々あるけど、芝親方に出す時はこの方法だ」

そのまま、酒類が並んだ棚に手を伸ばす。

「貝の身はふっくらするし、風味も柔らかくなる……。それにね……」

取り出した四合瓶を手にしたマスターが、悪戯っぽく笑った。

「何より芝親方は、酒好きだからね」

その酒瓶をみた翔太は、思わず声を上げた。

「そ、そんなに上等な酒を使うんすか？」

料理用清酒ではない。普段、一合飲みで客に出すような、銘柄付きの日本酒だ。

蛤とともに、軽く熱した雪平鍋に酒を入れて蓋をする。少しすると、上品で柔らかい酒の芳香が立ち上った。

マスターがボソボソと呟く。

「芝親方は糖尿があるでしょ？」

「は、はあ……」

「だから、料理に使ったほんの少しの酒の風味を味わうのが、彼の贅沢なんだ」

「料理酒を味わうって……、火にかけたら、酒の味なんて飛んじゃいますよ……」

「芝親方は大体銘柄を当ててるよ。流石生粋の酒飲みだ」

悪戯っぽく笑うマスターを見て、翔太は呆気にとられた。

普段のまぎわの光景を思い出す。「蛤じゃ」ぶっきらぼうに注文する芝親方に、マスターは静かに蛤の吸い物を差し出す。一口啜って、マスターを一睨みして二言三言喋る。

気にもとめていなかった会話に、そんなやりとりが隠れていたとは微塵も気付かなかった。

糖尿の芝親方にとって本当の楽しみは、一杯だけのホッピーを飲むことではなく、蛤の吸い物にひっそりと忍ぶ日本酒を味わう事だったのだ。

「そろそろ蛤が開くかな？」

その言葉に合わせるかのように、パカンと音が響く。

「まだ蓋は開けちゃダメだよ。これから出汁が出てくる」

鍋を見るしょぼくれた瞳には、どことなく楽しそうな光が浮かぶ。

カタカタと蛤が立てる音をしばらく聞いてから、マスターは蓋を開いた。

日本酒の甘い芳香に包まれた蛤の香りが、一斉に解き放たれる。

「昆布出汁を合わせるよ。せっかくの蛤の出汁を薄めすぎないように注意して」

少量の昆布出汁を合わせる。白みがかった蛤の濃厚な出汁が、透明な昆布出汁で引き延ばされる。

おもむろに、マスターがスプーンを翔太に手渡した。

「味見してごらん」

「はっ……、はい」

白く透き通った汁をすくい、口へと運ぶ。

その瞬間、恐ろしいまでの蛤の風味が口の中一杯に広がった。その強烈な旨味を、遅れてきた昆布出汁と酒が優しく包み込む。鼻から空気を吸い込むと、再び蛤の風味が押し寄せる。

「う……、うめえ」

鍋を凝視する翔太を見たマスターが、優しく微笑んだ。

「塩も効いているだろう？」

その通りなのだ。塩は一切入れていないにもかかわらず、これ以上の味付けは要らないほどに、ほどよく塩味が効いている。

「蛤は元々塩水を含んでいるからね。殻が開く時に最初に出てくるのは、この塩水だ」

マスターも味見すると、満足そうに頷いた。

「含まれる塩気は、蛤の大きさや産地でも違う。だからここで必ず味見をしてね。うちのお客さん達は、塩分の摂りすぎが致命傷になる人もいるからね」

「わかりました……」

「さて、あとは醬油の風味を加えるなり、具材で味を足すなり、自由だ」

翔太に雪平鍋を渡す。

「でも、余計な味付けをしたら、また文句を言われそうなんすけど」

慌てて言った言葉に、マスターが笑う。

「芝親方は、美味けりゃ文句は言わないよ。僕だってその日の気分で使う日本酒を変えたり、具材を変える時もあるけど、何も言われないよ。彼は、頑固そうな見た目のわりに、味に関しては柔軟な思考を持っている人だよ」

ギラついた芝親方の顔が頭に浮かぶ。

「……とてもそうは思えないっすけど」

「そんな事ないよ。なんと言っても彼は、芝寿司っていう超人気店を長年切り盛りしていたんだ。客の好みに合わせた料理を作るのは、芝親方の十八番《おはこ》なんだよ」

翔太は、もう一度すまし汁を口に含んだ。蛤と昆布の出汁の組み合わせだけで、ほぼ完成形に近い一品だ。

「明日までに、自分なりにどんな吸い物にするのか、考えておけば良いよ」

マスターが穏やかに言った。

「マ、マスター」

「なんだい？」

「マスターがこんなに出汁にこだわるのは、やっぱお客さんのためなんっすか？」

和食は難しい。少しの塩加減で味は変わるし、塩が足りなければ、全てのバランスがぼやけてしまう可能性すらある。しかし、病気の客には満足に塩を使えない場合も多い。だからこそ、マスターが目をつけた武器が出汁なんじゃなかろうか、翔太はそう思ったのだ。

しっかりとした出汁さえあれば、塩が少なくても旨味は十分に伝わる。

「まあ、それもあるね……」

一瞬、声が沈んだような気がした。メガネに反射した光で、マスターの瞳の色は分からなかった。

「それ……も？」

マスターが時計を見る。

「さあ、もう遅い。明日、芝親方にとっておきの一品を作るために、早めに寝ようか」

そのまま、そそくさと小上がりへと移動してしまった。

どうにもはぐらかされた気がした。


「どう、翔太？　上手くできた？」

蛤の吸い物が完成した頃合いに店にやってきた小夜が、心配そうに声をかけた。

「……多分」

翔太は、小夜に向かって頷いた。しかし、不安が顔にあらわれていたのか、小夜は眉をひそめてため息をつく。そのまま、天井へと視線を移す。

「全く、なんでマスターは降りて来ないのよ。こんな大事なことやってるのに」

腰に手を当てながら、「起きてるのは分かってんだから」と大きな声を出すと、天井からガタッと音がしたような気がした。

「一人でやれって事なんっすよ、きっと……」

そのために、昨日は遅くまで作り方を指導してくれたのだ。カウンターをチラリと覗き見た小夜が、翔太に目配せをする。

「芝親方、待ちかねてる様子よ」

「はい……。行ってきます」

小夜が見てくれているだけでも心強い。そんな事を思いながら、翔太はカウンターへと歩みを進めた。

芝親方は、相変わらず頬杖をついたままだ。

「お待ちっす」

赤い椀を静かに置いた。

芝親方が椀をぐるりと観察して、漏れ出る香りを嗅ぐ。まるで儀式のようなその仕草に、翔太の心は自然と強張《こわば》った。

いよいよ、蓋が外される。審判が下されるのだ。

蒸気が漂った後、澄んだ汁が顔を見せた。中には美しく開いた蛤が一つ、鎮座している。

椀を見つめていた芝親方が、翔太を一瞥《いちべつ》した。

「潮汁《うしおじる》で勝負したか」

「……はい」

潮汁。魚介の出汁を、塩だけで味付けした極めてシンプルな料理だ。味を足すかどうか、直前まで悩んだが、結局何も手を加えなかった。

「なんとなく、それが正解なんじゃねえかって思って……」

翔太が答えると、フンっと鼻を鳴らす音が返ってきた。

「料理に正解なぞないわ」

それだけ言うと、ゆっくりと汁を啜った。空気と共に口に含み、ズズッと音が響く。

芝親方は、目を閉じて味わっている。その様子を、翔太は息を呑んで見つめた。

カウンターを包む沈黙は、永遠のようにも思えた。

やがて、ゴクリという音が響き渡った。しかし芝親方は尚、沈黙を保っていた。

ようやく目を開けると、ボソリと呟く。

「〆張を使ったのか？」

その言葉に翔太は頷いた。

「何故この酒を使おうと思ったんじゃ？」

問い詰めるような口調だ。酒の選択を間違えたのだろうか、翔太の心に疑念が湧いた。蒸すのに使う酒は翔太自身で選んだ。素直に昨日マスターが使っていた銘柄を選んでいれば、多分何も言われる事はなかったはずだ。余計な手を加えてしまったかもしれないと翔太は後悔した。

「黙っとらんで、理由を言うてみろ」

芝親方の鋭い視線が刺さる。

翔太は迷いつつ口を開いた。

「いや……、いつもじじいが、マスターに棚の〆張を飲ませろって言うから、それにしたただけで……、他に理由なんてないんっすよ。酒の事は、まだよく知らねえし……」

カウンターの棚に置いてあるのは、〆張の四合瓶。芝親方は店に来るたび、それを飲ませろと言っては、マスターに断られる。ただそれだけの理由で、今日の吸い物にはこの酒を選んだ。味や産地などは全く考慮していない。多分、それが失敗だった。蛤には合わない酒だったに違いない。

また未熟者だのなんだの言われて、包丁は戻ってこないだろう。翔太はすっかり意気消沈した。

「そこに置いてあるのは、大吟醸じゃ。お主が使ったものとは全く等級が違う……」

その声は、呆れているようにも聞こえる。やはり、まだ許しはもらえなそうだ。

しかし、咲良の事を考えると時間なんてない。こうなったら土下座でもなんでもして、許しを請うしかない。翔太が覚悟を決めた瞬間、芝親方の声が響いた。

「まあいい……。合格じゃ」

予想しなかった言葉に、思わず顔を上げる。目に入ったのは、不機嫌そうな芝親方の顔。

「聞こえんかったのか？　合格じゃと言ったんじゃ。今日から、店で包丁を持って良い」

「な……なんで？」

聞き返した翔太に、芝親方はわずらわしそうな顔を見せた。

「なんでも何もあるか……。今日の品は合格に値するものじゃった。それだけじゃ」

嬉しいというよりは、拍子抜けした気分だ。

「で……でも、足りねえ部分は多かったように思えるんっすけど……」

ボソッと呟くと、芝親方が大きなため息をついた。

「当たり前じゃ……。まだまだ腕は未熟じゃ。そんな事はわかりきっとる」

ピシャリと言われ、思わず首を引っ込める。

「大事なのは、心じゃ」

しわがれた声が響いた。顔を向けると、白眉の下の瞳は、いつも以上にギラついている。

「料理は己の腕をひけらかすために作るものではない。食べる者のために作るのが本質じゃ。お主は今日、ワシの事を考え、どう腕を振るえば良いかを自分で導き出した。それが料理人としての第一歩じゃ」

「じ……じじい……」

返す言葉を失っていると、二階からゆったりとした足音が聞こえて来た。

「おはようございます」

「マスター……」

その言葉と同時に、小夜も厨房から飛び出して来た。物凄い勢いで腕に飛びつく。

「やったじゃん！　翔太！」

「ちょ……小夜ちゃん」

踏ん張ると、小夜の胸が腕にあたり、翔太は思わず赤面した。

「おめでとう、翔太くん」

マスターが、穏やかな笑みを浮かべて、右手を差し出した。携えているのは、包丁鞄だ。

これで胸を張って、包丁を握れるのだ。

翔太は、感慨深く鞄を見つめると、ゆっくりとそれを受け取った。ズシリと重みが手に伝わる。これまで以上に包丁を重く感じる。

マスターは翔太に笑いかけてから、芝親方に頭を下げた。

「色々とありがとうございました」

フンっと鼻を鳴らす音が返ってくる。

「全く……、茶番に付き合わせおって」

「茶番……って、なんっすか？」

今度は、ギロリとした眼光が翔太に浴びせられた。その瞳は、やけに生き生きとしている。

「こっちの話じゃ……。それより小僧」

「はっ……はいっ」

芝親方が、ニタリと笑った。

「明日から、毎日市場へ行くぞ。魚の見極め方から買い方、市場での礼儀作法まで、みっちり仕込んでやる。覚悟しておけよ、小僧」

「げえ」という言葉が、思わず漏れ出た。

その様子を、マスターと小夜も笑いながら見つめていた。


翌朝、翔太は嬉々として包丁を握っていた。目の前には、芝親方とともに仕入れてきた脂が乗ったハマチに、どでかい鱈《たら》、さらにコハダが置かれている。

「コハダの酢締めは、寿司屋の命じゃ。捌きから丁寧にやれ」

いつも以上にデカいがなり声が響く。

「全く……、なんでこんなに沢山お魚を仕入れてくるのよ？　大体、うちは寿司屋じゃないんだから」

隣で小夜がボヤき始める。

「細かい事を言うな、小夜坊」

「ただでさえうちは採算が取れないんだから、毎日こんなに魚を仕入れたら、あっという間に潰れちゃうわよ」

買い付けた領収書を見て、小夜が頭を抱えた。大きなため息をつくと、芝親方をギロリと睨んだ。中々、本家に負けないほどの威圧感がある。

「明日から、仕入れる魚は大きいのなら一匹、小さいのは三匹までね」

芝親方が不満気な表情を見せる。

「それはちと厳しすぎないか？　小僧の修業のためでもあるのじゃぞ」

「腕が上がる前に店が潰れちゃ意味ないでしょ」

凄んだ小夜が、マスターをチラリと見る。

「もお！　マスターも何か言って下さいよ」

しかし、ボウルを抱えて突っ立っているマスターは、翔太の包丁……、いや、包丁から切り出されるアラに釘付けになっている。

その姿を見た小夜が、一層大きなため息をついた。お手上げといった表情だ。

翔太はそんな小夜を一目見て、再び包丁に集中する。流れるような包丁捌きで、次々とコハダの下処理を終える。一週間も包丁を握っていなかったからどうなるかと思ったが、自然と手は動く。それどころか、以前よりも切り口が鋭くなっている気すらした。

包丁を置いていた日々の経験が、心から迷いを取り払ったようにも思える。

「そんなに包丁が好きか？　まるで犬コロじゃのう」

頬杖をついた芝親方から、呆れたような声が発せられた。

「そりゃ、一週間も取り上げられてたからな」

皮肉を投げかけると、芝親方が小さく舌打ちで返す。

再びコハダと向き合っていたら、咲良の顔が頭に浮かんだ。

いよいよ、桜の料理に手をつける事ができる。翔太が高揚しているのは、それも大きな理由だった。

今日は、咲良が来店する日なのだ。デザインプレートを作って、料理も作って、……そして桜の料理について、話し合っていかねばならない。

早く咲良に会いたい。そう思いながら、翔太はひたすら包丁を振るった。

待ちかねた咲良は、昼過ぎにやってきた。戸を開けた咲良に向かって、カウンター越しに包丁を見せると、嬉しそうに笑みが返ってきた。

しかし、その後の動作は、翔太の想像よりも随分と緩慢だった。最後に会ってから、たった数日しか経っていないにもかかわらず、だ。

見ると、右手には杖を持っている。それに気づいた小夜が、すぐさま咲良の体を支えた。

カウンター前まで歩みを進めた咲良が、悲しそうに微笑む。

「……お婆さんみたいでしょ」

その言葉の弱々しさは、咲良が余命いくばくもないがん患者だという事を、嫌でも翔太に思い出させた。

小夜の助力を受けた咲良が、随分と時間をかけてカウンターの椅子に座った。視線の置き場に困っていると、咲良の腹がはちきれんばかりに膨れているのに気づく。狭いカウンターの椅子に座るのは、明らかに難渋するだろうと分かるほどに。

「咲良さん……。向こうの座敷に座る？」

翔太が呆気にとられる中、小夜が声をかける。しかし咲良は、小さく首を振った。

「ううん……。ここで翔太さんが料理を作る姿を見たいの」

ようやく椅子に座る姿勢に慣れたのか、咲良は翔太を覗き込んだ。

弱々しい光が瞳に浮かぶ。

「包丁……。約束通り返してもらえたのね」

小さく微笑む。しかし、明らかに無理をしているのは、翔太にすら分かった。

「は……はい」

「どうやって解決したの？」

「え……えっと……」

口ごもる翔太を見て、咲良が少しだけ身を乗り出した。

「……教えて」

積極的な物言いに、翔太は諦めて芝親方との経緯を話した。

マスターに蛤の吸い物の作り方を習った事、そして、その料理で許しを得た事。佐藤夫婦の最期の食事も、翔太にとって大きな出来事ではあったが、その話は流石に伏せた。

数週間後の咲良が辿《たど》る運命そのものだったからだ。とても口には出せなかった。

「私もそのお吸い物食べてみたいな……」

咲良が小さく呟いた。

「え？　……蛤の、お吸い物っすか？」

「だって、それだけ頑固なおじいさんが認めてくれたお料理なんでしょ？　興味深いわ」

「そりゃいいっすけど……。わりかし地味な見た目っすよ」

咲良が小さく首を振った。

「いいの。おじいさんに作ってあげたものと同じお吸い物を見てみたい。……駄目？」

「もちろん……。駄目なはずないっすよ。そしたら、今から作りますね」

答えると、翔太はそそくさと厨房へと入った。

まさか三日連続で同じ料理を作るとは思わなかった。


十分ほどで蛤の吸い物を完成させると、翔太は咲良の前に扇形の黒い盆を置いた。盆の上には、緑の葉が敷いてある。

「これは、なんの葉っぱなの？」

「笹の葉っす。そのじいさんに練習させられてるんっすよ。包丁捌きの鍛錬がしたいんなら、これもやっておけって、大量の笹の葉を持ってきたんっす」

盆に敷いてあるのは笹の葉の切り細工だ。いわゆる、寿司の仕切りに使うものだが、中央から左右対称の大きな三角形が切り出されてあり、まるで門松のような見た目になっている。笹の葉細工など使いどころがないと言ったが、『馬鹿言え、笹の葉切りを極めれば、海老でも月でも富士山でも、なんでも作り放題じゃ』と、やたらと強く主張され、渋々作ったものだった。

作ってみると意外と楽しいし、初めての作品にしてはそこそこの見栄えになった。黒漆の盆に緑が映えて、いかにも和食の繊細さがあらわれていて味わい深い。

「凄いわね……。本当になんでもできちゃうのね」

左右に伸びる門松を見ながら、咲良が感心したように声を上げる。

「お吸い物、置きますね」

　盆の中央に、赤い椀を静かに置く。扇の黒、左右に伸びる深緑の松、そして中央に真っ赤な丸い椀が鎮座して、それだけで絵画のような見栄えに仕上がった。

「開けるのがもったいないわね……」

　感心したように、咲良が呟く。

「冷めないうちに、……どうぞ」

　促すと、咲良がゆっくりと蓋を取った。

　すまし汁に、咲良の瞳が釘付けになる。そのまま、しばらく口を閉ざす。まるで、呼吸すら忘れているかのように、咲良は動かない。

「ど、どうっすかね。蛤だけって、やっぱり地味すぎますよね……」

　あまりに長い沈黙に、翔太は耐えきれず声をかけた。

　それでも尚うつむいていた咲良が、ようやく顔を上げる。その様子を見て、翔太は愕然《がくぜん》とした。

　その目には、大粒の涙が浮かんでいたのだ。

「咲良さん、これ使って」

　小夜がティッシュを手渡す。

　涙を拭うと、気持ちが落ち着いたのか、ため息とともに呟いた。

「すごく綺麗」

小さな声は、翔太の耳にはっきりと届いた。咲良が翔太に微笑みかける。それは、嬉しそうな、悲しそうな、どちらにも取れるような表情だった。

「最近、ようやく気づいたの」

椀を見ながら呟く。

「昔は、煌《きら》びやかな美しさばかりに目がいきがちだったけど、全部取り払ってしまった後に残る美しさもあるんじゃないかって……」

「……咲良さん」

「命そのものがとても綺麗に見えるって言うのかな？　この料理からはそれを感じるの」

顔を上げて、また寂しそうに微笑む。

「病気になっちゃったからよね……、きっと……」

言葉が出ない。黙っている翔太の代わりに、小夜が声をかけた。

「咲良さん……、冷めないうちに食べて。なんて言ったって、一流寿司職人のお墨付きのお椀だから」

咲良の小さな背中に優しく手を当てる。咲良は「ありがとう」と小さく答えると、翔太に向かって口を開いた。

「なんだか食べるのがもったいないわね」

翔太の料理を見ると、咲良はいつもそれを口にする。翔太は、ようやく咲良に言葉を返す事ができた。

「食べるために作ったんで、どうぞ食べて下さい……。またいつでも作りますから」

微笑んだ咲良が、椀を口へと運んだ。

その瞬間、大きく目が見開かれる。

「味がする」

「え？」

そのまま、二口目を啜る。咲良の表情には、驚きが浮かんでいた。

「すごく美味しい……。それが分かるの」

「ど……どういう事っすか？」

もう一口味わってから、咲良が興奮気味に喋る。

「母の影響で、元々味音痴だったんだけど、抗がん剤を使ってから、今まで以上に味が分からなくなっていたの。しょっぱい、甘いくらいしか分かんなかったくらい、舌がボケてたのよ」

咲良が、赤い椀を両手で掲げる。

「でも、翔太さんのお吸い物は、しっかりと味がわかるのよ。とても美味しいわ」

翔太の胸に何かがこみ上げてきた。

これまで、見栄えを褒められる事は多々あったが、料理の味を心底褒められるなんて経験がなかった。それがこんなにも嬉しいものなのかと、今更ながら実感する。

咲良が、さらに椀に口を付ける。ゴクリと喉を鳴らすたびに「美味しい、美味しい」と、まるで呪文のように唱える。

そのたびに、胸に宿った熱が高まってゆく。

あっという間に全て飲み終えると、咲良はこれまで以上に大きな笑みを浮かべた。

「私、この料理大好き……」

心臓がはち切れそうになる。

「あ、ありがとうございます」

興奮を抑えて、何とか口から出たのは、たった一言だけだった。

「翔太さんなら、桜の料理を作れるって信じてる」

「……咲良さん」

「だって、見た目の華やかな美しさと、内面を突き詰めた美しさ。両方表現できるんだもん。それに、私にすら美味しいって思わせちゃうんだから。翔太さんは、本当に魔法使いなのかもしれないわね」

咲良が身を乗り出した。突っ張った腹が突っかかってしまうので、本当に少しだけ。

訴えかけるような表情で口を開く。

「私は翔太さんを信じてる。……信じたい」

その期待に、果たして自分は満足な答えを出せるだろうかと不安を感じる。しかし、それを容易に撥《は》ね返すほどに、咲良の信頼に対して全力を尽くして応えたいという気持ちが心から湧き起こる。

「任せて下さい。絶対に桜の料理を完成させます。一日でも早く……。約束します」

翔太は、大きく胸を叩いた。


いよいよ桜の料理の試行錯誤が始まった。全てが手探りだ。

キーワードは『桜』だけ。どんな料理を作るのか、材料はどうするのか、桜の何を表現するのか。何一つ決まっていない。

取り急ぎ、絶対的に必要になるであろうものから取り掛かった。

桜の花だ。

満開の桜を作るにしても、花一輪だけ表現するにしても、桜の花の造形を作らないわけにはいかない。

しかし、桜の花というのは、飾り切りではほぼ扱わない。翔太は、実際の桜の花の写真を検索してみて、初めてその理由が分かった。

構造が複雑なのだ。

飾り切りでよく使われる梅の花と比べてみると、改めてそれが分かる。

梅の花は丸花弁が五枚並んでいる。対して桜の花は、同じ五枚の花弁ではあるが少し細長い。さらに最大の特徴は、花弁の先にV字形の切れ込みが入っている事だ。

この表現が相当難しい。翔太の技術を以《もっ》てしても、満足に切れ込みを入れる事ができない。かと言って、この切れ込みがないと梅の花と見分けも付かないのだ。

ここ数日、とにかく手を動かして、切り慣れた人参から試作品を作り出した。

「だからって、わたしを練習台にしないでよ」

カウンター越しに、千佳がむすっとした表情で翔太を睨みつけた。

目の前には、人参から切り出した桜の花が一輪。

「別にいいじゃねえか。減るもんじゃねえし」

しかしその言葉で、千佳の目が一層鋭くなる。

「そういう問題じゃないのよ。わたしは本命のモデルさんのための練習台って事でしょ？　ホントにデリカシーがないわね、しょーたは……」

あからさまに不満気にため息をつく。気づけば後ろでは、今回も小夜が笑いを噛み殺している。

「マジで時間がねえんだよ。協力してくれよ」

「時間がないって何よ……、そのモデルさん、外国にでも行っちゃうの？」

もうすぐ命が尽きるなんて、口が裂けても言えるはずがない。

「そういうわけじゃねえけど、とにかく急がなきゃならねんだよ。頼む」

するとと、笑いを堪えた表情のまま、小夜が顔を出した。

「まあまあ、千佳ちゃん。翔太の手伝いをしてあげてよ」

「いいじゃない千佳。翔太さんにはお世話になってるから、手伝っておやんなさいよ」

続けて、母の夕美子からも助け船が出る。

二人に挟まれ、千佳は「しょうがないわね」と、相変わらず不満そうに呟いて、両手に頬を乗せて、花を見つめた。

「とりあえず、人参から桜の花を切り出してみてるんだ。なんとか形は作れていると思うんだけど……」

千佳がようやく顔を上げた。顔には不満が浮かんだままだ。

「ダメよ」

「はあ？」

「全然ダメって言ったのよ。デカすぎて話にならないわ」

「うっ……」

手厳しい意見に、翔太はくぐもった声を出した。

確かに、千佳に見せたのは人参の最も太い部分から切り出したものだ。直径はゆうに五センチを超える。お吸い物に浮かせるにしても、やたらと存在感が出てしまうのは否めない。

「それにしても手厳しすぎねえか？」

翔太のボヤきをまるで無視して、千佳が畳み掛ける。

「大体、こうして見ると、桜の花って意外とダサいわね」

「だ……ダサい。綺麗な形じゃねえかよ」

千佳が、皿に乗ったどでかい桜の花を翔太に見せつける。

「こうやって一輪だけ見ても、小学生が着るだっさい花柄ワンピースみたいじゃない」

「お……お前だって小学生のくせに……」

またもやその言葉を無視して、夕美子のスマホで検索をかける。

翔太に見せつけたのは、小学生向けの花柄ワンピースの写真だ。

「ほら……、花をどアップで見ても、子供っぽい印象が拭えないのよ」

的確すぎて、返す言葉もない。

「本当にこんなダサい桜をモデルさんに見せるの？　マジで？」

「……ぐ。文句ばっかり言いやがって……」

「助けてくれって言ったのはしょーたでしょ？」

「だ、だったらどうすりゃいいんだよ……」

「そんなのすぐにわかったら苦労しないでしょ」

「全く……。ああ言えばこう言いやがって……」

歯軋《はぎし》りをしていたら、「まあまあ」と小夜が仲裁に入る。

「桜が日本人に愛されているっていうのは、紛れもない事実でしょ？　だったら、私達が桜の何に感動するのかを考えてみたら良いんじゃない？」

「なるほど……」

小夜の言葉を受けて、最初に意見を出したのは、夕美子だった。

「大事なのは色じゃないかしら？　ピンクでも赤でもない、桜独特の色っていうのかしら、あの色は桜以外で見られないと思うのよね。だからみんなが見たいって思うんじゃないかしら？」

「あっ、わかる。服とか飲み物でも桜色ってあるけど、なんか全体ピンクって感じのが多くて、やっぱりダサいわよね」

千佳が再びダサいを連呼する。

「まあ、確かにあの色を再現しねえと、桜とは言えねえよなあ」

言われるまでもなく翔太もその点には目を付けていた。いくら人参で試し切りをして造形を近づけても、赤ではとても桜の花には見えない。ヘンテコな形に仕上がった梅の花と思われるのが関の山なのだ。

「桜色っていうと、中々ねえんだよな……、これが」

検索してみても、ちょうど良い色の野菜も果物も、まるでヒットしない。桜の色は唯一無二なのだ。

小夜が口を開く。

「まだ時間はあるから、徹底的に探すしかないわよね。材料探しは、私も手伝うから」

「小夜ちゃん……」

けやきの一件があってから、小夜はさらに翔太に協力的だ。もしかしたら、自分に気があるのではなかろうかと思うくらい献身的だ。しかし、小夜を見つめる視線を遮ったのは、やはり千佳だった。

「後はやっぱり、これじゃない？」

ズイっと割り込んだ千佳が見せたのは、スマホの画面。

「うわあ、きれいね」

小夜が目を見開く。

画面に映っていたのは、満開の桜だ。千佳がフフンと鼻を鳴らす。

「沢山の花が一斉に咲くから感動するのよ」

そのまま、翔太の巨大な梅、もとい桜の花の試作の隣に、スマホの画面を置く。千佳が言わんとする事は、痛いほど伝わった。

「やっぱり、小さな花を大量に切り出さないと、桜の花の美しさは伝わんねえか
……」

結局振り出しだ。仮に良い材料が見つかったとしても、切り出す技術が伴わないと桜の美は完成しない。小さく、美しく、しかも大量に。これればかりは鍛錬を重ねるしかない。

翔太は決意を固めると、グイッと顔を上げた。

「絶対にやってやる。咲良さんには俺しかいねえんだ。俺を信じるって言ってくれたんだから、俺がやるしかねえんだ！」

拳を握りしめる翔太を、千佳は冷めた目で見つめていた。

「しょーた、大丈夫なの？　綺麗なモデルさんに騙《だま》されてるだけだったりしない？」

ヒソヒソと小夜に耳打ちしているのが視界に入る。ついでに、とうとう笑い出した小夜の顔も。

「ねえしょーた、一応忠告しておくけど、あんまり一人で前のめりになりすぎると、

大概うまくいかないわよ」

「何マセた事言ってんだよ、小学生のくせに」

「だって、わたしは実際にそういう姿を見てきたし……。ねえ、お母さん」

千佳に覗き込まれた夕美子は、恥ずかしそうにうつむいた。

それから夕美子は、いつも通りの穏やかな笑みを浮かべて口を開いた。

「私もそうだったんですよ。千佳を心配するあまり、一人で悩んで突っ走って……。食物アレルギーについて、躍起になって調べて、間違った情報まで信じ込んで、どんどん不安になっていったんです。しまいには、怪しい宗教に入りそうになった事もありました」

「……マジっすか？」

お母さんは、平然と「ええ」と言って頷いた。今の姿からは、とても想像できない。

翔太が疑っている様を見て、すかさず千佳が割って入ってきた。

「マジもマジ……、大マジよ！　大変だったんだから！」

夕美子は、少し恥ずかしそうに微笑んだ。

「当時は本当に周りが見えてなかったんです。夫も単身赴任で、私しか千佳の面倒を見ることができなくて……。あの頃は、冷静に考えると明らかにおかしな事でも、それを信じてしまうほどに追い詰められていたんです」

「変わったきっかけっていうのは、もしかして……」

顔を上げた夕美子が、柔らかく笑う。

「この店に来てからです。途方に暮れていた時に、どんな病気にも対応する食事処があると聞いて、駄目もとで店の扉を叩いたんです」

千佳が、悪戯っぽい笑みを浮かべて割り込んだ。

「どんな病気の人にも対応するレストランってね……。でも、出てきたマスターを見て、はっきり言ってハズレだと思ったわ。……ああ、またお母さん騙されたって思ったの」

「こら……、千佳」

夕美子にたしなめられるも、千佳はどこ吹く風だ。

「マスターが、あのボーッとした様子で、なんでも作りますよって言ったから、私はパンを食べたいって言ったのよ」

多分、いつも通りに挑戦的な口調でオーダーしたんだろうな、と翔太は思った。

「そしたら、本当にパンを焼いてきてくれたのよ。……はっきり言って、物凄く不安だったけど」

千佳の悪戯っぽい笑みが、ふと消えた。

「でも美味しかったのよ……、マスターのパンは、凄く……。それでね、夢中でそのパンを食べてたら、隣でお母さんが泣き出しちゃったの」

その時を思い出しているのか、夕美子の瞳は若干潤んでいる。

「マスターが、その時に言葉をかけて下さったんです。一人で気負わずに、やれる事だけやれば良い。何か起こった時には、周りに助けてくれる人が沢山いるから、アレルギーとは気楽に付き合っていきましょうって……」

小夜が、夕美子の背中に手を当てる。夕美子は、一粒だけ涙をこぼすと、翔太に向かって微笑みかけた。

「一人で躍起になっていると気づかないものですが、助けてくれる人は、意外と近くにいるものなのだと、その時ようやく思えたんです」

「そうそう。特にしょーたは突っ走りそうだしね」

千佳が余計な一言を付け足す。

「俺だってそれくらい分かってるよ。まあとにかく、一分でも一秒でも早く桜を完成させなきゃならねえんだ。考えるより、手を動かさねえとな」

しかし、気合を入れた翔太を、やはり千佳がニヤニヤしながら見つめていた。

「ほら、もう前のめりになってるわよ……。犬みたい」

「ぐっ……」

やりにくい事この上ない。

しかし結局、翔太は自身の心を制御することができなかった。翔太が想像するよりも速く、そして激しく、咲良の体調が悪化していったからだ。いつか咲良が言っていた『急な階段を訳もわからずに転がり落ちているみたい』という感覚が、他人である翔太ですら容易に実感できる、それほど終末期の変化は激烈だった。

頬はこけ、目の光は弱まり、手足の筋力は落ちる。それとは対照的に、腹は大きく張り出し、顔や腕には浮腫《むく》みが目立つようになった。

二月も下旬に差し掛かり、宣告された余命まで二週間を切った。少し前は、この女性の命の灯が一ヶ月で消えるなんて何かの冗談だと思う事もあったが、今や紛れもない事実なのだと、嫌でも理解できる。もっと長く生きる事ができますよなんて、冗談でも言えないような姿を目の当たりにして、翔太は動揺を隠せなかった。

「栄養状態が相当悪くなっているみたいだね」

マスターが神妙な顔つきで口を開く。

「ここ一週間で、かなり悪化してますね……。麻薬もパッチ剤に切り替えてますが、コントロールが難しいようです」

最近三人は、毎日咲良について話し合っている。

小夜に言わせれば、本来ならもう、車椅子が必要な状態らしい。自宅療養が難しくなった咲良は、とうとうけやきへの入所を決めた。

しかしそんな状態になっても、咲良は足しげくまぎわに通っていた。体調に反比例するように来店頻度は増え、ついに連日顔を出すようになった。

「まぎわに何かを求めに来てくれている。それだけは喜ばしい事だと、小夜は言う。

しかし翔太は、それを受け止めきれずにいた。

咲良の状態が日に日に悪化するのを見るのが辛いし、大好物の蛤の吸い物に対する反応も薄れてきている。それに、笑顔が格段に減ってきている。

「翔太……。桜はどう？」

小夜が心配そうな表情で問いかける。翔太は小さく首を振った。

何より、肝心の桜の料理の進捗が芳しくないのだ。

咲良が、翔太の作る桜を見るために店まで通っている事は、痛いほど分かっていた。

それだけに、もどかしさを感じてしまう。

「大分小さく切れるようにはなってきたんっすけど……、やっぱり材料も分からなけりゃ、作る料理も決まってないんで、イメージができないんっすよ」

小夜の質問に答える声は、我ながら暗い。完成品が見えないまま、ただ桜の花を切り出すのも流石に限界だ。翔太の様子を見て、小夜がため息をついた。

「確かにそうよね……。まずはどんな料理にするのかくらいは決めないと。ねえマスター。何か良い考えはないの？」

腕を組んでいたマスターがボソッと呟く。

「何を作るかより、何を食べる事ができるか、から考えた方が良いんじゃないかな」

「どういう事っすか？」

「現状、腹は相当圧迫されているし体力も落ちている。それを考えると、汁物とか粥《かゆ》しか口にする事ができないだろうね」

翔太は、佐藤清を思い出した。寝たきりになって意識も朦朧《もうろう》としていた。食べられたのは、薄切りの牛肉たったの一枚だ。

「でも、汁物じゃ花一輪浮かすのがやっとですよ……」

まさに千佳からコケにされた、桜の花一輪の飾り切りだ。

「そうだね……。結局粥くらいしか選択肢がないって事になるね。病人には粥、昔から言われている事だけど、それなりの理屈があるってことだ」

そう言うと、マスターが三つの瓶を取り出して、テーブルに置いた。

「……なんすか？　これ」

瓶の中は液体で満たされていて、全てピンクに染まっていた。それが並ぶ光景は中々おどろおどろしい。まるで、訳の分からない薬剤瓶が並んでいた理科の実験室だ。

「ビーツに赤かぶにラディッシュ……。こないだ取り寄せた物を、全て酢に漬け込んでみたんだ」

ここ数日、ピンクに近い野菜を、小夜が片っ端から取り寄せていた。しかし、いざ切ってみると、桜とは程遠い色ばかりだったのだ。

それらを酢漬けして、色を移したらしい。

「これもいわゆる出汁の一種だね……。中々興味深かったよ」

「でも結局、桜色の野菜はなかったじゃないっすか」

「それがね……、色を移すと中々それっぽくなるんだよ」

マスターが漬け込んだ物を、次々と小皿へと取り出した。

大根、茹《ゆ》で卵に豆腐。取り出した食材は、全て薄い赤に色づいている。

「白い食材を漬けると、ピンクに染まる。面白いね……」

研究者のように、メガネがキラリと光る。

「なるほど、先に色を染めてから切り出す方法っすね」

言いながら、大根を手に取ってみる。漬けられた分、大根はブヨブヨと柔らかい。

翔太は首を振った。

「駄目っすよ……。これじゃ水分が多すぎて、細かい細工は入れられないっす……」

小夜もまた、ため息をつく。

「結局、桜色そのものの食材を探さなきゃならないって事ね。それは私に任せて、翔太は料理に集中して」

「……わかりました」

本当に自分にできるのだろうか、そんな不安は翔太の心に付きまとった。


さらに三日が経った。一日がこんなに短いと感じた事はなかったし、一日でも良いから長く時間が欲しいと渇望した事もなかった。

今日も、桜の試作を千佳に出す。なんだかんだ言いながらも、千佳は夕美子と足しげくまぎわに来て、試作品作りに協力してくれているのだ。

しかし、千佳からの反応は芳しくない。

「何よ、これ……。ボロボロになってるじゃない」

人参から切り出す桜は、なんとか直径三センチほどまで小さくする事ができるようになった。やり続けている成果は出ている。しかし、そこでまた、新たな壁にぶち当たった。

料理に使える代物ではないのだ。出汁で煮込んでみると、あまりの小ささにボロボロになってしまう。そもそも飾り切りとは、野菜が型崩れしないための下処理が進化を遂げたものだ。これでは本末転倒だ。

すっかり型崩れしてしまった桜の花を見つめる。

「ちょっと……、大丈夫？　しょーた」

「だ、大丈夫だよ」

千佳が頬杖をついた手で、目尻をぐいっと下げた。

「全然そうは見えないわよ。暗いわよ、マジで……。死んだ魚の目みたいよ」

また『死』という単語が脳に入り込む。咲良と関わってから、一日たりともその言葉が頭を離れない。初めは戸惑っていたが、やがてその言葉が日常になってしまった。その事にすら戸惑いを感じる。

いつものクリっとした目に戻り、千佳が大きくため息をつく。

「今日はわたしのパンを作るんでしょ？　マジで不安だわ」

それでも黙っている翔太を見て、ハッとした表情になる。

「分かった！　モデルさんに振られちゃったんでしょ？」

翔太の沈黙をイエスと受け取ったらしい。千佳が嬉々として捲し立てた。

「まあ、しょうがないよ、元々高望みっぽかったし……。でも良い経験ができたじゃない。モデルさんなんて滅多に知り合う事できないしさ。大丈夫大丈夫、しょーたは別に不細工ってわけじゃないから、切り替えて次にいけばいいじゃない」

「茶化すなよ！」

思わず語気が荒くなった。

「……しょーた」

千佳が目を見開いている。突然の出来事に驚いたのか、少し目が潤んでいる。

いくらマセているとは言え、相手は小学生だ。そんな幼い子供に対しても余裕を持てないほど追い詰められている自分に、うんざりする。

「わりい……」

千佳は、翔太をじっと見つめたまま小さく呟いた。

「わたしは、前の自信満々だった時のしょーたの料理の方が好きなんだけどな」

「……え？」

「最近うじうじ悩んでばっかりで、らしくないわよ。そんなに気が散ってる人のパンなんて、はっきり言って食べるのも不安よ。変なものなんて入れてないでしょうね？」

「失礼な事を言うなよな。昨日、ちゃんとマスターに作り方を教わったから、問題ねえよ」

「材料間違ったら、わたしは即入院になっちゃうのよ。結構辛いんだからね」

再び、千佳がむすっとして黙り込む。

沈黙の中、突然店に響いたのは、小夜の声だった。

「えっ！」

驚いたような声が小上がりから聞こえた。そのまま何度か相槌を打つ。電話越しに会話をしているようだ。その硬い声色からは、あまり良い内容ではない事が翔太に伝わった。

何度かやりとりを交わすと、小夜が電話を切った。小上がりから姿をあらわした小夜は、翔太と目が合った瞬間に悲鳴にも近い声をあげた。

「咲良さん、緊急入院したんだって！」

小夜の尋常ならざる声色に、翔太は心臓を摑まれたような感覚を覚えた。

「円さんから連絡があったの……。詳しいことは分からないんだけど、ここに向かう途中に倒れちゃったんだって……」

背筋が凍る。時間がないと焦っていたが、現実は想像していたよりも速く、無情なのだ。そんな事を思い知らされた。

咲良に会いに行きたい。しかし、会いに行ったところで、一体何ができるのだろうか。無力感が翔太の心を襲う。

「さくらさんって、そのモデルさん？」

鈴のような声がカウンターから響く。

「あ……ああ」

「行ってあげたら？」

「い、いや……。でも、店もあるし、それに約束のパンだって……」

今日はマスターに用事があって、初めて翔太が千佳にパンを焼く事になっている。

千佳がフンっと鼻を鳴らした。

「そんなの、今度で良いわよ」

しかし、翔太の足は動かなかった。

「でも、俺なんかが行ったって、何ができるわけでもねえし……」

桜の料理だって、全く先が見えない。そんな事を伝えに行っても、余計落胆させるだけだ。医者でもないから治療を施す事もできない。

千佳は、まだ翔太の目を見ている。まるで、自身の心の弱さを見透かされているような錯覚に陥る。

「しょーたは入院の怖さを知らないでしょ」

千佳の凜とした声が、耳に響いた。

「わたしは何度も入院してるからわかるの。病院って怖いのよ」

「……怖い？」

「そうよ。点滴が繋がっていて、変な機械の音がずーっと鳴ってて、すっごく怖いの。お母さんが毎日病院に来てくれたけど、居なくなったら決まって、黒い何かが部屋にやってくるのよ。もしかしたらわたし、このまま死んじゃうんじゃないかなんて思ったりするの……」

千佳の目は真剣そのものだ。やがて、訴えるような視線になる。

「誰かが側《そば》に居てくれるだけで安心するのよ。……だから行ってあげてよ、しょーた」

「千佳ちゃん……」

そのまま、目の前に置かれたオレンジジュースのストローに口をつけると、悪戯っぽく笑った。

「それにさ、相手が弱ってる時こそ振り向いてくれるチャンスって、こないだ読んだ雑誌に書いてあったわよ」

ニヤニヤと笑いだした千佳を見て、翔太は舌打ちした。

「全く……、ガキのくせに、一体どんな雑誌を読んでやがるんだ」

翔太は大きく息を吐くと、小夜に顔を向けた。

「咲良さんに会いに行っても良いっすか？」

小夜が大きく頷く。

「もちろんよ。私も一緒に行く」

翔太も頷き返すと、再び千佳に顔を向けた。

「すまねえな。ちょっと行ってくる」

「今日のは貸しだからね。今度は、しょーたが焼いたパンでとびきり綺麗なプレートを作ってね」

「もちろんだ」

千佳と夕美子に礼を言うと、翔太は調理用白衣のまま店を飛び出した。

二月の下旬。大分暖かくなってきた陽《ひ》の光の中を走り続け、咲良が入院した病院に着く頃にはすっかり汗だくになっていた。

目の前には、古ぼけた大きな引き戸。横には油性マジックで書かれた、無機質な『如月咲良』のプレートが掲げられている。

「ここっすかね……」

小夜が小さく頷いた。

すぐにでも会いたい。しかし、着実に死に近づいている咲良に会うのもまた、躊躇《ためら》われた。

「……翔太」

小夜の声が、背中を押す。翔太は大きく息を吐くと、ドアをノックした。

「……はい」

聞こえたのは、円の声。最悪の事態が心をよぎるが、翔太はゆっくりとドアを開いた。

目に飛び込んできたのは、弱々しい咲良の姿だった。

洒落っ気が一つもない検査着に身を包んだ咲良の口元には、酸素マスクが取り付けられている。塩ビ製のマスクの内側が曇っている事から、呼吸をしている事はかろうじて分かるが、目は閉じていて意識はなさそうだ。

化粧を落とした素顔は、こけた頬骨が作り出す陰影が顕著で、生気が感じられない。不自然に浮腫《むく》んだ両腕から伸びる点滴は、麻薬を持続注入する機械に繋がっていて、足元には尿を溜めるバッグが下がる。

佐藤清の死に際と、まるで同じ姿だった。

「さ……咲良さん」

とうとうここまで悪化した。死は近い。それを強引に納得させるほどの説得力だった。

枕元に立ちすくむ翔太の横に、小夜が静かに立った。翔太の背中に当てた手から体温が伝わってきて、逃げ出したくなる心を、ギリギリのところで踏みとどまらせた。

「円さん……、なにがあったんですか？」

円が視線を落とした。

「まぎわに行く前に、公園に行きたいって言ってね……。一人では危ないから、私が付いて行ったのよ」

　その言葉が、翔太の心に刺さった。

　きっと、いつか翔太と話をした小さな公園だ。桜の木を見に行ったに違いない。まだ花が咲いているはずなどないのに。

　桜の料理がいつまでも完成しないから、いくばくかの望みを持って、花を見に行ったのだ。翔太は両拳をギュッと握りしめた。

「今日は思ったより暖かくなっちゃって、脱水状態になっちゃってね……。痛みも強くなって、救急車を要請したの……」

　円の説明を聞いて、小夜がほっと息を吐いた。

「脱水だったら、けやきには戻れそうですね……」

「そうね……。でも、普通ならすでにベッドで寝たきりの状態だって、お医者さんが言ってたわ。麻薬も今後は持続点滴が必要ですって」

　小夜の表情が曇る。

「そうしたら、まぎわに来るのは相当厳しいですね……」

「……そうなるわね」

　その言葉に耳を疑う。

　もう、まぎわに足を運ぶことも敵わない。それを受け入れる事ができず、黙って咲良を見つめていると、その瞼がゆっくりと開いた。

「さっ……咲良さん。大丈夫っすか？」

咲良は、半分ほど開いた瞳で、周囲を見渡した。とっさに言葉が出ないところを見ると、あまり状況を把握できていないらしい。

円が耳元に顔を寄せた。

「目が覚めた？　ここは病院よ……。脱水が酷くて、一時的に入院することになったの」

優しく、ゆっくりと状況を説明する。

麻薬の影響か、その表情はぼんやりとしている。状況を理解したのか、体を起こそうとする仕草を見せると、小夜がベッドの背もたれを四十五度に上げた。

体を起こした咲良を見て、翔太はようやく異変に気づいた。

「さっ……、咲良さん。頭……、剃《そ》られちゃったんすか？」

困惑して、つい声が出てしまった。いつものボブカットではない。チリチリの坊主頭だったのだ。

自身の頭を触った咲良が、恥ずかしそうに目を伏せる。

「あ、え……えっと。……ウィッグが」

「咲良さん。今取ってあげる」

小夜が、棚に置いてあった医療用カツラを手に取って咲良に渡す。咲良が、すぐさまそれを頭部にかぶった。その様子を、翔太は呆気にとられて見つめていた。

咲良は、目を伏せたままだ。一向に視線が合わない。

「咲良さんは、抗がん剤治療してから、髪の毛がしっかりと生えてこないのよ」

小夜が言いづらそうに口を開いた。

そう言われてみれば、咲良の見慣れた真っ黒なボブヘアは、こけた頬や、窪《くぼ》んだ目と比べて、不自然なほどに艶めいていた。

「あ……、えと……。すんません。気づかないで……」

狼狽しながら咲良に話しかける。しかし、咲良からの返答はない。かわりに流れ出たのは、大粒の涙だった。

「嫌だなあ……。こんな姿まで見られちゃって……」

その声には、嗚咽が混じっている。息を吸い込むと痛みが走るのか、背中を丸めて咳き込んで、また嗚咽する。翔太は何も言えなかった。何もできなかった。

小夜が咲良の背中を優しくさする。少し落ち着くと、咲良が顔を上げて翔太を見つめた。その瞳を見て、翔太は思わず強張った。

悲愴《ひそう》、絶望、困惑、混乱、負の感情がドロドロに混ざり、混沌《こんとん》としている。そこに、希望の光は感じられない。

「死にたくない」

「……さ、咲良さん」

それから、せきを切ったように、咲良は何度も「死にたくない！」と叫んだ。

「やっぱり私はまだ死にたくないの。やりたい事も一杯あったし、こんな人生なんて望んでなかった！」

小夜に体を預けて、泣き続ける。

翔太は、その姿に圧倒された。

咲良から、死にたくないという言葉を直に聞いたのは初めてだ。すでに死を受け入れたと、穏やかな笑顔で話していた記憶はある。しかし、そんなはずなどないのだ。死にたくないという言葉は、口からこぼれ出そうなのを我慢して、ただひたすら無視されていただけなのだ。当たり前だ。死にたい人間などいるはずもない。

しかし、死の淵に立ち、ついに抱え切れなくなったその感情を正面から受け、翔太は何もできなかった。どう声をかければ良いのか、何が正解なのか、全く分からない。分かるはずもない。

咲良が翔太に視線を向ける。真っ黒な瞳は、翔太の心を見透かしているようにも思える。

「翔太さんの料理を、もっと見たかった」

「……え？」

「見るたびに綺麗になっていく飾り切りもそうだし、綺麗で美味しい蛤のお吸い物は、初めて大好物っていえるものだったの……」

咲良の表情が、さらに陰る。

「でも、どんどん味を感じられなくなっているの……。あんなに美味しいって思ったのに、店に行くたびに味が薄くなって、とうとう何も感じなくなってしまったの……」

初めて咲良に蛤のお吸い物を出したのは、ほんの二週間前だ。

「もっと早く翔太さんに出会いたかった……」

咲良の表情に、さらに大きな影が差した。

「でも、何を思っても今更なの……。今更時間は戻せないし、やりたいことはどんどんやれなくなる。お吸い物も味わえなくなるし、桜も見られないまま死んでくの」

言葉が徐々に弱くなっていく。まさに、今にも命の灯火が消えそうな弱々しさだ。

「さっ……、咲良さん！」

咲良の儚い命を引き止めるように声をかける。しかし、言葉は続かない。

咲良の瞳は、ずっと翔太を見ている。死を控えた、その切なる瞳に見つめられ、翔太は自分がどんどんと小さくなるような錯覚に陥った。

完全に力不足だ。あんなにいきがって腕を振るっていたのが恥ずかしい。それで、咲良に無用な希望を与えてしまった。自分にはそんな力などないのに。

このまま消えてしまいたい。

「翔太さんの作る桜が見たかった……」

その言葉に、翔太は耐える事ができなかった。消え入りそうな咲良に向かって、深く頭を下げる。

翔太は床を見つめて、声を絞り出した。

「すみません……。すみません、咲良さん！」

そのまま、咲良に背を向けて走り出した。

「ちょっと翔太！」

小夜の困惑した声が聞こえてくる。心の中で小夜にも詫び、翔太は病室から駆け出した。

病院から飛び出した翔太は、走り続けていた。

咲良の顔を、これ以上直視できなかった。

命の重圧に耐えきれなかったのだ。

咲良の最期の願いを受け止めるだけの、覚悟が、胆力が、腕が足りなかった。

何故、できもしない約束を安請け合いしてしまったのだろうか。

何故、半端な技術に胡座《あぐら》をかいてしまっていたのだろうか。

後悔が心をぐるぐると廻《めぐ》るなか、翔太は走り続けた。

二月の下旬。やがて訪れる春を待ちわびるかのように、暖かい日差しが降り注ぐ。

闇雲に走る翔太の周りに広がっているのは、なんでもない日常だった。

幼子を連れた母親、老夫婦、犬の散歩をする女性。きっと、何も考えずに今日という日を謳歌《おうか》している。それが、何故だか翔太の心を苛つかせた。

なぜ皆、死を意識しないのだ。死とはこんなにも身近なものなのに……。ほんの数百メートル先の病院には、眼前に迫った死から逃れたいと切望している人間もいるのだと、道ゆく人々に向かって、心の中で叫ぶ。

人生なんて、いつ、何が起こるか分からない。日常は貴重なのだ。

そこで母親の手から離れた子供は、目の前の路地で車にはねられるかもしれない。電柱の下で井戸端会議をしている奥さん達の旦那に、突然がんが見つかるかもしれない。

何かが起こった瞬間から、時間は無情に過ぎていく。何気ない一日が得難《えがた》いものになるかもしれないし、何かしてあげたいと思っても、何もできないかもしれない。

周囲の人達は、誰一人としてそんな事を想像していないように見える。

しかし、同時に思い知らされる。

翔太自身も、咲良と出会うまではあちら側の人間だったのだ。漫然と一日を過ごしていた。今は駄目でも、いくらでもチャンスがあると思っていた。半端な技術に自信を持って、他の事は経験さえ積めば人並み以上にできるだろうとタカを括っていた。

この二ヶ月で、人の死や病に触れて、初めてそれについて考えられるようになったのだ。

平穏な世に生きている人間には、生の大切さなど理解できようはずもないのだ。結局、誰も当事者の焦燥や怒り、悲しみには気づいてもくれない。

孤独だ。それを、強烈に感じた。

自身と周囲との間にとてつもない分厚い壁が存在するようだ。まるで、道ゆく人々から取り残されて、違う時間軸に生きているようだ。そんな、言いようもない恐れが心に障る。

翔太は、はたと足を止めた。

いま、ようやく咲良に共感できたのだ。

彼女は、ずっと前からその孤独の中にいた。きっと、たった一人で、その孤独と闘ってきたのだ。何故、気づく事ができなかったのだろう。もっと早く気づけば、できる事があったはずだ。桜の料理も、とっくに完成していたかもしれない。

自分自身に歯痒《はがゆ》さを感じる。

「くそっ！」

怒りをぶつけるように走り続けると、やがて辿り着いたのは、まぎわの前だった。

勢いよく戸を開いて、一目散にカウンターへと向かう。

鎌薄刃包丁を手に取って、人参を切る。この一週間、散々鍛錬している桜の花の飾り切り。もう、いくつの花を切り出しただろうか。しかし、いくら切っても満足のいく出来にはほど遠い。

花弁の大きさが均等ではない気がする。V字の切れ込みが甘い気がする。そもそもこれは、桜の花に見えるのだろうか。

今までだったら、この出来で十分だ。素晴らしいと胸を張っていたように思う。しかし、咲良の顔が頭に浮かぶたび、これでは駄目だと思う。

一心不乱に桜の花を切り出す。まな板に並んだ大量の桜を見て、翔太は拳を叩きつけた。

右拳に痛みが走る。しかし、構わず翔太は何度も拳を叩きつけた。

これでは咲良を満足させる事はできない。やはり、未熟な自分に咲良の最期の飯を作る資格などない。

何度目か分からないほどまな板を叩いた時、店の戸が勢いよく開かれた。

こんな真っ昼間に、予約もせずに無遠慮に戸を開く人間など一人しかいない。

店内に、カッンと杖の音が響く。

「全く、また怒りに任せて馬鹿な事をしおって。仮にも商売道具じゃろうが」

「……じじい」

フンと鼻を鳴らすと、いつもの席に腰をおろす。その仕草を見ていた翔太に、ギロリと視線を送った。

「客が来たんじゃ……。茶の一つでも出さんか」

「……すんません」

芝親方が、まな板をチラリと見る。

「何があった？」

「お客さんに出そうとしている試作が上手くいかねえんっすよ」

芝親方が、ぶすっとした表情で杖に顎をのせる。

「未熟者なんじゃから、焦らん方が良いぞ」

その言葉が胸を刺す。翔太は、もう一度拳をまな板に叩きつけた。

「商売道具を大切にせえと言ったじゃろう。お主は物を覚えられん犬っころか？」

「時間がねえんだ！」

吐き捨てるように言ったその言葉に、芝親方は呆れたようにため息をついた。

「焦っても急に技術が上がったりはせん……」

「わかってるよ。それは散々思い知らされた。でもマジで時間がねえんだ」

芝親方に酷評されてからというもの、毎朝一緒に市場へ行き知識を増やしているし、マスターの出汁引きの際も必ず側についている。レシピノートも見て、レパートリーを増やす努力もしているが、学べば学ぶほど難しさを痛感させられる。それだけにもどかしい。

「くそっ！」もう一度舌打ちして叩きつけようとした拳は、「小僧っ！」と、芝親方に一喝されて、すんでのところで止まった。

吐き出せなかったやるせなさが、心をぐるぐると回る。

「俺の力不足だ……。死に際の人間に出せるような料理を作れる腕なんて、俺にはなかったんだ」

「お主が未熟なのは、今に始まった事じゃないじゃろう」

「だからわかってるよ！　でも、安請け合いしちまったんだよ。分不相応な依頼を受けちまった。彼女の期待を受け止められる器なんてなかったのに……」

今は、無理だという考えしか頭に浮かばない。

「結局、俺はいつも逃げてばっかりなんだ。そんな人間が作る料理を出すなんて、相手にも失礼だ」

父親の店も小川も飛び出してきた。自分には腕があるから、他に輝ける場所があると信じていた。

しかし、本当の困難にぶつかってからようやく理解した。単に逃げ続けていただけなのだ。そして、逃げられない状況になってもなお、逃げ道を探る自分に嫌気すら感じている。

その心の弱さを見透かしたように、芝親方の鋭い視線が翔太に刺さった。

「いくら未熟でも、客からは逃げるな」

「……じじい」

芝親方が、茶をズズッと啜った。

「請けた仕事は投げ出すな。逃げても何一つ良いことなど起こらんぞ」

「でっ、でも」

「逃げたら、ワシみたいになる」

ボソッと言った言葉は、よく聞き取れなかった。

芝親方が、ゆっくりと腰を上げる。

「そこを退《ど》け、小僧」

「……なんでっすか」

「いいから、そっちゃ座れ」

カウンターを顎で指す。

結局、追い出されるように翔太はカウンターを出た。入れ替わるように芝親方がそこに立つ。

堂々とした立ち姿で翔太を見下ろすと、おもむろに炊いた米をボウルによそった。米を少し冷ましたところで、酢と砂糖、それに昆布出汁を入れ、震える手でシャモジを持って、切るように混ぜ始めた。

「……何してるんすか？」

芝親方は無言で作業を続けている。その手つきは手慣れていて、一切の無駄がない。しばらくすると、ポツリと呟いた。

「逃げ続けても良い結果にはならんぞ、小僧」

いつもと違う。諭すような口調。

混ぜた米から、酢がほんのりと香ってくる。芝親方は、ボウルに視線を落として呟いた。

「ワシがそうじゃった」

うちわで米を扇《あお》ぎ、温度を確かめる。再び顔を上げて翔太を見る。その眼光にはいつもの鋭さはなく、陰っていた。

「息子を亡くしたんじゃ。それでこの店を畳んだんじゃよ」

突然の言葉に、返す言葉を失った。

「跡取りが死んで、ワシは酒に逃げた」

米を混ぜる手は止めず、芝親方は昔の事を語り始めた。

芝親方には、元々軽い痛風と糖尿があった。

魚介が好きで寿司職人という道を選んだ親方は、賄いと称して仕入れた魚にしょっちゅう手を伸ばし、客に勧められるまま仕事中にビールを呷《あお》る。店を閉めたあとも、余った魚をツマミに、遅くまで浴びるように酒を飲む。そんな生活を続けていたからだ。

当時の担当医であったマスターからは、酒と魚介類を控えるように言われていたが、耳を貸す事はなかった。

「好きな物を控えるくらいなら、ポクっと逝った方がマシだ。ヤブ」

毎回そんな返答をしていたらしい。まさに偏屈な江戸っ子親父そのものだ。

溺愛していた息子が調理学校を出ると芝寿司で修業させ、今度は同じような生活を二人で送った。もちろん芝親方がそう指導していたのだ。

客の酒に付き合うのも仕事。魚を食べるのも仕事。酒を飲んで味を知るのも仕事。

不摂生な生活を続けると、やはり息子も同じ病気を患った。当たり前の話だ。息子が医者にかかるようになって、これで息子も一人前の寿司職人になったと、芝親方はむしろ喜んだらしい。

「朝起きたら、息子が階段で倒れておった」

脳出血だった。すぐに救急車を呼んだものの、すでに息絶えていて、治療などできない状態だった。

不摂生が祟った。マスターからそう説明を受けたと、芝親方は言った。

「想像を絶する悲しみじゃった」

苦虫を嚙み潰すような表情で続ける。

「それでも馴染みの客達は、ワシを支えようとしてくれた。しかしな、ワシは逃げたんじゃ」

震える手で、冷蔵庫から鮪の柵を取り出した。

「酒を呷り続けたワシは、店を続けられんようになった」

芝親方が、鮪の柵に包丁を入れる。

背筋を伸ばし、まな板に対して体を四十五度開き、すっと視線を下に落とす。その立ち姿は職人らしく美しい。しかし、相変わらず手の震えは止まらない。

ゆっくりと包丁を引き、刺身を一枚切り出す。

手酢を付け、左手に鮪を持ってワサビを塗り付ける。右手でシャリを一握り摑み、形を整えて震える手で握る。何回か手のひらで転がし、すべての方向から形を整える。

流れるような手捌きで完成した一貫の寿司を、翔太の目の前に置いた。

「お主なら、見ればわかるじゃろう？」

翔太は、改めて芝親方の寿司を見た。

どこからどう見ても鮪の寿司だ。

しかし、魚の切り口はざらついており、翔太が切り出す刺身の鏡面のような滑らかさはない。シャリは空気を含ませながらフワリと握るのが上手い握り方なのだが、力の制御ができないせいか、全体的に米がぎゅっとつぶれている。

一流の寿司屋で出せるレベルではない。それが一貫の寿司から見て取れた。

「料理人は一生修業が続くのじゃ。自分の腕に自惚《うぬぼ》れるのは二流、迷いを持って初めてそれを脱する事ができる」

「……じじい」

「それからの道は辛く険しい。もっと良い飯を作れたんじゃないか、自分の腕が足りなかったんじゃないか、客は満足していなかったんじゃないか。悩みながら昨日より少しでも美味い飯を作る。その繰り返しじゃ」

芝親方が、自身が握った寿司に視線を落とす。

「その道から外れたら終わりなんじゃ。技術はあっという間に枯れる。そして、枯れた技術は二度と戻らん。ワシは倅《せがれ》の死によって、料理人の道を捨てたんじゃ」

その瞳に真っ黒な闇が浮かんだかと思った瞬間、いつものギラついた光が宿った。

「逃げるな！」

鋭い喝。翔太は反射的に背筋を伸ばした。

「料理なんてものは、どれだけ努力しても極めることなぞできんのじゃ。今ある技術全てを駆使して、客の要望に応える以外、答えはないのじゃ！」

翔太を鼓舞するような力強い声。沈んだ心が突き上げられる気がした。

「その客は、お主の作る料理を待っとるはずじゃろう。その客に対する料理人の真の誠意はなんじゃ？　それをよく考えろ」

分かっている。翔太は心の中で、そう思った。

公園での咲良を思い出す。何もかも諦めたような表情に一瞬だけ光が灯った。翔太に一筋の希望を託したのだ。

『翔太さんの桜が見たい』

分かっている。それが咲良の最期の望みで希望なのだ。翔太自身が作る料理でないと意味がない。しかし、あと一歩が踏み出せない。

その時、まぎわの戸がガラリと開いた。

「いやあ、まいったまいった。突然雨に降られちゃって、散々だよ」

マスターの能天気な声が響く。

翔太の背中越しに、マスターが寿司を覗き見た。

「おっ……、親方。寿司を握っているんですか？　久しぶりですねえ。僕にも一貫握っていただけますか？」

「ふんっ……。お前みたいな半端な料理人に握って見せる寿司などないわ」

吐き捨てるように言うと、マスターがふふっと笑った。

濡れた上着を片付けると、翔太の隣にマスターが腰掛けた。ふう、と一息ついてから、口を開く。

「咲良さんを診てきたよ」

ハッとして顔を向けるも、マスターは前だけを見つめている。その瞳は真剣そのものだ。

「覚悟はしていた事だけど、もう相当悪いね……」

いつもより低い声色に、翔太もドキリとした。

「咲良さんは、あとどれくらい生きられるんっすか？」

初めて会った時から、もうすぐ二ヶ月が経とうとしている。医者が宣言した余命まで、一週間を切っている。

「患者の余命予測は、本来困難だ。医者の言う余命なんてあてにならないというのも、ある意味正しいんだけどね……。でも、余命が短くなればなるほど、その予測は的確になる」

ため息をついたマスターが、翔太に顔を向けた。

「この際、はっきり言おうか……。彼女の余命は一週間を切っている」

心の準備はしていたが、マスターからその言葉を聞くと、現実なのだと実感させられる。

「時間がない。これからは、一日一日が、いや……、一分一秒の判断が大切になるよ」

マスターは静かな声で語りかける。

「君が悩んでいるのは、僕にも伝わっているよ。でもそれと同じくらい彼女も悩んでいるはずだ……」

マスターは一層真剣な眼差しを翔太に送った。

「咲良さんは、君の客だよね？」

「はっ、はい。……もちろんです」

「だから君が行動するんだ。君が行動しなきゃならないんだ。どうする？　翔太くん」

その言葉に、翔太は最後の一歩を踏み出す心を決めた。

自分には悩む時間がある。しかし、咲良にはそんな時間すらないのだ。

行動しろ。技量不足なんて気にしている場合じゃない。自分の全てを曝《さら》け出せ！

翔太は勢いよく席から立ち上がった。

「店、あけてもいいっすか」

マスターは穏やかな笑みを返した。

「もちろん……。いってらっしゃい」

そのまま、体を芝親方に向ける。

「親方！」

「なんじゃ？」

芝親方の目を真っ直ぐに見てから、翔太は勢いよく頭を下げた。

「ありがとうございましたっ！」

頭上から「フンッ」という鼻息が聞こえる。

「早う食ってさっさと行け、小僧」

頭を上げた翔太は、勢いよく寿司を口に投げ込んだ。

シャリのほぐれは確かに悪い。しかし酢の匙加減は抜群だ。酢の酸味と、邪魔をしない程度の絶妙な甘み。咀嚼するごとに、ネタとシャリが絡み、味が変化していく。その調和も完璧だ。

見た目じゃない芝親方の技術が、一貫の寿司に詰まっていた。

ゴクリと寿司を飲み込むと、翔太は店を飛び出した。

「あっちゃいったり、こっちゃいったり、犬っころか、あいつは」

翔太が出て行った戸をしばらく眺めていた芝親方が、呆れた笑みを見せた。


ひたすら走り、翔太は再び咲良の病室の前に立った。すでに体力は限界に近い。しかし、そんな事も言っていられない。

咲良との時間は、あと数日しかないのだ。

ドアをノックする。

「翔太です。入ります」

返事を待つ間もなくドアを開くと、目の前には小夜が立っていた。

「ちょっと、翔太……。ビショビショじゃないの」

目をまん丸に見開いた小夜の言葉で、傘を忘れていた事にようやく気づく。

「ちょっと待ってて」

部屋の中からタオルを持ってきて、翔太の頭をわちゃわちゃと拭く。

「どうしたのよ？　いきなり」

「ちょっと、咲良さんに話したい事があって……」

小夜が顔を近づけて、小声で話す。

「なんの話よ？　さっき翔太が飛び出してから、咲良さん、大分落ち込んでたのよ」

「すんません……。でも、もう大丈夫っす」

小夜が翔太の目をじっと見つめる。まるで、翔太の心を試すような視線だった。

しばらく翔太の顔を見ていた小夜は、ベッドに目をやった。

「ちょっと疲れてるけど、声をかければ目を覚ますと思うわ」

翔太は咲良の眠るベッドへと、歩みを進めた。

咲良は眠っていた。頭にはいつもの黒髪のボブカットが装着されている。

「咲良さん……」

声をかけると、咲良がうっすらと目を開けた。

「翔太さん……。あれ？　私どうしたんだっけ……」

ぼやけた記憶を必死に手繰り寄せているようだ。翔太は、ベッドの側の丸椅子に腰掛けた。

「あの……、約束した桜のことっす……。さっきはあんな事言ってすんません」

桜、その単語に、ハッと反応する。

「そうだ。翔太さんの桜を見るんだった……。それを見るまで、死ねないわ」

「……咲良さん？」

まどろんだ瞳で、「桜……、桜」と繰り返す。翔太の隣に椅子を持ってきた小夜が、耳元で小さく呟く。

「痛み止めの影響で、ちょっと記憶があやふやになってるんだと思う。でも、寝てる時もずっと桜って呟いていたわよ……」

咲良に顔を向ける。翔太を見る瞳は、先ほどよりも視線が定まっているように思えた。

「翔太さん……。桜は見られそう？」

期待の眼差しが向けられる。命の間際に託された希望は、やはり重い。しかし、もう逃げないと心に決めた。

翔太は、咲良の左手を包み込むように握った。

「しょ……翔太さん？」

薄い皮膚の下に、浮腫《むく》んだ細胞のブヨっとした感触が伝わってくる。あまり強く握りしめると、皮が裂け、ずぶずぶと指が入り込んでしまいそうだ。しかしそれでも、体温は確実に伝わってくる。

「ちょっと……、こんな不格好な手を触られたら恥ずかしいわ……」

咲良が困惑した声を出す。しかし、その手を離さず、翔太は咲良を真っ直ぐに見た。

「三日待って下さい……」

「……え？」

「正直、俺の力じゃどこまで満足のいく料理ができるかわからないっす。でも今の俺の持っている技術で、桜を見せたい」

「……翔太さん」

翔太は、もう一度咲良の手を優しく握った。

「あと三日で、必ず仕上げます。……だから、絶対に生きて下さい」

咲良の瞳が潤んでいる。

「わかったわ、翔太さん……。あと三日、楽しみにしてる。私の最期の楽しみは、あなたが作る桜よ……」

翔太は、力強く頷いた。


日が暮れかかっている。未だ降る雨はしだいに冷たくなり、翔太は体を震わせた。

傘をさした小夜が、翔太に体を密着させる。

「もう。三日後が勝負なんでしょ？　風邪なんてひいたら、元も子もないじゃない」

「す……すんません」

一つの傘を共有しながら、まぎわへの道を歩く。

どうにも緊張する。少し離れたい気もしたが、翔太に雨一滴もかけまいとするように、一生懸命傘を持つ小夜を見ると、それもできない。

小夜の距離感にも大分慣れてきたが、相合傘とはまた一段階上の気恥ずかしさがある。

何も言えずに歩いていると、「ありがとう、翔太」と、小夜から言葉が漏れた。

「……え？」

思わず立ち止まる。それに合わせるように足を止めた小夜が、翔太を見つめる。

「だから、ありがとうって言ったのよ」

「い、いやっ。でも俺、一回逃げ出しちゃったし……」

思い出したように、小夜が笑みを浮かべた。

「流石にあれにはびっくりしちゃったわよ。咲良さんをなだめるのも大変だったわよ。丁度あの後マスターが来てくれて助かったけど」

「すっ……すんません」

「でも、戻ってきたじゃない」

そう言って突然、笑顔の小夜が飛びついてきた。そのまま背中に手を回し、力一杯抱きしめられる。

周りを見ると、黄昏時《たそがれどき》の商店街の光景が広がる。道ゆく老人達がニヤニヤと笑みを浮かべつつ、二人の横を通り過ぎる。爆発しそうな鼓動が、間違いなく小夜に伝わっているであろうことを自覚して、さらに心臓が激しく脈打った。

「ちょ……ちょっと」

街中っすよと言おうとしたが、小夜が翔太の胸に顔を埋《うず》めてきて、言葉が止まる。

ひとしきり抱きしめると、小夜の腕からふと力が抜けた。

「偉いよ、翔太」

甘い香りをふわりと広げながら上げた小夜の顔には、とびきり優しい笑みが浮かぶ。

「余命がない人の願いの重さは、私もよく分かってる。私はそれに耐えきれなくなって、折れちゃった人間だもん」

「……小夜ちゃん」

「でも翔太は、それを乗り越えて、ちゃんと咲良さんに向き合ってくれた。それはすごい事よ」

小夜に至近距離で見つめられ、目のやり場に困る。

「でも翔太……。一人で背負っちゃ駄目よ」

再び背中に回した手に力がこめられる。

「昔の私みたいになっちゃう。いつか壊れちゃうわ」

猫のような大きな瞳が翔太を見つめている。その視線は、慈しむように優しい。

「私達はチームよ。足りないものがあれば補い合って一緒に乗り越えればいい。私だって咲良さんをどうにかして助けたい。満足を感じてから逝って欲しいの」

瞳の深い青が、翔太の心を誘う。

「だから辛い時は必ず私達に相談して……。一緒にがんばろうよ」

諭すような言葉に、翔太はゆっくりと頷いた。

「あ、あの……、小夜ちゃん」

「……何？」

「そろそろ、恥ずかしいんっすけど……。街中だし」

その言葉に、ようやく状況を理解したのか、小夜がもの凄い瞬発力で離れた。

「や……、やだ。つい感情的になっちゃって……」

真っ赤になった顔で、あわあわと両手を振る。

「抱きついた事は忘れて……、ね」

そう言われても忘れられるわけがない。照れた表情で無邪気に笑う小夜を見て、翔太はその感情を心の中にしまった。

時間にして十五分。あっという間に、まぎわに到着する。店の前に立っていたマスターが、二人に気づいて手を振った。

「マスター。今戻りました」

翔太の表情を確認すると、マスターは笑みを浮かべた。

「おかえりなさい。大丈夫だった？」

「はい。三日後に咲良さんに料理を作る事になりました」

マスターが考え込む仕草を見せる。

「そっか……。ギリギリの線だね」

「私達も翔太の助けになるように頑張りましょう」

「……もちろんだよ」

マスターは二人からしばらく視線を外さなかった。口には小さく笑みが浮かんでいる。

どうにもくすぐったい。

「な、なんっすか、ジロジロ見て……」

思わず声を上げると、穏やかな声が返ってくる。

「いやあ、何だかお似合いだなあと思って」

そのまま翔太達の上に、視線が移動する。

それでようやく、マスターの目の前で相合傘を続けていた事に気づく。小夜が慌てた様子で手を振る。

「えっ、いや、これは、雨が降ってたから！」

取り繕うような声を上げる小夜を見ていたマスターは、再びニコリと笑った。ただ、いつもより少しだけ、口角が高く上がっている。

「はは。もうとっくに上がっているみたいだよ」

「へ？」

素っ頓狂な声を上げ、空を見上げた翔太はようやく、夕日が顔を見せている事に気づいた。小夜の顔が、途端に真っ赤に染まる。

「とにかくお疲れ様。小夜ちゃんも付き添いありがとう。まずは店に入ろうか」

翔太は、照れを隠すように、勢いよく「はいっ」と答えた。同じタイミングで小夜からも声が上がり、見事にハモる。驚いて小夜の方を見ると、視線が見事に合い、再び赤面する。

「と……、とにかく戻ろうよ」

「……そうっすね」

小夜はようやく傘を閉じ、店内に足を踏み入れた。

「……ん？　なんすか、あれ」

カウンターに置かれた、小さな藍色の器が目に入る。

茶碗蒸しの碗だ。

「芝親方からだよ……。翔太くんにって」

「……俺に？」

カウンターに座って、器に手を掛ける。まだほんのりと温かい。

ゆっくりと蓋を開ける。

「こっ……、これは」

薄い黄色がかった生地には、ひとつのすも入っておらず、均一な表面には等しく光が反射している。中央に三つ葉を浮かしており、その上に二つの花が咲いていた。

「桜だわ！」

翔太の脇から覗き込んだ小夜が、感嘆の声を上げる。

そう。器の中で蒸しあげられていたのは、翔太が人参から切り出した桜の花だった。全く型崩れは起こしておらず、蒸した事で赤が鮮やかに映える。

「そうか……、蒸せばいいのか」

翔太は、器に咲く桜に釘付けになった。

小さく切れば切るほど、料理方法に難渋していた。しかし、その悩みに対する答えが、芝親方の器にはっきりと見えた。

マスターが翔太の肩に優しく手を乗せた。

「芝親方から伝言だよ」

こほんと一つ咳払いをすると、しわがれた声を出した。

「桜は切れておる。……あとは見せ方の工夫じゃ！」

どうやら、芝親方の口調を真似《まね》ているようだ。再びいつもの口調に戻る。

「知恵を出し合おう。皆で咲良さんに寄り添おうじゃないか」

その言葉に、翔太は力強く頷いた。


青皮紅心大根《あおかわこうしんだいこん》。

その日の夜、もう何度目か分からない話し合いの場で、小夜が見せてきたのがその奇妙な野菜だった。

「大根って名前っすけど、見た目はまんまカブですね」

「そうね。中国原産のお野菜で、近畿地方でよく出回ってるみたいなの」

パソコンの画面を開きながら、小夜がそう言った。画面に映るのは、まさにカブそのものだ。緑の葉に、青みがかった皮で覆われた真ん丸の身。

「断面が面白いのよ」

そう言いながら、画面を切り替える。

「おおっ……、綺麗な赤っすね」

その断面は、表面から数ミリの緑の皮を境に、鮮やかな紅色に変わる。その紅は、中心に向かって放射状の線を作り出している。

「でも、これもビーツやラディッシュみたく、赤すぎるように見えるんっすけど」

これまでも、赤い色がついた野菜をいくつも見てきたが、どれも赤みが強すぎるきらいがあった。この大根の赤も、正直桜色とはほど遠い。

「でもね、これを見て」

小夜が、保存していたレシピサイトを表示する。

「こっ……、この色は」

「個体によって、結構色にムラがあるみたいなのよ」

先ほどの大根と比べて、大分身が白い。中心は確かに紅に染まっている。その紅は外側に向かって色を薄めながら放射状に広がっている。

その色は、赤ともピンクとも言えない絶妙な色合い。

「驚いた……。まさに桜色だね」

マスターが感嘆の声を上げた。

「ずっと探してくれていたんすか？」

翔太が問いかけると、小夜が恥ずかしそうに笑った。

「まあ、私は料理ができないからね……」

翔太は、再びパソコンの画面に見入った。

美しい桜色だ。

花を切り出すことを想像する。徐々に薄くなるグラデーション。中心からは、少しだけ濃い紅が、放射状に線を作る。

きちんと切り出せれば、美しい花になるのは間違いない。

翔太は高揚を抑える事ができなかった。

「最高っす……。マジで最高っすよ！　小夜ちゃん」

小夜が照れ笑いを浮かべる。横から、マスターが冷静に声をかけた。

「色の薄い大根は、外から見分けが付くの？」

すると今度は、困ったような表情で首を振った。

「それが、どうも外見だけじゃわからないみたいなんですよ」

「となると、切ったところ勝負って事っすね」

小夜が小さく頷く。

「色々とあたってみたんだけど、時間もないし、そんなに数は手に入らないと思うわ」

沈黙が支配しそうになる中、マスターが手を叩いた。

「まあ食材が決まったというのは、大きな前進だよ。あとは、料理のイメージだね」

「確かに……、お粥って事しか決めてないっすもんね」

マスターが頷く。

「そうなんだよ。まあこういう時は、良い手がある……」

不思議がる翔太に、マスターはニコリと笑顔を返した。

「器から攻めるんだよ。厨房に行こうか……」

三人で、厨房裏手の食器置き場に足を踏み入れる。大きな棚には、埃《ほこり》を被《かぶ》った大量の器が所狭しと並んでいる。

「すげえ……」

「芝親方のコレクションだよ。この中から、咲良さんの望みに沿うような器を探そう」

大きめの丼を手にしたマスターが表面を払うと、大量の埃が舞ってゲホゲホと咳き込む。

「こんだけ大量の器を、片っ端から見ていくんすね」

息巻く翔太を見て、マスターが笑う。

「まあまあ、時間もないし、もう少し効率よく探そうよ。食器の形にも、それぞれの意味と役割がある。その中から絞っていけば、自ずと最適なものが見えてくるもんだよ。……例えば」

言いながら、茶碗と丼、そして椀を並べる。

「普通は、お粥と言ったらこの辺の器を使うけど……、どうだい？」

聞かれた翔太は、並んだ器をジッと見つめた。

「どれも口が小さいっすね。桜を浮かばせるにも、一輪咲かすのがやっとの大きさじゃあ、やっぱり華やかさが足りないっすよ」

桜の花一輪はダサいと、辛辣な意見を口にした千佳の顔が頭に浮かぶ。

「そうだね。その方向性で考えるなら、口の広い丼になるわけだけど……」

「丼なんて……、そんなに沢山のご飯は、咲良さんは食べられないですよ」

小夜が隣から意見した。

「僕もそう思う。必然的に、底が深い器は選びにくいね」

棚を眺めていた翔太は、平皿を手に取った。平たい面は適度な大きさがあり、下に足がついている。

「……これはどうっすか？」

途端に小夜が呆れた表情を見せる。

「ちょっと……、そんなのにご飯なんて盛ったら、仏前のお供えみたいじゃない！縁起でもないわよ」

「げっ……」

そのやりとりを見ていたマスターが小さく笑った。

「でも、平皿っていうのは一つのヒントかもしれないね」

すると、棚を探っているマスターの手が止まった。

「これはどうだろう？」

奥からゆっくりと取り出したのは、直径三十センチほどもある、大きな皿だった。

「皆で取り分ける副菜とかを載せる平鉢だね」

埃を丁寧に払うと、墨黒《すみぐろ》が浮かび上がる。黒備長炭《びんちょうたん》の陶器、そこに所々白が散らされていて、まるで雪が降っているようだ。

特徴的なのは、皿の作りだ。二層になっており、中央二十センチくらいが浅く窪み、平たい底を作っている。和食器と洋食器、どちらとも取れるような味わい深い風情を感じさせる。

「……ここに粥を盛るってことっすね」

マスターが頷いて答える。

「平鉢本来の使い方ではないけどね……。少し冷ました粥を敷いて、周りから出汁を回し入れると良いと思う。イタリア料理のリゾットみたいなイメージだね」

マスターの言葉通り、平鉢に盛った粥を想像してみる。

「確かに……。それなら十分な大きさで桜を表現できるかもしれないっす」

「よし、直感を大事にしよう。この器でいこうか」

「……あとは、紅心大根が届くのを待つだけっすね」

三人は、顔を合わせて頷いた。

時間が過ぎるのが速い。

粥の作り方を試行錯誤している間に、とうとう咲良との約束は明日に迫った。そしてこの日、ようやく紅心大根がまぎわに届いた。

「結局、届いたのはこの四つね」

目の前に、青みの強いカブのような大根が転がっている。

「ぱっと見、中が紅色なんて想像できないわね」

確かに、どこからどう見てもカブである。

早く切ってみたい。翔太はそう思った。画像を見てからというもの、ひたすら大根とカブを切る作業を続けていたのだ。やっと現物の感触を確かめる事ができる。

丸い大根を手に取ると、ズシリとした重さが手に伝わってくる。待ち焦がれた食材。この食材の色次第で、桜の料理の出来が決まる。

「とりあえず一個、試しに切ってみます」

小夜に確認を取ると、「わかったわ」と、返事が返ってきた。

翔太は、小さく息を吐くと、紅心大根に包丁を入れた。

二人揃って、断面に釘付けになる。

「うわあ……、綺麗ね」

感嘆の言葉は、小夜から漏れ出た。緑の皮の下には、鮮やかな紅が広がっている。

「でもこれは、かなり赤みが強いっすね」

どちらかというと梅の花に近い。小夜が見せてくれた桜色とはほど遠い。

「大半はこの色なんすよね、多分」

残りの三つの紅心大根を見ながら、翔太は呟いた。

「今日切ったのが桜色じゃなくて良かったじゃない」

小夜の励ますような声が響く。確かに、その考えはなかった。どんな状況になっても、小夜は前向きなのだと感心させられる。

思わず笑みをこぼすと、翔太は切った紅心大根を手に取った。

「一個しかないんで、集中して試し切りをしてみます」

そのまま、神経を集中させる。

呼吸が整うと、翔太はゆっくりと包丁を入れた。

抵抗は少ない。人参ほど硬すぎず、カブほど柔らかすぎもしない。

「大根に近い感触っす」

「それって……どういう事？」

不安気に問いかけた小夜に、翔太は笑みを返した。

「いけるかもしれないって事っす」

その言葉に、小夜の顔にもはち切れんばかりの笑みが浮かんだ。まだまだ、完成形には遠いが、心を据えて動いた結果か、徐々に良い方向に向かっているように思える。

包丁を持つ手を再び動かそうとしたところ、店の戸が開いた。

疲れ切ったような、もっさりとした足音が店内に響く。

「ただいま……、戻ったよ」

普段より一層覇気のないマスターの声に、翔太は手を止めた。

「マスター……。咲良さんは、どうでした？」

マスターは今日一日、咲良の退院に付き添ってきたのだ。その表情はどうにも浮かない。

「けやきへの移動は済んだけど、やっぱりかなり厳しいね。医者にも、この状態で退院するのは危険だとも言われたけど……」

マスターが翔太に顔を向ける。

「何とか説得したよ。なんせ、病院じゃ翔太くんの料理は食べられないからね」

「マスター……」

上着を片付けると、マスターが腰をバキバキと鳴らした。

「さて、今日は早めに寝るとするかな」

ひとしきり腰を伸ばすと、二人に向き合った。

「明日、咲良さんの腹水を抜こうと思ってる」

「あのパンパンに溜まった腹水を……。大丈夫なんですか？」

小夜が、不安気な表情を見せた。

「でっ……、でも。咲良さんは、ずっと腹の水を抜いて欲しいって言ってたから、良いことなんじゃないっすか……」

咲良の表情がもっとも暗くなるのは、膨らんだ腹を見る時なのだ。抜くに越した事はない。しかし、小夜は浮かない表情だ。

「腹水を抜くのも、あれだけ体力が落ちている状態だと、結構リスクが高いのよ。腹水を抜いたは良いけど、そのまま急変しちゃう可能性もあるの」

「た……、ただ水を抜けばいいってわけでもないんですね……」

すると、口を開いたのはマスターだった。

「でも、咲良さんは、腹水を抜いた状態で翔太くんの料理を見たいって言ってたよ」

マスターが翔太の肩に優しく手を置いた。

「咲良さんが少しでも満足できるように、僕は僕の仕事をするよ。明日は朝からけやきに行って、翔太くんを迎える準備をしようと思ってるから、店はよろしくね」

「わっ、わかりました」

小夜が思い出したように口を挟む。

「あっ、私も明日は早めにけやきに行くから」

「……へ？」

「こっちも準備があるのよ」

そう言って小夜が笑った。

翔太が店に来てから二ヶ月。突然、がん患者や小学生の客対応をさせられ、かと思ったらいきなり包丁を取り上げられた。そして死の間際にいる咲良のため料理を作ることになった。びっくりするくらい沢山の経験をさせられてきた。

最初は戸惑うことも多かったが、この店は皆がチームなのだ、そんな事を思うようになった。それこそ客まで含めて、皆が皆、限られた時間の中で少しでも良い方向に向かうように最善を尽くす。そのチームの一員になれたことを、翔太は心地よく思った。


翌日、二月二十八日。いよいよ、その日を迎えた。

すでに夕刻。今日の予約に難しい客はおらず、翔太一人で十分対応できた。

最後に、口の悪い客兼オーナーは残っていたが……。

芝親方に、酒を出す。

「何じゃ。またホッピーか……」

げんなりとした返しは、もはや決まり文句だ。

「今日はお主しかおらんのか、小僧」

「そうなんすよ。今日はこの後、別の場所に食事を作りにいくんっすよ」

芝親方が、ジロリと翔太を睨んだ。

「あの桜か……」

それだけ言うと、ぶすっとした表情でホッピーに口を付けた。ジョッキを置いたタイミングを見計らい、翔太が声をかけた。

「今日はどうしましょうか？」

「店を任されているんなら、お勧めくらい言わんか」

「お勧めって、今朝も一緒に市場行ったでしょ」

芝親方は、まぎわで仕入れた魚を全て把握している。

「全く、ああ言えばこう言う。どこぞの木偶《でく》の坊に似てきたぞ、小僧！」

結局芝親方は、「鯛を捌け」とオーダーを出した。もう何度も目の前で披露して来た品だ。

松皮造りと薄造り。

松皮造りは、身に火が通りすぎないように、手拭いの上から湯をかける。そして、熱によって変化した皮の弾力を楽しめるように、厚めに切る。逆に、薄造りは身が透けて見える程度に薄く切り出す。二種類の刺身が並ぶと、同じ食材でも全く異なる美しさを醸し出していて味わい深い。

ツマは大根から新しく切り出す。芝親方好みの七センチ幅で切り揃え、皿にフワッと盛り付ける。芝親方は必ずツマを全て食べるからだ。

芝親方は、調理する過程を見る事まで含めて、飯を食う事だと考えている。それがようやく分かってきた。だから、目の前で動かす手に一切気を緩めない事を心がける。翔太の流れるような包丁捌きを、芝親方は食い入るように見つめた。

「お待ちっす」

完成した刺身の皿を、震える手で回しながら、じっくりと観察する。しばし眺めた後、芝親方は翔太を睨みつけ、ニヤリと笑った。

「いい出来じゃ」

「……ありがとうございます」

松皮造りを一枚口へと運び、ゆっくりと咀嚼する。ゴクリと嚥下《えんげ》すると、芝親方が呟いた。

「相手の事を考えて腕を振るってこそ、料理と言えるのじゃ」

「はい……」

「そして、料理人が相手を想《おも》いながら作った料理は、どんな形であれ正解なのじゃ」

芝親方が、今までで一番鋭い視線を翔太に投げかけた。

「迷うなよ。お主は、正解を導き出せる料理人じゃ」

鼓舞するような力強い言葉に、翔太の胸には熱いものが込み上げた。


まぎわの営業を終え、けやきの厨房へ直行する。もうすっかり日が暮れている。

「お疲れ様っす。まぎわは、問題なく店じまいしました」

「こっちも大体準備は整ったよ。腹水を抜いた後の状態も良さそうだ」

その言葉と同時に、小夜が厨房へとやってきた。

「準備終わりました。マスター」

すぐに翔太に気づく。

「そっちも終わったんだね、翔太」

「はい、問題なく……。ところで結局、準備ってなんだったんすか？」

しかし、小夜は思わせぶりに笑った。

「秘密よ」

隣でマスターが腰を鳴らす。

「さて、じゃああとは料理を作るだけだね」

翔太は、皿の上に大切に置かれた三つの紅心大根に目をやった。

「いよいよ、ご開帳っすね」

チャンスは三回。そこに桜色がなければ終わりだ。咲良に見せるに相応しい色合いの大根はあるだろうか。それを思うと、中々手が動かない。翔太の不安を察したのか、小夜が翔太の背中に手を当てた。

「大丈夫よ……。絶対あると、私は信じてる」

「さ、小夜ちゃん」

「それに、切っても切らなくても、中の色が変わる事はないわ。やるしかないわ」

その声に押されるように、翔太はストンと包丁を入れた。切断された大根が、まな板に転がる。

三人は、食い入るように大根に目をやった。

沈黙が場を支配する。

それを破ったのは、小夜の強張った声。

「真っ赤だね」

切断面は鮮やかな紅色。昨日の試し切りと全く同じ色合いだ。

「あと二つっすね……」

自分の声が掠れているのが分かる。

二つ目の大根に包丁を当て一瞬躊躇《ちゅうちょ》する。これが駄目なら、残る大根は一つだけだ。もしも桜色がなかったらどうする？　一体どうやって桜を表現する？

「くそっ！」

ネガティブな思考を振り払うかのように、勢いよく大根を切る。

再び沈黙が流れる。

「これは……、白すぎるかな」

マスターがボソッと呟いた。

ほとんど成熟していないものだったのか、僅かに紅色が付いているのは、中心部のみだ。

「……もう最後」

あっという間に追い詰められてしまった。

これが駄目だったら、赤と白の大根で誤魔化しながら作るしかない。しかし、最善の色とはほど遠い。

包丁を入れるのが躊躇《ためら》われる。結果を見るのが怖い。

固まっていた翔太に、小夜が声をかけた。

「翔太、きっと大丈夫。大丈夫だから、勇気出して」

こんなことまで言わせるなんて、なんとも情けない。

翔太は目をつぶったまま、深呼吸をした。

次の瞬間、大根を切り下ろす。やはり目をつぶったまま。

大根が転がる気配がわかった。しかし、目を開く事ができない。

「翔太！　見て！」

小夜の興奮した声が、厨房に響き渡った。

「はっ、はいっ」

余程固く瞼を閉じていたのか、思うように目が開かない。

「何やってるのよ、翔太。早く見なさいよ！」

後ろから小夜が翔太の顔に手をかける。それで翔太はようやく目を開けた。というより、開けさせられた。ぼやけた視界が徐々に鮮明になる。

紅心大根の断面が見えた。

断面の中央から放射状に淡い紅が広がる。その色は外周に向かい徐々に薄くなり、半分ほどの距離で白へと変わる。

まごうかたなき桜の色だった。

「やっ……た」

翔太は、拳を握りしめた。同時に、後ろから手を回していた小夜が抱きついてきた。

「すっごい綺麗！　やったじゃない、翔太！」

「小夜ちゃん……、危ない！　包丁……」

落としそうになった包丁を持ちなおし、翔太は再び大根の断面に見入った。

何もせずとも、引き込まれてしまいそうな美しい桜色だ。

あとは飾り切るだけだ。自分の腕次第。それを想うと翔太は身震いした。

「私達は離れた方が良い？」

小夜が遠慮がちに問いかけてきたが、翔太は首を横に振った。

「むしろ近くにいてくれた方が心強いっす」

それは、本心からの言葉だった。小夜が嬉しそうに笑うと、翔太から一歩離れた。

再び桜色の紅心大根と向き合う。

中心からのグラデーションを生かせば、美しい桜が切り出せる。しかし中心を切り出すという事はつまり、挑戦できるのは一回きり。失敗が許されないという事だ。

『桜は切れておる』

芝親方の言葉が、翔太の背中を押す。そうだ、あれだけ沢山の桜を切ってきたじゃないかと、自分自身の心に発破をかける。

翔太は息を整えて、覚悟を決めた。

「じゃあ、始めます」

二人が頷くのを確認して、翔太は包丁を握りしめた。

紅心大根の皮と身を剝いて、中心を切り出す。あっという間に直径五センチの桜色の円柱が完成した。桜の花を切り出せるのは、この細い円柱からだけだ。失敗が許されないと思うと、より細く思えてしまう。

公園での咲良との約束を思い出す。

『翔太さんの桜が見たい』

出会ってから二ヶ月間、未熟な翔太に沢山の経験を与えてくれたのが咲良だ。作った料理を評価される喜びを教えてくれて、さらに新しい可能性を引き出してくれた。翔太が道に迷った時に、体調が悪化しているにもかかわらず、鼓舞してくれた。それだけ世話になった咲良が、生きているうちには叶いようもない桜を見たいという願いを、翔太に託したのだ。

今がその願いに応える時だ。培ってきた技術を、全て咲良のために使う。

そう思うと、心の中に様々な感情が湧き起こってくる。自信、勇気、興奮、喜び、感動、感謝、愛情、どれとは言えないが、全てが混ぜ合わさり、大きくなる。

恩返しだ。咲良のために、最高の一品を作る。

感覚が研ぎ澄まされる。包丁の柄、刃、さらに切っ先にまで神経が通るような感覚を覚える。その鋭利な刃は、産まれて来た時から自分の体の一部だったようにすら感じる。

いける。

小さく息を吐くと、翔太は包丁を動かした。

本来、美しく正確な飾り切りを作るには、無心で手を動かさねばならない。余計な感情は切っ先を鈍らせる。しかし今日ばかりはそうもいかない。

いくら抑えようとしても、咲良の顔が、言葉が、体温が、記憶から呼び起こされる。

初めて飾り切りの煮物を褒めてくれた事。翔太の包丁捌きを食い入るように見つめていた事。デザインプレートをより良くする方法を熱弁した真剣な表情。蛤の吸い物を好物だと言ってくれた時の、明るい表情。死にたくないと訴えた時の、ボロボロの泣き顔。

全ての記憶が、翔太の心を揺さぶる。

しかし不思議なことに、咲良を想うたび、その包丁は鋭さを増した。

「す……、凄い」

小夜の感嘆の声が、耳の端に聞こえた。

一時間後。全ての準備を終えた三人は、咲良の部屋の前に立った。心なしか空気が張り詰めている。

「何だか緊張するわね」

小夜の顔は強張っている。おそらく、翔太の緊張がうつっているのだ。

「す……、すんません。どうもソワソワしちゃって」

掌の汗を拭い、固唾を呑んだ。

できることは、全てやったはずだ。しかし、それでも不安は残る。料理人として初めて持った客の、死の間際に出す料理なのだ。

マスターは平然としている。まるで彼の周囲にだけ、いつもと全く変わらない時間が流れているようだ。

「やれることはやったじゃないか。翔太くんがそんなに緊張していたら、咲良さんだって気軽に食べられないよ。飯は楽しく食べるもんだよ」

「そりゃ分かってるんすけど、緊張しないわけにもいかないっすよ」

この人は一体どれだけの死と向き合ってきたのだろうか。そんな考えが頭をよぎる。

何とか笑顔を作ろうと苦慮していると、小夜が突然、翔太の両頰をギュッと摑んできた。

「もう無理矢理笑っちゃおうよ。面白いから笑うんじゃなくて、笑うから面白くなるのよ！」

そのまま翔太の口角を、無理矢理持ち上げた。

「イテテ」

その様子を見て、小夜がようやく翔太を解放する。

「ごめん、痛かった？」

「そりゃ痛いっすよ。大体、笑うから面白くなるって、それ本当ですか？」

「そうよ、前に読んだお笑い芸人が書いた介護の本に、書いてあったわ」

必死で励まそうとしてくれる小夜を見て、翔太の顔にも、ようやく笑みが浮かんだ。

「さて、そろそろ行こうか。あんまり待たせるわけにもいかないしね」

二人が頷くのを確認して、マスターが戸をノックした。

「……はい」

小さな返事が返ってくる。その声は若干硬く、咲良もまた緊張している事を感じさせた。

「失礼します」

引き戸をゆっくりと開いた。

咲良の姿が翔太の目に飛び込んでくる。

「さ……、咲良さん」

思わず素っ頓狂な声を上げてしまった。そのまま、咲良の姿に釘付けになる。

あまりの変化に、驚きを隠せなかったのだ。

咲良は美しかった。輝きを放っていた。

先日までの、まるで蠟《ろう》が溶け切り、ただ消えないためだけに揺らめく頼りない炎のようだった咲良は、そこにはいなかった。

ベッドの上からは動けないが、背もたれは七十度くらいの角度まで上がっている。見ると、腹周りが明らかにすっきりとしている。腹水を抜いたからだ。

ベージュのレザージャケットを肩からかけ、袖に控えめなフリルがついた鮮やかな赤のブラウスが下から覗く。腹が目立たない事も相まって、相当シャープな印象だ。

髪型も違う。ボブカットから、ロングのウィッグに付け替えていた。顎のあたりから緩いパーマがかけられた髪は、トップのブラウンから、徐々に紅が差し込まれていて艶《あで》やかだ。肩下で髪をシュシュで纏《まと》め、右に垂らしている。

耳には、大きめだが派手すぎない、ゴールドのフープイヤリングがぶら下がる。露《あら》わになっている左耳のイヤリングは優雅に揺れ、時折光を反射してキラキラと光る。

何より印象が変わったのは、顔だった。ナチュラルな下地に赤いチークを乗せて、随分血色が良く見える。黒のアイラインを切れ長に引いて、紅のシャドーを乗せている。少し明るめの赤リップが、咲良の痩せた唇に、瑞々しさと立体感を作り出していた。

あまりの美しさに見入っていると、咲良がニコリと微笑んだ。

切れ長の瞳に浮かぶ妖艶な笑みに、翔太はドキリとした。

「さ……、咲良さん……」

名前を呼ばれて、少し恥ずかしそうに微笑む。

耳から落ちた髪を、人差し指で耳にかけ直す。全ての仕草が美しかった。

「翔太さん……、どう？　ちょっと張り切りすぎちゃったかしら？」

咲良がはにかみながら喋る。頬が赤いのは、照れているのか、それとも化粧の腕なのか、それすら分からないくらい自然だ。

「えっ……、あ、き……、綺麗っす。すごく」

「本当？　お世辞じゃない？」

悪戯っぽく翔太を覗き込む。

「も、もちろんっすよ……。服もすごく似合ってます」

「嬉しいわ。治療が上手くいかなかった時に、ほとんどの服は捨てちゃったんだけどね……。今日のために、小夜さんに相談したら、全部手配してくれたのよ」

咲良が小夜に微笑みかけると、恥ずかしそうに笑顔を返した。

服や化粧が違うだけで、随分と印象が変わるのだ。表情も輝いていて、生き様そのものが変わったようにも見える。まるで魔法だ。

これが、咲良が追い求めて来た美の道なのだと、同時に理解できた。

翔太の視線を感じたのか、咲良の頬が一層朱に染まる。

「こんな気分は久しぶり。でも、まぎわの人達に会えなければ、死ぬ直前にお洒落をしようなんて、多分思わなかったわ」

少しだけ寂しそうな表情を見せた後、咲良は翔太に微笑んだ。

「翔太さん……、あなたのおかげよ」

「え？」

しかし、咲良の目には涙が浮かび、それ以上の言葉は出てこなかった。

小夜がハンカチを手渡す。

「咲良さん。せっかくの化粧が落ちちゃう……」

そのまま、咲良の隣に屈《かが》んで、背中をさする。

「翔太の料理を食べましょう。冷めちゃうといけないしね」

咲良が小さく鼻をすする。

「そうね……。翔太さんの桜、一体どんな料理なんだろう。楽しみだわ」

翔太は、固唾を呑んだ。

いよいよだ。いよいよ、桜を見せる時だ。

「料理……、お出ししますね」

「はい。お願いします」

咲良が優しく微笑むのを確認すると、翔太は、茶褐色の木目が浮き出た大きな丸盆を咲良の目の前に置いた。

「うわあ……、綺麗な木目ね」

咲良が、盆の表面を指でなぞる。

「これ、桜の木でできた盆なんですよ」

翔太が言うと、咲良が目を見開いた。

「この日のために選んだんっす」

咲良が、盆を見つめ、その木目を何度もなぞった。

「桜の花……、咲くかしら」

ポツリと呟いた言葉に、小夜が答える。

「きっと咲きますよ。だって、翔太が腕によりをかけて作ったんだもん」

二人で笑い合う。くすぐったい気持ちと重圧に、翔太は無意識に咳払いをした。

「料理の前に、ちょっと遊びも入れたんで、見て下さい」

そう言って、翔太は盆の右上に笹の葉切り細工を添えた。

咲良が、その細工に見入る。

「うわあ、綺麗。これは……、月？」

興奮した様相で喋る。

右上に置いたのは、朧月《おぼろづき》だ。満月の裏表に雲がかかる。芝親方にみっちりと指導されながら、全身全霊で包丁を入れて作った作品だ。

緑の月が、茶褐色の盆に静かに浮かび上がった。

「咲良さんは、太陽よりも月かなと思って……。月見桜をイメージしました」

「……すごいわね。笹の葉から切り出してるの？」

「そうなんっすよ。これも自然の笹の葉です」

言いながら、今度は左下に肩を並べた兎《うさぎ》の笹の葉切り細工を置く。

咲良の目が一層輝く。

「可愛い兎……。月を見ているわね」

顔を上げて翔太を見る。満面の笑みに翔太はドキリとした。

「本当に魔法みたいね」

恍惚の表情は艶やかでもあり、その笑顔は子供のように無垢でもある。今まで見た事もないくらい咲良の表情が変化して引き込まれる。

しばらくその時間を味わってから、翔太は、いよいよ墨黒の平鉢を手に取った。中が崩れないように、慎重に運ぶ。

「咲良さん……、皿置きますね」

咲良が体を起こすのを確認して、盆の中心に平鉢を置いた。ちょうど、朧月と兎の間に配置された形だ。

「蓋が付いている……。桜色ね」

「実はこれ、深皿をひっくり返して蓋がわりにしてるんっすよ」

咲良を驚かせるために、蓋を付けたい。そう主張したのは翔太だった。本来平鉢には蓋が付かないため、代替えの方法をマスターと模索した。

そして桜色の深皿を探し出したのだ。鮮やかな桜色が木目の盆に映える。さらに蓋の足には、桜の花びらが一枚あしらわれている。皿の裏に彫刻された花は、本来目にすることはない。

「可愛いわね。なんだかワクワクする」

咲良が笑う。今まで見た中で、一番の笑顔だと思った。

蓋に両手をかけ、咲良が翔太を覗き込んだ。

「開けてみても良い?」

「も、もちろんっす」

いよいよだ。翔太は、小さく息を飲み込んだ。

しかし咲良は、蓋に手をかけたまま動かなかった。

「ど……、どうしたんすか?」

「なんだか、中を見たい気持ちと、まだ見たくない気持ちが半々なのよ」

咲良が、寂しそうに微笑んだ。

「実は、俺もっす……」

正直な気持ちを伝える。お互い笑い合うと、咲良がゆっくりと蓋を開いた。

湯気が立ち上り、視界を遮る。

それが晴れると、咲良は息を飲み込んで、蓋を持ったまま固まった。

平鉢に満開の桜が咲いている。

中に敷いてあるのは粥だ。しかし、普通の粥ではない。全体が淡い桜色に染まっている。

これは、マスターのアイディアだ。

出汁によって、色を移す事ができる。昨日、翔太が試し切りした紅心大根を、米と一緒に炊いたところ、見事な桜色のご飯が完成した。白米と桜色の米でそれぞれ粥を作って、コントラストを表現したのだ。

左下から右上にかけて、節くれだった力強い枝が、三叉《みまた》に分かれて伸びる。

出汁ポン酢を寒天で固めた粒を、桜の木に見立てて配置したものだ。粒の大きさには、ばらつきを作り、平面的な粥の上に、ゴッゴッとした立体的な枝を表現した。

その茶色い枝から、こぼれ落ちんばかりに咲き乱れるのは、大量の桜の花だ。

一つ一つ想いを込めて、丁寧に切り出したもの。V字の切れ込みは全て均等に入っており、一輪ずつ見ても桜の花だとはっきり分かるほど、精密に切り出した。

蒸した事により、花は瑞々しく、まるで生きているかのように一輪一輪が輝いている。それが集まって咲く様は圧巻だ。白と紅の大根から切り出した花もバランスよく配置し、美しいグラデーションも作り出した。

朧月夜に咲く、満開の桜の木。

褐色の盆、白を散らした漆黒の平鉢、その上で、艶やかな桜が咲き乱れ、夜桜が鮮やかに映える。

咲良は微動だにしない。まるで、呼吸すらしていないかのようだ。

「ど……、どうですか？　咲良さん」

その瞬間、咲良の目に大粒の涙が溢れた。

「……くらだ」

「えっ？」

「桜だ……。桜……。死ぬ前に見られたわ」

笑みを浮かべながら、まるで子供のように嗚咽をもらす。

小夜が翔太に微笑みかける。その瞳も潤んでいるように見えた。小夜はそのまま、咲良の背中を摩《さす》った。

「良かったね。咲良さん」

その言葉を皮切りに、とめどなく涙がこぼれ落ち、咲良は口元を手で覆って何度も頷いた。

　部屋にはしばらく、咲良の泣き声が響いた。

　泣けるだけ泣いたのか、ようやく咲良が顔を上げる。化粧はすっかり崩れていたが、それでもなお、その笑顔は輝きを増したように思えた。

「こんなに綺麗な桜、実物でも見た事ないわ。食べるのがもったいないくらい」

　しゃくり上げながら呟いたのは、翔太の料理を目にするたびに、口癖のように言ってくれた言葉。翔太も、いつも通り言葉を返す。

「食べるために作ったんすから……、ぜひ食べて下さい。またいつでも作りますから」

　咲良さんは、くしゃくしゃになった顔で、また笑った。

「じゃあ、いただくわ」

　手を合わせると、もう一度桜の木をじっくりと眺め、惜しむかのように蓮華《れんげ》を入れる。

　蓮華に取った桜の花を目の前に運び、再び見入る。これも、いつもまぎわで見せていた仕草だ。初めて宝石を目にした少女のように、瞳が輝いている。

　しばらくしてから、咲良はようやく蓮華を口に運んだ。

　ゆっくりと咀嚼すると、目を見開いた。

「……蛤？」

ポツリと呟いたその言葉に、翔太の胸に熱いものが込み上げた。

「……わかりますか？」

大きな声を出すと、涙が溢れてしまいそうだった。

咲良は、再び涙を流して翔太に笑いかける。

「……わかるわ。翔太さんが私に教えてくれた、美味しいお出汁の味がする」

どうしても蛤の出汁を使いたい。それをマスターに訴えたのだ。

咲良の味覚は、すでにほぼ機能していない事も分かっていたが、たとえ味が分からないとしても、使う出汁は蛤以外ないと思った。

それを聞いたマスターが、できる限りの知恵を与えてくれた。

砂抜きは最低限の塩分濃度で行い、旨味を増やすために蜂蜜を蛤に吸わせた。そして、普段よりも沢山の蛤を使って、塩気が濃すぎないギリギリの濃度まで出汁を煮詰めた。

旨味の凝縮した出汁。しかしそれでも咲良に味が分かるかは、五分五分のところだった。

「……美味しい。すごく美味しいわ」

その声が、すんでのところで留めていた翔太の涙腺を崩壊させた。

自分が作った料理を美味いと言ってくれる。ただただそれが嬉しかった。涙で視界が霞《かす》む。しかし、咲良が翔太の料理を食べてくれる姿を見ることができるのは、今日が最後かもしれない。翔太は、必死に目を見開いて、咲良が食事する様子を見つめた。

ゆっくりと、一口一口を大切にしながら、粥を口へと運ぶ。

蓮華で桜を崩そうとして、「やっぱりもったいない」と呟きながら、口惜しそうに粥をすくいとる。

そんな動作を繰り返して、随分時間をかけて咲良は粥を食べ終えた。

「全部食べ終わっちゃったわね……」

咲良が、寂しそうな表情で空になった平鉢を見る。

「まっ……、まだ作れます！　明日だって、明後日だって……。咲良さんが望んでくれれば……」

しかしその言葉に、咲良は悲しげな笑みを浮かべた。

「ありがとう」

どこか寂しそうなその笑顔は、すでに死を甘受しているようにも思えた。しかし、以前の公園で見せた諦め切った表情ではなく、ある種の満足感すら感じさせる。

まだ逝かないで欲しい。その言葉を口にして良いのかどうか躊躇《ためら》っていると、咲良がゆっくりと口を開いた。

「ねえ、翔太さん……」

「はっ……、はい」

とびきり優しい笑みを浮かべる。感謝しているような、翔太の未来を心配してくれているような、はたまた応援してくれているような。達観したような柔らかい表情。

「ありがとう。私の人生で、一番美味しくて、一番楽しくて、一番美しいご飯だった」

「咲良さん……」

再び流れた涙を拭うと、咲良が続けた。

「料理を作り続けて欲しい。翔太さんの料理には、人を救う力があるわ。私が亡くなった後も、沢山の人を助けてあげてね」

おさえようもない涙が、調理用白衣に次々と跡を付ける。

嗚咽を必死に堪えた翔太は、「ありがとうございます」と、小さな声で返すのがやっとだった。

咲良は、その夜に亡くなった。

如月に死にたくない。その希望は叶わなかったが、咲良の死は、翔太が想像していたよりもずっと穏やかなものだった。

食事を終えた咲良は、少し咳き込みながら、まぎわの面々に改めて礼を言った。そして、「もう少し皆と話がしたい」。そんな事を願い出た。

店はすでに閉めているし、明日が特別忙しいわけでもない。時間も八時を回ったところだったので、断る理由などなかった。むしろ、翔太からそれを提案したいくらいだった。

それからまるで、昔からの知り合いだったかのように、和気藹々《わきあいあい》と喋ったのを覚えている。

咲良は、母親との思い出を話してくれた。育て方には疑問があったが、美の道を示してくれた事には感謝していると言っていた。今日一日を通して、自分の生き方が間違っていなかったと、尚更思えたそうだ。

他にも沢山の話をして、夜通し話し込んでも良いと思えるくらい、皆で盛り上がった。

しかしたった一時間で休憩を挟んだのは、会話の合間に起こる咲良の咳が、段々と酷くなってきたからだった。

最初は空咳だったのが、次第に痰《たん》が絡むような、苦しそうな咳に変わった。その様子を見ていたマスターは、小夜に目配せをした。

二人はお互いに頷き合うと、「そろそろ一旦休憩しようか」、マスターがそう言って咲良の腕の近くで光る機械を操作した。麻薬の投与量を調整したのだ。

少しだけ嫌な予感がした。

しかし、声をかける間もなく、咲良が穏やかな顔で眠り始めた。

一時間もすれば目を覚ますだろう。そう思って側でうつらうつらとしていたが、次第に状況が変わってきた。

眠っている間にも、咲良は頻繁に咳をして、喉がゴボゴボと音を立てる。

その音に違和感を覚えていたら、小夜が痰を吸う機械をけやきの広間から持ってきた。ゴボゴボと音がするたびに、咲良の口に細い管を優しく入れて、水のような痰を丁寧に吸い取る。

これだけ咳が出ているにもかかわらず、咲良の目は虚《うつ》ろで、喉の奥まで管が入り込んですら、ほとんど反応がなかった。

その光景を見て、ようやく咲良があまり良い状態ではないと翔太は理解した。咲良の声を聞きたかったが、起こしてしまうと苦しいであろう事も容易に想像できて、大きな声を出すのは憚られた。

翔太は結局、咲良の枕元に座って、二人が咲良を介抱する様子を、ただただ眺めていた。

急変したのは、十一時を過ぎた頃だ。

咲良の呼吸が、いびきをかくようなものに変化した。

最初は速い呼吸だったのが、次第にゆっくりになる。まるで酔っ払ったおじさんのように数秒間呼吸が止まり、心配になって覗き込むと、思い出したようにまたいびきが始まる。しかしその内、呼吸の間隔が冗談みたいに長くなっていった。

「大丈夫なんすか？　咲良さん……」

マスターは、静かに咲良を見つめたまま口を開かなかった。

どうすれば良いのか分からず戸惑っていると、咲良の最後の呼吸が随分前だった事に、ふと気づいた。

不安に思って咲良の顔を覗き込んだが、どうも呼吸をしていない。

「呼吸が……。小夜ちゃん……、咲良さん大丈夫なんすよね？」

小夜の眉が小さく下がる。穏やかな表情だ。そのまま、咲良に顔を近づける。

「咲良さん……。お疲れ様。頑張りましたね」

愛《いつく》しむかのような眼差しで見つめ、咲良のパーマがかかった紅色の髪を、優しく、何度も撫でる。

「咲良さん……、死んじゃったんっすか？」

気が動転してしまい、声が上ずった。

最期はうっすら目を開けて、辞世の言葉を残す。

ドラマや映画で見るような、そんな死のイメージとはかけ離れていた。

何も起こらない。拍子抜けするような、あっさりとした、死。

ゆるいパーマがかかった長い髪、赤いチークとアイシャドーが、咲良の顔を華やかに彩っている。口元は少し上がり、微笑んでいるようにも見えた。

咲良さんと呼びかけたら、今にも目をぱっちりと開きそうだ。

心の準備ができておらず、涙も出ない。翔太の動揺を察したのか、小夜が小さく呟いた。

「痛み止めがしっかり効いて、眠るように亡くなったのよ」

その言葉に、ようやく翔太の目から一筋の涙がこぼれた。

小夜がおもむろに、聴診器とペンのような道具を取り出し、「お願いします」と、マスターに手渡した。

それを受け取ったマスターが、咲良の枕元にゆっくりと近づいた。

小さく一度お辞儀をすると、ペンのような道具を左手に持ち、咲良の目に手を掛け、上瞼を開いた。もちろん咲良は抵抗するはずもなく、無機質な瞳が露わになる。

開いた咲良の目に、チラチラと光をあてる。両目に光をあてると、今度は咲良の左手首に人差し指と中指を添える。五秒程で手を離し、首に掛けていた聴診器を耳に付け、先についた丸い金属部分を咲良の胸に当てる。

まるで神聖な儀式のように、マスターは粛々と、淡々と診察を行った。

翔太も小夜も、その儀式を静かに見守った。

全ての診察を終えると、マスターは聴診器を膝に置き、チラリと時計を見た。

「二月二十八日、午後十一時三十二分、ご臨終です」

普段通りの落ち着いた口調で呟くと、ゆっくりと頭を下げた。いつもと同じマスターの口調は不思議と、咲良の命がついえた事を翔太に納得させた。

「……咲良さん」

呟きと共に、一筋の涙が溢れる。

「俺の料理で、本当に良かったんすか？」

嗚咽が混じり、上手く言葉にならない。

「……翔太」

小夜が目の前に立って、翔太の背中に手を回す。小さな嗚咽と震える肩が、小夜もまた涙を流している事を翔太に知らせた。

「小夜ちゃん……」

小夜の嗚咽は、しばらくやまなかった。

「ありがとう、……翔太」

翔太の背中に回した手に、力がこめられる。

「さっき着替えてる時に、咲良さんが言ってたの」

耳元で、小夜の声が響く。嗚咽は未だ止まない。

「翔太のお陰で、もう一度綺麗になろうって思えたんだって」

「……どういう意味ですか？」

「咲良さんは、がんの治療が駄目だった時に、綺麗になる事を諦めちゃったって言ってたの。でも翔太の料理を見て心が動いたんだって。やっぱり、死ぬ直前まで綺麗でいたいって素直な自分の気持ちに気づけたんだって……」

出切ったと思った涙が、再びこぼれてくる。胸が熱くなる。

「翔太の料理が、咲良さんの気持ちの蓋を取ったんだよ。……それはすごい事なんだよ」

「小夜ちゃん……」

翔太はしばらく、小夜の胸で泣いた。

その時にマスターがボソッと呟いた言葉を、翔太はいつまでも忘れられなかった。

「人間が死ぬ時は、心臓が止まる時じゃない。……生きる事を諦めた時なんだよ。咲良さんは心臓が止まるその瞬間まで、確かに生きたんだ」

咲良の死後、翔太達は部屋の片付けを手伝った。

片付けと言っても、余命宣告をされた時に、所有物はあらかた処分してしまったらしく、何もない部屋と言っても過言ではなかった。おそらく、まぎわに顔を出すまでの半年間、咲良は言いようのない孤独と闘って、そして疲れて絶望していたのだろう。飾り気のない数着のマタニティ用のワンピースを見ながら、翔太はそんな事を思った。

がらんどうの部屋には、一つだけ異質なインテリアが飾ってあった。

桜の盆栽。

公園の桜同様、一輪の花も咲いておらず、ゴツゴツとした枝が剝き出しになっている。桜の木は、ベッドの正面、常に見える位置に飾られていた。

何もない部屋で、咲良はこの盆栽をずっと見ていたのだ。

『落ち着いたらまぎわに飾って欲しい』咲良の唯一とも言える遺言が、けやきの館長から伝えられた。

びっくりするくらいあっさりと部屋の片付けを終えると、「店に戻って、酒でも飲もうか？」と、マスターから誘われた。

まぎわに戻った翔太は、マスターと共にカウンターに腰掛けた。普段の食事は小上がりで摂るので、どうにも不思議な感覚を覚える。

「関わってきた人が亡くなると、少しだけ飲みたくなるんだよね」

普段、全く酒を飲まないマスターが呟いた。

そして、日本酒が並んだ棚から〆張の四合瓶を開けてくれた。大吟醸金ラベル、芝親方が何度注文しても、決して飲む事ができなかった高い酒だ。

グラスを二つ手にしたマスターが隣に座る。

「お疲れ様、翔太くん」

そのまま静かに日本酒を注ぎ入れた。濁りのない透明な酒が、グラスに満たされる。

酒に口をつけて一息ついたマスターが、口を開いた。

「人の死っていうのは、いつまで経っても慣れないね……」

その言葉に耳を疑った。皆の心が浮き足立つ中で、マスターだけは唯一、平静を保っていると思っていたからだ。

「医者をやってたのにっすか？」

マスターは、どこか遠くを見つめて、小さく呟いた。

「もちろんだよ……。医者だった頃は忙しくてね。毎日何十人もの患者さんの対応に追われていたんだよ」

グラスをクイッと飲み干して、さらに続ける。

「胃がん、食道がん、大腸がんに肝臓がん。次々と患者さんがあらわれるんだ。この人はまだ手術ができる状態だ。あの人は経過観察で大丈夫。彼女は進行がんだけどまだ若い、わずかな可能性にかけて抗がん剤を投与するべきだ。あのお年寄りは、たとえ手術をしても体力が持たないだろう。がんで死ぬか、寿命で死ぬかわからないけど慎重に経過を診よう。そんな風に、まるでベルトコンベアに載せられた製品の仕分け作業みたく、方針を決定して治療を行ってきたんだ」

酒のせいだろうか？　こんなに饒舌《じょうぜつ》なマスターを見るのは初めてだ。

「患者さんが亡くなったら、弔うように酒を飲んで、また重症の患者さん達と向き合う。そんな生活を続けているうちに、段々と人の死が何かって事が分からなくなってきた。まあそれも当たり前だよね。考える暇もなく、次の死が訪れるんだ」

あっという間に、マスターのグラスが空になった。翔太は無言で酒を注いだ。

「でもあの頃は、それが正しいと信じていたんだ。人の死は必ず訪れるものだ。だから、ベストではないにしろ、ベターを尽くすのが僕の仕事なんだ。そう思ってがむしゃらに医者として働いていた」

滅多に感情を表に出さないマスターが、まるで懺悔《ざんげ》するかのように手を組んで声を絞り出している。

「本音を言うと、忙しかったけど、それなりに充実感もあったんだ。人の死について考えている暇もないけれど、その代わり、できる精一杯の医療を提供する事が自分の矜持《きょうじ》だと思っていた」

　マスターが再びグラスを呷った。ペースが速い。

　空いたグラスに翔太が酌をする。注がれる透明な酒を見つめながら、マスターがポツリと呟いた。

「そんな中で、僕の唯一の信念すら崩れ去ってしまう出来事があってね……」

　小さなため息が一つ漏れた。

「家内を膵臓《すいぞう》がんで亡くしたんだ」

　驚いた拍子に、注いでいた酒が溢れてしまった。

「たまに背中が痛いって自覚はあったみたいなんだけどね。日々の忙しさで、彼女の訴えに耳を傾ける余裕がなかった。見つかった時にはすでに転移があって、手術もできなかったんだ」

　マスターは、虚ろな目で、酒が滴るグラスを眺めている。

「家族が自分の専門分野の病に侵されるというのは、はっきり言って地獄だったよ。なんで早く見つけることができなかったのだろう。後悔に苛まれて、夜も眠れなくなった」

　グラスを握る手に、力が込められる。

「それ以上に辛かったのは、家内の治療をしなければならなかった事だ。沢山の患者さんを知っている分、未来が見えてしまう。抗がん剤治療をしても、余命が数ヶ月延びるかどうか。それがわかっていながら、僕は抗がん剤を選択したんだ」

「……薬は、効かなかったんすか？」

「統計通りだよ。一旦データは良くなったけれど、すぐに転移が広がった」

絶句した翔太に、マスターは奥さんの事を淡々と話してくれた。

治療方針について、奥さんは特に反論しなかった。あなたが良いと思うものであればそれに従います、そう言われたらしい。

マスターは、抗がん剤を使わない選択肢も検討したらしいのだが、少しの望みに縋《すが》りたいと思ったし、それ以上に、医者としての自分が抗がん剤を使わない事を許さなかった。

しかし、後悔したのはそれからだ。

抗がん剤治療については、相当の経験を積んできたから、知識があるつもりでいたが、自分の家族の治療をいざ目の当たりにすると、困難がまるで違った。

「薬の副作用で、家内は何度も嘔吐《おうと》し、痛みに耐え、髪は抜け落ちて、肌もくすんでいった。そんな事は百も承知だったけど、実際に一緒に過ごすと言葉以上の辛さがあった」

月に一回、抗がん剤投与が行われる。投与から一週間は、副作用で生活もままならない。ようやく落ち着いたと思ったら、次の抗がん剤に向けて、陰鬱な日々を過ごす。

マスターはそれまで、そんな患者達と数知れず向き合ってきた。

これを乗り切れば一旦お休みですよ。落ち着いたら好きな事をして良いですよ。副作用には、この薬が効果ありますよ。悲観しないで、希望を持って治療していきましょう。腫瘍マーカーは下がってきていますよ、良かったですね。辛いですよね、わかります。でもここが頑張りどころですよ。

「患者さんに数知れずかけてきた言葉が、家内を目の前にすると、何一つ出てこなかったんだ。正直、僕が今までやってきた事は一体何だったのだろうと思った」

それから、すっかり混乱してしまったらしい。

治療とは何だろう。生きるとは何だろう。

「迷いを持ったまま働く事はとてもできなかった。僕は医者を辞めて、家内に付き添うことを決めたんだ。でもそれからがまた大変だったんだよ……」

翔太は、マスターの話に聞き入った。咲良と過ごした時間があればこそ、マスターの苦悩にも共感ができた。

マスターは自虐的に笑った。

「それまで医者の仕事に没頭していたから、僕は何もできなかったんだ。掃除も炊事もまるでできない。右往左往している間に、家内の状態はますます悪化していった」

マスターには娘がいた。その娘が、身の回りのことを手伝ってくれた。しかし——。

お父さんは、何のために医者をやってるの？

お母さんの病気一つ見つけられなくて、一体何をやっていたの？

しまいには、人殺しとまで言われたらしい。

当時大学生だった娘さんも、あまり長期の休みを取るわけにもいかず、奥さんは何とか見つけた緩和ケア施設に入院する事になった。

「当時の緩和ケアは、日本では始まったばかりの取り組みだったからね。正直病院とあまり変わらないような場所だったんだよ。制約も多いし、飯も不味い。病室だって殺風景だ」

その頃すっかり衰弱した体になっていた奥さんは、一週間ほど緩和ケア病棟で過ごした時に、初めてマスターに我儘《わがまま》を言った。

「家に帰りたいと言ったんだ」

マスターがいくら仕事に没頭していても、専門領域のがんを見つけることができなかった時も、抗がん剤治療が辛かった時も、文句一つ言わなかった奥さんのその言葉を聞いて、マスターは自宅で奥さんを看取《みと》る決意をした。

すでに食事もほとんど摂れず、麻薬も相当増えていた。死期は近かった。

結局マスターが、奥さんと二人きりの生活を自宅で送ったのは、たった一週間だった。

今まで奥さんに任せっきりだった家事を、何とかこなした。ほとんど食事を摂ることができなかった奥さんに、宅配された刻み食を、マスターが介助して食べさせた。

そこまで喋ると、マスターは再び酒を飲み干した。

空のグラスの底を眺めて、ボソッと呟いた。

「最期にね……、お粥が食べたいって言ったんだよ」

「粥……、ですか？」

「そう。ほとんど食べられる状況じゃなかったんだけどね。僕にお粥を作ってくれって言ったんだ」

それまで、ほぼ自炊などして来なかったマスターは、何とか粥を作った。

顆粒《かりゅう》出汁を溶かした湯に炊いた米を入れて、溶き卵を流し込んでグルグル混ぜて、できあがったのが不格好な粥だった。

「出汁は濃すぎたし、卵は完全に固まってボソボソしていた。……でもね」

懐かしむようにマスターが語る。

「家内は美味しいって言ってくれたんだ。笑顔で、泣きながら」

少しだけ微笑むと、マスターは翔太のグラスに酌をした。

「生きるって何だろうね。僕はそれをずっと分からないでいる」

それは果たして、翔太に問いかけたのか、それとも単なる独白なのか分からず、何も言葉を返す事ができなかった。

「咲良さんが亡くなった時に、僕が言った言葉を覚えているかい?」

「……はい。人が死ぬのは、生きるのを諦めた時っていう……」

頷いたマスターが、再びグラスに視線を落とした。

「僕は、店のお客さん達に生かされているんだ……」

翔太にもようやく理解できた。

マスターが、なぜ儲《もう》かりもしない稀有《けう》な店を続けているのか、なぜ死の間際の客達に寄り添いたいと思っているのか、そしてなぜ、馬鹿みたいに出汁ばかり取り続けているのかも。

突然、マスターが顔を上げた。

「さて、辛気臭い話はこれくらいにしておこうか」

不自然なくらい明るく言うと、がさごそとポケットを探り出す。そして、茶色い封筒を取り出して翔太に手渡した。

「……これは?」

「年明けから二ヶ月分のお給料だよ。少ないけれど、本当に助かったから」

「それは……、ありがとうございます」

給料を貰えるのは助かるが、なぜこのタイミングなのだろうか。疑問に思っていると、マスターがメガネ越しの小さな目をジッと向けた。

「これでうちでの仕事は終わりだ。明日から、ここには来なくてもいいよ」

翔太は耳を疑った。

「クビ？　な……、なんでっすか？」

何かの冗談かと思ったが、マスターの目は真剣そのものだ。

「俺に落ち度があったんすか？」

マスターは、ゆっくりと首を振った。

「そんな事はないよ。君は咲良さんの願いを真摯《しんし》に聞いて、全力を尽くした」

「だったら、なんで……」

マスターが柔らかく笑った。

「だからこそだよ。君は、料理人として成長するべきだ」

穏やかな視線が、翔太を包む。

「うちは、病人ばかりがやってくる店だ。普通の料理屋ではない。料理が得意でもない僕が君に教えてあげられる事は、それこそ君が咲良さんを通じて得た経験くらいなんだよ」

咲良の最期が脳裏に浮かぶ。自身の対応が百点だったかと問われれば、絶対にそんな事はない。

「で、でも、俺はまだまだ力が足りなかったっす。もっと咲良さんのためにできる事があったはずだ」

翔太は、拳を握りしめた。どうしたって二ヶ月前には戻れないのだ。それが悔しい。

マスターが穏やかな笑みを浮かべた。

「それで良いんだよ、翔太くん。その気持ちを忘れなければ、君はどこでもやっていける」

その言葉に、あれだけ流した涙が再び溢れてくる。

「君は必ず成長できる。僕が言うのもなんだけど、すごい料理人になれると思ってる。だから僕の道に、翔太くんを縛りつけるわけにはいかない。人の死を背負い続けるというのは、想像以上にキツいもんなんだ。だから……」

そこまで言うと、マスターはグラスを掲げた。

「卒業だよ……、翔太くん」

小一時間ほどマスターと酒を酌み交わした翔太は、カウンターに突っ伏して眠るマスターを起こさぬよう、静かに店を出た。

三月に入ったものの、やはり外はまだ寒い。翔太は革ジャンのポケットに手を突っ込み、身を屈めた。細かく枝分かれした路地を進み、商店街のメインストリートに向かって歩いていく。

頭に浮かぶのは、まぎわでの思い出ばかりだ。

病人ばかりが集う店。そこは、外の世界よりも死が身近な空間で、客も店の人間も、未来に対して最良の選択を模索し続けていた。

翔太はその店で、人生で初めての客を持ち、その客の命が尽きる最期まで料理を提供したのだ。

随分と濃密な二ヶ月間だった。

一体、自分は咲良との経験を通して、何を学んだのだろうかと自問する。

もてなし、感謝、気遣い、思いやり、共感、誠意。

命、病、死。

そして、人が生きることの意味。

どうにも一言で表すのは難しいし、答えが出たわけでもない。ただ、それらの事はすべからく、今後料理人として修業をしていく中で、探究していかねばならない事にも思える。果たして、まぎわに来る前の身勝手な自分のままだったら、それに気づく事ができるのは、いつになっていただろうか。

そんな事を考えていたら、翔太の足は自然と小川へと向かっていた。まぎわの経験を踏まえれば、そこでやらねばならない事があると感じたのだ。

もうすぐ夜が明ける。きっとあの人も起きているはずだ。

久しぶりに小川の裏口に足を踏み入れる。小川を追い出された時は、大雪が降っていた。

翔太は一つ息を吐くと、裏口の戸をドンドンと叩いた。

反応がない。さらに二回、戸を叩く。

ようやく人の気配がした。戸に映る影だけでわかる、筋骨隆々の大男だ。

ガラリと戸が開いた。

「誰だよ！　朝っぱらからうるせえな！」

怒りを伴った声で、元兄弟子が顔を出した。

翔太と目が合い、意外そうな表情に変わる。

「何だよ、久しぶりじゃねえか……。どっかで野垂れ死んだんじゃねえかと思ってたぜ」

その言葉が終わるのを待たず、翔太は膝を折って地面に手をついた。そのまま頭を地面に擦り付ける。いわゆる土下座だ。

「な……、何だよ一体。びっくりするじゃねえかよ。どうしたんだよ」

地面を見つめ大きく息を吸うと、翔太はありったけの声を腹から絞り出した。

「年末の件、すんませんでした！」

ゆっくり三つ数えて、翔太は顔を上げた。

突然の行動に驚いたのか、元兄弟子はファイティングポーズをとったまま固まっている。

しばらくして、状況を理解したのか、拳を下ろす。

「年末の事って、おめえが勝手に御節に変なもんを忍ばせた、あれの事か？」

翔太は頷くと、元兄弟子の目を真っ直ぐに見つめた。

「そうっす……。俺は自分の腕を見せる事ばかりを考えて、小川の御節を楽しみにしていたお客さんの気持ちを、踏みにじるような行為をしたんす。その事を詫びに来ました」

翔太は、もう一度頭を地面に擦り付けた。

頭上からため息が聞こえてくる。

「いいから、土下座はもうよせ」

元兄弟子の言葉に、頭をあげる。

「わかれば良いんだよ。小川の御節は、確かにお前から見れば地味かもしれねえ。むしろ、俺だって地味な御節だなあなんて思っていたよ」

「……そうなんっすか？」

「そうだよ。でもな……、その地味な御節だからこそ、正月に食べてえってお客さん達が、毎年楽しみに注文してるんだよ。それに、お前は自分勝手な解釈で手を加えたんだ」

その言葉が心に沁《し》みる。まぎわでの二ヶ月間で、相手の想いに応える大切さを、嫌と言うほど思い知らされたからだ。

翔太は膝に手を置き、ギュッと握りしめた。

「本当にその通りっす。もしも、死の間際に小川の御節がどうしても食べたいって思って注文したお客さんの元に、そんな御節が届いちまったら、俺はその人にどう詫びて良いかわからなかったっす」

元兄弟子が、訝しげな顔をする。

「死の間際って……。別に、そんな大袈裟な話じゃねえけど、まあ大方そういう事だよ」

決して大袈裟な話ではないのだ。咲良の顔を思い浮かべた翔太は、そう思った。

元兄弟子は、表情を崩すと、翔太の前にしゃがみ込んだ。

「なあ翔太、俺はお前の料理の腕は買ってるんだよ」

「……え？」

「だから、お前の料理の腕は認めてるって言ってるんだよ。お前が毎晩、こっそり一人で腕を磨いていたことも知ってた。あとはお前の心だけだったんだよ、問題は。それさえ良くなれば、お前は絶対に良い料理人になるって期待してたんだよ」

不意にそんな言葉をかけられ、危うく涙が出そうになる。翔太は、必死にそれを堪えた。

「なあ翔太……。俺が親方に話を通すからさ、もう一回ここで修業しねえか？」

「……兄さん」

涙を堪えた翔太の顔を見た兄弟子は、ポンと肩を叩いた。

エピローグ

かすみ二丁目商店街、メインストリートから枝葉のように分かれる細い路地裏に、ポツリとたたずむ古びた一軒家。ここは、病人ばかりを相手に食事を振る舞う、少し変わった食事処だ。

半月ぶりに訪れたまぎわの門構えを目にすると、翔太の脳裏にかけがえのない日々がよみがえってきた。

降り注ぐ陽光は、すっかり暖かみを帯びている。途中の公園の桜は、越冬した固い蕾《つぼみ》を破り、美しい桜色の花弁が顔を覗かせて、まさに開花直前といった様相だった。

「もうすぐ、咲きますね」脳裏に思い浮かべた咲良に向かって呟くと、玄関からバキバキと骨が鳴る音が響いてきた。

掃除を終えた後に、マスターが背骨を鳴らす音だ。今日は千佳が来る日なのかなと思いながら、翔太は戸口へと歩みを進めた。

古びた引き戸に手をかけようとした瞬間、その戸がとんでもなく大きな音を立てて開いた。予想しなかった出来事に、翔太は思わず硬直した。しかしそれは、戸を開けた相手も同じようだった。

久しぶりに目にする、澄んだ青い瞳に吸い込まれそうになる。翔太の顔を見ると、その瞳は一層大きくなり、翔太は思わず頬を緩めた。

「小夜ちゃん、久しぶり」

声をかけられた小夜の頬が、みるみる赤くなる。その様子を見ていたら、どうにも翔太も恥ずかしくなり、頬が熱を帯びる。しばらく無言で見つめあっていると、小夜の後ろから、ひょろりと長い体軀があらわれる。

「おお翔太くん。久しぶり」

二週間前とまるで変わらないマスターの柔らかい笑みは、翔太に不思議な安心感を与えた。ああなるほど、まぎわの客達は、いつでも変わらないマスターの笑顔を求めて足を運んでいたのだと、店を出て改めて実感した。

「どうしたんだい?」

穏やかに問いかけたマスターに体を向けて、翔太は姿勢を正した。

一つ息を吐くと、翔太は初めてマスターに会った時に言った言葉を、再び口にした。

「俺をここで働かせて下さい!」

マスターの表情からは、感情はうかがい知れない。翔太の申し出に驚いているようにも見えるし、予想済みだったようにも思える。

「どうしてそう思ったんだい?」

　マスターの声が、一層柔らかくなった。

「俺にはまだ、この店で学べる事が沢山あると思ったんっすよ。それに……、咲良さんから沢山の人を救って欲しいって願いも託されたし」

「でもこの店では、君に技術的な指導はできないよ」

　それは、クビを告げられた夜から、ずっと考えていた。

「それも大丈夫です。実は小川の親方に頼み込んで、週に何度か修業に行かせてもらえることになったんすよ。それに……」

　翔太は、改めてマスターに顔を向けた。

「まぎわには、芝親方もマスターもいるじゃないっすか。俺はあのじいさんから教えて欲しい事がまだまだあるし、マスターの出汁の研究は、他のどの店でも目にする事ができない貴重なものなんすよ。だから……、お願いします」

　翔太が頭を下げると、マスターが小さく笑った。

「もちろん、翔太くん自身が考え抜いて決めた道ならば、僕に断る理由なんてないよ。

……ねえ、小夜ちゃん」

　翔太の視野にポツリと滴が落ちてくる。顔を上げると、目を真っ赤にした小夜の顔が視界に飛び込んできた。

「小夜ちゃん……、泣いてるんっすか？」

頬を朱に染めた小夜が、慌てて涙を拭う。

「ばかっ！」

その言葉の勢いに、圧倒される。小夜が人差し指を真っ直ぐに突き付ける。

「連絡もしないで店を出て、一体どこほっつき歩いてたのよ！」

小夜の顔がずいっと近づく。これも久しぶりの感覚だ。

「千佳ちゃんはマスターの地味なパンケーキに文句たらたらだし、芝親方は魂が抜けたみたいになっちゃって、すっかり老け込んじゃったのよ！」

翔太は思わず頭を掻いた。

「すみません……」

「ほらっ、早く入ってよ」

泣き顔を見られたくないのか、クルリと反転しようとする。

「ねえ、小夜ちゃん」、翔太の声がそれを止めた。

「なによ？」

「俺、小夜ちゃんにまぎわにずっといて欲しいって言われた時、すげえ嬉しかったんすよ」

「……翔太」

「まだまだ未熟っすけど、俺はここで料理人として成長したいって思いました」

再び小夜の目に涙が浮かぶ。

「わかったから、早く準備するわよ。もう少ししたら千佳ちゃんが来ちゃうんだから。……翔太のプレートがまた見たいって言ってたから、気合入れてよね」

小夜に向かって、翔太は大きく胸を叩いた。

「もちろんっす。そこいらのホテルにも負けないやつを作って、千佳ちゃんをびっくりさせますよ！」

「もう。すぐに調子にのらないの！」

パシンと頭を叩かれる。その感触もまた、なんだか懐かしいものだった。

叩かれた勢いのまま店に入ると、右手に小上がりが見える。

桜の盆栽が、大切に飾られていた。

その節くれだった枝には、まぎわの面々を見守るように、小さな花が一輪咲いていた。

※本作品はフィクションであり、
登場する人物・団体・事件等はすべて架空のものです。

―本書のプロフィール―

本書は、第２回日本おいしい小説大賞最終候補作に選出された「まぎわのごはん」を改稿したものです。

小学館文庫

まぎわのごはん

著者　藤《ふじ》ノ《の》木《き》優《ゆう》

二〇二一年六月十二日　初版第一刷発行
二〇二四年八月二十八日　第二刷発行

発行人　庄野　樹
発行所　株式会社　小学館
〒一〇一-八〇〇一
東京都千代田区一ツ橋二-三-一
電話　編集〇三-三二三〇-五一三七
　　　販売〇三-五二八一-三五五五
印刷所-TOPPANクロレ株式会社

この文庫の詳しい内容はインターネットで24時間ご覧になれます。
小学館公式ホームページ　https://www.shogakukan.co.jp

ISBN978-4-09-407031-6